LILLI PALMER · DER ROTE RABE

LILLI PALMER
DER ROTE RABE

VERLEGT BEI

KAISER

Berechtigte Ausgabe für den Neuen Kaiser Verlag — Buch und Welt, Hans Kaiser, Klagenfurt, mit Genehmigung der Droemerschen Verlagsanstalt Th. Knaurs Nachf., München

Schutzumschlag: Volkmar Reiter unter Verwendung eines Fotos von Marianne Fürstin Sayn-Wittgenstein
Reproduktion: Schlick KG, Graz
Satz: 10 Punkt Times
Druck: M. Theiss, Ges.m.b.H., 9400 Wolfsberg
Bindearbeit: Kaiser, Klagenfurt

Vorwort

Mein Vater kam zum Mittagessen nach Hause. Meistens pünktlich um ein Uhr. Wir warteten dann bereits, hungrig wie die Löwen. Während des Essens erwähnte er nie, was sich am Vormittag im Krankenhaus abgespielt hatte. Wollte wissen, wie es uns in der Schule ergangen war. Nur das war wichtig.

Um zehn Uhr abends lagen die Dinge anders. Er beschloß dann seinen Tag mit einer extra Mahlzeit, die nur aus Obst bestand. Während er sorgfältig mit seinen unaufhörlich gewaschenen, daher trockenen und abgeschabten Chirurgen-Fingern einen Apfel oder eine Birne schälte, erzählte er manchmal von den trostlosen oder grotesken menschlichen Verstrickungen, die ihm seine Patienten vor oder nach der Operation aufbürdeten. Ohne Namen natürlich. Damals, in den zwanziger, dreißiger Jahren, ging man noch nicht so selbstverständlich zum Psychiater wie heute. Man vertraute sich dem Arzt an, der, im weißen Kittel, das Messer sozusagen in der Hand, eine Art göttliches Bodenpersonal verkörperte. Vielleicht würde er sich dann besondere Mühe geben — —

Wir hörten schweigend und respektvoll zu. Aber nur mit einem Ohr. Wir waren jung genug zu glauben, daß „solche Sachen" anderen Leuten passierten. Nicht uns.

Zum Schluß, kurz bevor er aufstand, um schlafen zu gehen, spielte er immer noch ein paar Minuten versunken mit den Obstschalen und sagte mit einem ganz bestimmten Lächeln, mehr zu sich als zu uns: „Das bißchen Leben . . ."

*

Das bißchen Leben überfiel mich aber doch einige Male. Wenn es von vorne angriff, konnte ich es einigermaßen bewältigen. Aber der rote Rabe, zum Beispiel, kam von hinten.

1. Teil

I

Die Sache begann mit dem Bronzekopf auf dem Kaminsims im Atelier. Ich hatte ihn noch nie bemerkt, obgleich ich schon seit Wochen Modell saß.

„Pause", sagte die Malerin, steckte die Pinsel in das Einweckglas, wischte sich die Hände an einem Lappen ab und verschwand in der Küche.

Seit fünfzehn Minuten hatte ich unbeweglich das Kaminsims angestarrt. Ich kannte es auswendig, von rechts nach links: die alte Vase, daneben zwei Froschskulpturen, die leere Rotweinflasche und der Azaleentopf ohne Blüten. Der Bronzekopf war mir noch nie aufgefallen, wahrscheinlich, weil er von der Vase (griechisch? Flohmarkt?) verdeckt war.

Ich zog die kleine Skulptur ans Licht. Ein Mädchenkopf, höchstens zwanzig Zentimeter hoch. Ich hielt ihn in die Höhe, drehte ihn zur Seite, um das Profil zu studieren — aber meine Hand zitterte so stark, daß es unscharf blieb.

Die Malerin kam mit dem Tablett aus der Küche.

„Ist das ein Portrait?" fragte ich. „Soll das jemand Bestimmter sein?" Sie warf einen Blick über die Brille, während sie einschenkte.

„Warum?"

„Ich glaube, ich kenne sie. Ist das — wäre es möglich, daß das eine Französin ist?"

„Ja", sagte die Malerin, „Ihr Kaffee wird kalt." Ich setzte mich auf den Hocker neben die Staffelei, nahm den Bronzekopf mit.

„Anabel Maclean?" Ich sprach so unbeteiligt und gelassen wie möglich.

Die Malerin sah von ihrer Kaffeetasse auf, nahm die Brille ab, legte den Kopf etwas zur Seite, als sei sie schwerhörig, setzte die Brille wieder auf, sah mich aufmerksam an.

„Sie kannten sie?"

Ich drehte den Kopf hin und her, als sei ich an den technischen Feinheiten der Bronze interessiert.

„Die Stirn", sagte ich, „an der Stirn habe ich sie erkannt, an dem Dreieck über der Nase, wie bei einem Vogel —"

Ich verstummte.

„Ja?"

„Sonst ist eigentlich nichts an dem Gesicht", sagte ich und stellte den Kopf auf den Boden.

„Finden Sie", sagte die Malerin, nicht als Frage, sondern als Urteilsspruch.

Das alles war neu. Wir hatten noch nie etwas Außerdienstliches besprochen. Mein Dienst war die Pose, im Sessel, entspannt, die Hände lässig, der Kopf etwas zur Seite. Ihr Dienst war der Kampf mit der Leinwand, den sie schweigend, manchmal auch knurrend besorgte. Beistand und Stütze für uns beide war die Dauermusik, Radio oder Langspielplatten. Bei ernstlichen Schwierigkeiten legte sie Mozart auf. Gleich am ersten Tag hatte sie die Weichen für unser Arbeitsklima gestellt: Es wurde geschwiegen, Musik gehört, in den Pausen weiter geschwiegen, Kaffee getrunken.

Sie goß sich eine zweite Tasse ein, warf den Kopf zurück und trank sie mit einem Schluck aus, als schütte sie sich Cognac in den Hals. Dann beugte sie sich vor, hob die Skulptur vom Boden auf und staubte sie mit dem Ärmel ab, rieb Nasenlöcher und Ohren brutal mit dem Terpentinlappen, als wolle sie dem Original eins auswischen, nahm die Brille ab, hielt die Büste dicht vor ihre kurzsichtigen Augen, berührte sie beinahe mit der Nase.

„Ja“, meinte sie dann, „die Stirn war gut. Sehr hoch, sehr breit. So, als ob sie intelligent gewesen wäre —“

„War sie das nicht?“

„Nein. Sie hatte Instinkt. Das ist schon viel. *Ich* hätte sie am Mund erkannt.“

„Wieso?“

„Ein verschlossener Mund. Ein böser Mund.“

„Anabel war nicht böse“, sagte ich mit fester Stimme.

„Nein?“ Sie setzte die Brille wieder auf und studierte mich. „Wann kannten *Sie* sie denn?“

„Vor dem Krieg.“

„Wann vor dem Krieg?“

Ich dachte nach, strengte mich an, zwang mich zur Ordnung.

„Zwei, drei Jahre vorher.“

„Da kannte ich sie nicht mehr“, sagte die Malerin und stellte den Kopf auf den Boden. Ich hob ihn wieder auf, drehte ihn hin und her, merkte, daß sie mich beobachtete, setzte ihn wieder ab.

„Sie können ihn mit nach Hause nehmen — leihweise.“

„Was soll ich denn damit“, sagte ich hastig, stand auf, betrachtete meine Uhr, sah die beiden Zeiger, konnte trotzdem nicht feststellen, wie spät es war — stand sinnlos in der Mitte des Zimmers. Die Malerin beobachtete mich stumm und wartete. Ich machte zwei Schritte zur Tür, drehte mich wieder um.

„Wann haben *Sie* sie gekannt?“

„Als sie noch Anabel Beauregard hieß. Wir lebten zusammen.“

„Lebten zusammen —“, wiederholte ich verständnislos und starrte sie an. Sie nickte. Ich kehrte zum Hocker zurück, gewann Zeit, indem ich mich sorgfältig hinsetzte, den Rock zurechtstrich, die Hände um die Knie verschränkte.

„Was heißt: Sie lebten zusammen?"

„In meinem Atelier in Paris, in der Rue Vineuse", sagte sie ruhig.

„Ich hatte keine Ahnung, daß Anabel auch —"

„Ja, ‚auch'. Sie legte sich da nicht fest. Ich habe immer nur Frauen gemocht. Aber das ist mein Geschmack, keine Tugend."

Ich kreuzte unwillkürlich die Arme über der Brust. Sie sah es und lachte.

„Warum kreuzen Sie nicht auch die Beine? Sie sind wirklich ein Kindskopf. Wie alt sind Sie? Dreißig? Sie sind in keinerlei Gefahr. Merken Sie das nicht?"

Mir war kalt.

„Haben *Sie* den Kopf gemacht?

„Wer sonst? Nicht gut übrigens, aber ähnlich."

„Sehr ähnlich", sagte ich.

Sie studierte mich immer noch aufmerksam durch die Brille, neutral, ohne Lächeln.

„Ich glaube, heute arbeiten wir nicht mehr. Sind Sie sicher, daß Sie ihn nicht mit nach Hause nehmen wollen?"

„Ja. Sicher."

„Also, dann — morgen um elf."

II

Ich sagte, die Sache begann im Atelier der Malerin. Umgekehrt. Dort hörte sie auf. Die Entdeckung des Bronzekopfes war der Epilog.

In einem Koffer meines Gepäcks lag ein verschnürter Pappkarton, immer ganz zuunterst in derselben Ecke. Er wurde niemals zu Hause gelassen, aber auch niemals ausgepackt. Ich mußte nur wissen, daß er da war, erstens, damit niemand ihn aufmachen konnte — dieser Koffer war der einzige, den ich immer verschlossen hielt —, zweitens hätte es ja sein können, daß ich eines Tages doch einmal die Schnüre aufknoten würde.

Ich wußte, was in dem Karton war: ein Tagebuch und ein Brief. Beide hatte ich noch nie geöffnet. Wollte nicht, konnte nicht. Wenn ich den Koffer aufmachte, um ihn zu packen, und den Karton in der Ecke liegen sah, von Jahr zu Jahr mahnender, drohender, dann häufte ich Unterwäsche und Pullover darüber. Aber ich ließ ihn nie zu Hause.

*

Die Sache mit dem Bronzekopf ereignete sich irgendwann gegen Ende 1947. Ich weiß das so genau, weil ich zu dieser Zeit zufällig in London war, obwohl wir bereits seit zwei Jahren in Hollywood lebten. Ende 1947 drehte mein damaliger Mann einen Film mit englischem Hintergrund, und so wohnte ich ein paar Monate lang im Hotel, war weder Schauspielerin noch Hausfrau, wachte morgens früh ohne Stundenplan auf, fühlte mich frei, aber faul, war eigentlich ganz froh, der Malerin zu sitzen, denn es gab mir zweimal in der Woche einen Anhaltepunkt.

Ich kannte sie erst kurze Zeit. Jemand hatte mich zu einer Ausstellung ihrer Bilder mitgenommen.

Die Ausstellung lief schon seit Wochen. Beinah alle Bilder hatten den kleinen roten ‚Verkauft'-Punkt rechts unten am Rahmen kleben. Ein paar Dutzend Menschen wanderten, den Katalog in der Hand, durch die Räume in der üblichen feierlichen, leicht verlegenen Stille.

Plötzlich wurde die Eingangstür aufgestoßen. Im Türrahmen stand eine kleine, stämmige Frau um die Fünfzig, in Hosen, Poncho und eine Art venezianische Dogenkappe auf dem Kopf. Ein flaches, eckiges Gesicht, eine Kinder-Stupsnase und ein breiter, dünnlippiger Mund. Die Malerin! Obgleich sie mit dem Foto im Katalog wenig

Ähnlichkeit hatte. Sie stand einen Augenblick still, wie, um Zündstoff aufzuladen, und marschierte dann quer durch den Raum auf die Bürotür zu, die sich hinter ihr schloß. Gleich darauf wurde sie wieder aufgestoßen, und sie erschien flankiert vom Galeriebesitzer, einem glatzköpfigen, bebrillten Hünen, und noch einem anderen, hilflos flatternden jungen Mann.

„Dieses da — und das da drüben", sagte sie mit lauter Stimme und zeigte auf zwei Bilder mit roten Punkten am Rahmen.

„Ausgeschlossen. Beide verkauft." Der Riese sprach leiser, aber ebenso schroff. Aus beiden Räumen näherten sich die Besucher, unauffällig, aber unaufhaltsam. Keiner wollte sich das entgehen lassen. Riese sowie Malerin sahen und hörten uns nicht, waren nur von ihrem Zorn besessen.

„Weg damit", sagte die Malerin schroff, „ich muß sie in Ordnung bringen. Ende der Woche können Sie sie wiederhaben."

Der Mann sah über seine Brillengläser im Kreise umher — wir warteten gespannt —, machte kehrt und verschwand grußlos in seinem Büro.

Die Malerin stand mit verschränkten Armen, während der junge Mann die Bilder abmontierte, sah sich um und bemerkte uns zum erstenmal. Als ihr Blick auf mich fiel, blieb er hängen. Sie betrachtete mich eingehend und ungeniert.

Der Jüngling war fertig und stand schwitzend mit den beiden Bildern vor ihr.

„Bringen Sie sie in meinen Kombiwagen."

Sie marschierte zur Tür, hielt sie für ihn offen — kam noch einmal zurück. Pflanzte sich vor mir auf und sagte: „Ich möchte eine Skizze von Ihnen machen. Vielleicht auch ein Portrait. Hätten Sie Lust?"

*

Während der ersten Sitzung hatte sie nach zehn Minuten die Kohle aus der Hand gelegt.

„Ziehen Sie das Zeug da aus. Hier." Damit ging sie zu einer Truhe und zog einen hellen Poncho mit Lamafell umfranst ans Licht.

„Aus Cuzco. Echt."

„Haben Sie in Peru gemalt?"

„Wollte sogar dort bleiben."

„Und warum sind Sie nicht geblieben?"

„Bin zu alt. Oder noch nicht alt genug —" Sie lachte und zeigte auf eine Kommode in der Ecke, auf der ein grinsender peruanischer Mumienkopf mit schwarzem Zottelhaar stand, dem sie ihre venezianische Dogenkappe aufgesetzt hatte. Er sah ihr nicht unähnlich.

Ich hatte mir in ihrem Zigeuner-Badezimmer, in dem sie Pinsel wusch und das nach Terpentin stank, den Poncho angezogen, fand, er paßte nicht zu meinem Gesicht, aber sie hatte zufrieden genickt, skizziert, dann zu malen angefangen. Das war vor drei Wochen gewesen. Es wurde immer noch geschwiegen, Musik gehört, Kaffee getrunken, „auf Wiedersehen" gesagt.

Ich hatte versucht, in der Galerie etwas über sie zu erfahren. „Eine schwierige Person. Gefährlich." Das störte mich nicht. Das waren die meisten, die was leisten wollten. Niemand kannte sie persönlich. Ich auch nicht, obgleich ich zweimal in der Woche anderthalb Stunden in ihrem Atelier verbrachte.

Langsam wuchsen die Farben auf der Leinwand aufeinander zu. Jetzt war es bereits ein dichtes Gewebe. Nicht, daß sie jemals gesagt hätte: „Wollen Sie es sich ansehen?" Aber vielleicht wußte sie, daß ich das in den Pausen tat, sowie sie in der Küche verschwunden war.

*

Es war ein neblig-nasser englischer Winternachmittag gewesen, als ich an jenem Tag, an jenem hinterhältigen Tag, aus dem Atelier der Malerin ins Hotel zurückkehrte. Ich war den ganzen Weg zu Fuß gelaufen, wollte Zeit gewinnen, konnte das Knistern und Knacken nicht loswerden, das wie die Nachwehen eines elektrischen Schlages immer noch spürbar war, auch jetzt, eine gute Stunde, nachdem ich den Bronzekopf in der Hand gehalten hatte, Anabels Kopf, geschrumpft, wie es die Jivaro-Indianer mit den Köpfen ihrer Feinde taten.

Ich wußte genau, was zu geschehen hatte, wenn ich in meinem Zimmer im Hotel angekommen war. Länger konnte ich es nicht mehr aufschieben.

Oben stand ich eine Weile am Fenster. Der Nebel draußen tat mir gut. Er bot mir kein Panorama zur Betrachtung an, nur eine sanft wogende, formlose Masse. Von Zeit zu Zeit teilten sich die Schwaden, und man konnte einen Augenblick lang die Themse tief unten erkennen, schiefergrau und griesgrämig. Dann verschwand sie wieder hinter dem Dunst-Plumeau.

Nicht, daß ich es noch ein letztes Mal hinauszögern wollte. Im Gegenteil, jetzt, wo es soweit war, fühlte ich sogar etwas wie Ungeduld. Aber dieser Ungeduld durfte nach so vielen Jahren des Aufschiebens und der Drückebergerei nicht sofort nachgegeben werden. Strafe muß sein. Außerdem wollte ich mir in aller Ruhe darüber klarwerden, was mir bevorstand, wenn ich jetzt zur Gepäckkammer ging.

Ich holte den Koffer, legte ihn aufs Bett, setzte mich daneben und sah ihn an. Es war ganz leicht gewesen, ihn zu tragen und zu heben, er war ja leer. Bis auf den Pappkarton.

Der Schlüssel. Dann ein kleiner Druck, nur halb im Ernst gemeint — und die Kofferschlösser sprangen auf, hastig, bereitwillig. Da lag er.

Ich holte eine Schere und schnitt die dicken Schnüre durch, hob den Deckel ab. Das Tagebuch. Braunes Leder, kunstvoller Verschluß, wahrscheinlich aus echtem Gold. Daneben der Schlüssel, auch aus Gold. Anabel besaß nichts, was nicht echt war. Und der Brief. Den legte ich beiseite.

Öffnete das Buch. Auf der leeren Titelseite lag ein Stück Papier, irgendwo abgerissen, darauf mit Bleistift in Druckbuchstaben: „NEIN! ZUERST DEN BRIEF."

Ich riß den Zettel mitten durch. Nein, zuerst das Buch. Schlug die erste Seite auf.

Die Handschrift, sorgfältig, rund, gleichmäßig, war mir so vertraut wie meine eigene. Dabei hatte ich nur wenige Briefe von ihr erhalten. Wir waren beinah immer in derselben Stadt gewesen, in London, vor dem Krieg. Es war klar, daß dieses Tagebuch Vorgänger hatte, denn es gab keinerlei Erklärungen ab, fing mittendrin auf einer Mittelmeerreise im Sommer '35 an. Das war noch vor meiner Zeit. Da kannte ich sie noch nicht.

Aber nach dem, was die Malerin heute erwähnt hatte, kannte ich sie auch später nicht, hatte keine Ahnung, daß sie Tagebuch schrieb, und zwar, wie mir gleich die erste Seite zeigte, unbarmherzig und voller Haß. Auf Bill, ihren Mann, auf Nina, ihre Tochter, und auf sich selbst am meisten. Sie haßte sich also schon damals, noch bevor sie Jerome und mich traf.

Das erste Datum: 10. Oktober.

„... Ich stehe jetzt immer vom Frühstückstisch auf, bevor B. nach dem Obst greift. Ich kann's nicht ausstehen, wenn er in den Apfel beißt und der Saft nach allen Seiten spritzt ..."

Ein Kinnhaken für B., ihren Mann, Bill Maclean. Wie hatte er nur ausgesehen? Groß, sehr groß sogar, mit hellem, gewelltem Haar („geschneckelt" nannte es meine Mutter), sommersprossig. Einmal — wann war das? — wickelte er Anabel in ihren Pelz ein, ließ aber nicht los, hielt sie von hinten umklammert, drückte sein Gesicht in ihr Haar, murmelte: „Ach, das tut gut!", hatte vergessen, daß ich daneben stand. Sie hielt still, aber ich war froh, daß er ihr Gesicht nicht sah.

Nächste Eintragung: 11. Oktober. Eine Ohrfeige für Nina, ihre Tochter, damals vierzehnjährig:

„... Gestern sind wir endlich in Genua gelandet, und ich brachte sie zur Bahn. Sie glaubte, es sei mütterliche Fürsorge. In Wahrheit wollte ich nur sicher sein, daß ich sie wirklich bis zu den Weihnachtsferien los bin. Ich warf dem abfahrenden Zug eine Kußhand nach. Hätte mich doch lieber davor auf die Schienen geworfen. Wie Anna Karenina. Tolstoj wußte Bescheid. Diese Sehnsucht, sich zermalmen zu wollen, zu Brei werden ...“

Es war immer dunkler geworden. Ich hatte Mühe, die Worte zu entziffern, buchstabierte noch einmal den letzten Satz: *„... zu Brei werden ...“*

Sorgfältig, ruhig rund geschrieben, das I-Tüpfelchen in „Brei“ haargenau über dem Strich.

Ich schlug das Buch zu.

III

Lag dann später lange im Dunkeln. Versuchte immer wieder, meine Gedanken loszureißen, die wie Taranteln an dem Tagebuch hingen, fand schließlich, todmüde, hellwach, Rettung bei meiner alten Kinder-Therapie. „Denk an Karl den Großen", hatte mein Vater gesagt, wenn ich vor einem „Ereignis" vor Aufregung nicht einschlafen konnte. Warum Karl der Große? Mein Vater hatte geheimnisvoll gelächelt und gesagt: „Du wirst sehen — es hilft." Es half. Karl der Große mit seiner Zackenkrone unterbrach zwangsläufig mein Gedanken-Karussell, auch wenn er nur ein paar Sekunden lang in meinem Gehirn auf dem Thron saß.

Karl der Große also! Her mit ihm. Da saß er schon — aus Stein, auf einem kleinen Pferd, ein Gesicht wie ein Pfannkuchen — und weg war er.

Dafür rauschte und plätscherte es um mich herum, als sei ich von Wasser umgeben. Immer, wenn ich mich in die Vergangenheit zurückdachte, „tauchte" ich. Gesichter, Gegenstände kamen „angeschwommen", andere lagen dunkel „auf dem Grund" oder wehten wie Algen hin und her, ließen sich nicht verankern.

Nur was mit Jerome zu tun hatte, lag glasklar unter der Oberfläche, Umrisse, Hintergründe wie angestrahlt. Ich konnte seine Stimme hören und die der Menschen um ihn herum, auch meine eigene, als hätte ich alles auf Tonband aufgenommen.

*

Als wir Anabel zum erstenmal trafen, waren wir gerade in unsere kleine Wohnung in Hampstead eingezogen. Jetzt mußten wir nicht mehr nachts heimlich in das Haus in der Parsifal Road schleichen, in dem ich mit meiner Mutter und meinen beiden Schwestern wohnte. Wenn meine Mutter etwas hörte, so ließ sie mich das nie wissen. Das Haus beherbergte noch ein paar Untermieter, deren Privatleben streng respektiert wurde. Und in dieser Hinsicht behandelte sie auch ihre erwachsenen Töchter wie Untermieter.

Tagsüber, wenn ich nicht im Atelier stand oder Probe hatte und wenn es nicht gerade goß, waren wir im Hyde Park umhergewandert. Wir liebten den Hyde Park. Er hatte uns Glück gebracht, war unsere erste Zufluchtsstätte gewesen seit dem Nachmittag, als ich Jerome zum erstenmal sah.

Wenn ich den Anfang der „Sache" suchte, dann war *das* das richtige Datum: 2. April '36, der Tag, an dem alles angefangen hatte.

Im Lyons Corner House am Marble Arch. Kein feines Lokal, aber damals spielte ich noch kleine Rollen, paßte auf jeden Shilling auf. Früher Nachmittag. Das Café war leer. Ich wartete auf meinen Agenten, der mir ein Filmmanuskript bringen wollte, falls man kein englisches Mädchen vorziehen würde.

Der Agent kam nicht. Ich gab ihm noch zehn Minuten, dann würde ich mit dem Bus nach Hause fahren, meine Mutter würde es mir vom Gesicht ablesen, morgen würde ich es vergessen haben, anderen Hoffnungen nachjagen. Ich blätterte in meiner Zeitung, fühlte plötzlich ein Paar Augen auf mir. Sie brannten durch meine Baskenmütze, mein Roßhaar und meinen gesenkten Kopf hindurch. Schräg gegenüber saß ein junger Mann, vor ihm sein Tee, neben ihm ein leerer, angelehnter Stuhl, genau wie bei mir. Jemand hatte auch ihn sitzenlassen. Dunkel von Gesicht, schwarze Haare, pechschwarze neugierige Augen — sicher kein Engländer. Als ich ihn ansah, lächelte er. Ich vertiefte mich wieder in meine Zeitung, fühlte die Augen, die sich nicht von meiner gelben Mähne lösten. Damals war ich strohblond gefärbt, überzeugt, daß mich das zum „Filmstar“ machte.

Ein paar Minuten später stellte er seinen kalten Tee neben meinen, ließ sich auf den leeren Stuhl nieder, fragte, ob wir nicht einen Spaziergang machen sollten, es regne nicht mehr.

Kurz darauf standen wir auf der Straße, seine Hand unter meinem Ellbogen, überquerten die Oxford Street und wanderten in den Hyde Park hinein. Dort, so sagte er, gäbe es Liegestühle, Sixpence die Stunde. Ich kannte sie. Sie waren vorigen Sommer — meinem ersten in London — mein Lunch-Restaurant gewesen. Dort hatte ich täglich gesessen und mein Knäckebrot ohne Butter mit Schinken verschlungen. Der Magen sollte schrumpfen und aufhören, nach Milchschokolade zu lechzen, denn noch sah ich vor der Kamera wie eine Pellkartoffel aus. Das war vor einem Jahr gewesen. Inzwischen hatte ich zehn Pfund verloren. Und auch einige Rosinen, was meine „kometenhafte“ Karriere in England anbetraf.

Wir wanderten stumm nebeneinander her. Es gab da ein Gelände im Hyde Park, so abgelegen, daß nur selten ein Parkwächter erschien, um zu kassieren. Offenbar kannte der junge Mann diesen Platz genauso gut wie ich, denn er steuerte zielbewußt in diese Richtung. Von Zeit zu Zeit sah ich ihn verstohlen an — er fühlte es jedesmal und lächelte mir zu.

Er war jetzt, bei Tageslicht, eher noch dunkler von Teint und Haarfarbe. Die Gesichtszüge stritten sich, die oberen eher unheimlich durch die niedrige Stirn, die dichten, fast zusammengewachsenen Augenbrauen, die schrägen, etwas zu eng beieinanderstehenden Augen. Die unteren, Nase, Mund und Kinn, gehörten zu einem anderen Gesicht, so behutsam und mädchenhaft zart waren sie geschnitten. Je länger ich ihn ansah, desto schwerer fiel es mir, mich auf die Wiesen voller Krokusse zu konzentrieren, auf die er mich mitsamt lateinischen Namen aufmerksam machte. Ich gab ein paar freudig zustimmende Geräusche von mir, wollte nicht, daß er zu sprechen aufhörte, wollte der Stimme, dieser dunklen, summenden Stimme, noch lange zuhören.

Ich merkte natürlich, daß auch er mich gelegentlich von der Seite ansah, lächelnd, abschätzend — vielleicht sogar beifällig —, ich war nicht ganz sicher. Ich war meiner überhaupt nicht sicher, wußte nicht, ob mir von der Haferlschuh-Wadenstrümpfe-Tintenflecken-Atmosphäre nicht doch noch etwas anhaftete, Überbleibsel der seligen Jahre — beinahe noch greifbar —, als ich inmitten anderer deutscher Wandervögel den Rhein und die Mosel hinauf- und hinuntergewandert war, „Wohlauf, die Luft geht frisch und rein, wer lange sitzt, muß rosten...“ singend. Wir rosteten nicht, schafften zwanzig Kilometer am Tag. Ein fauler Witz der damaligen Zeit teilte die Wandervögel in zwei Kategorien ein: solche, die wanderten — —

Zu diesen gehörte ich. Kugelrund, von aggressiver Gesundheit, den Rucksack auf dem Rücken, in Jugendherbergen oder Bauernscheunen übernachtend, streng bewacht von unseren Lehrern. Hänke-Pänke gab's nicht.

Daher hatte ich Jungen gegenüber eine fatal burschikose Art, die sich erst langsam verlor. An ihre Stelle trat dann der erste Anflug von Koketterie, etwas verkrampft und verspätet. Anderen Mädchen war so was angeboren. Aber ich war auf einigen Gebieten rätselhaft zurückgeblieben.

Zum Beispiel im Tanzen. Gramzerfranst mußte ich zusehen, wie andere Mädchen die kompliziertesten Schritte und Wendungen im Arm ihrer Partner ausführten. Woher wußten sie, was der jetzt gerade für eine Drehung plante?

Ich beichtete meiner Mutter, daß ich immer „heftige Kopfschmerzen“ hatte, wenn man mich aufforderte, woraufhin mein Vater mich eines Tages beim Mittagessen mit der Ankündigung überraschte — streng sachlich, ohne Augenzwinkern —, daß er private Tanzstunden für mich arrangiert hätte, um den Foxtrott, den English Waltz und sogar den Tango zu erlernen. Eine junge Dame aus gutem Hause würde es mir beibringen.

Die junge Dame aus gutem Hause hieß Fräulein Wassermann und war etwa zwanzig Jahre alt, vier Jahre älter als ich. Sie besaß ein Grammophon (zum Aufdrehen), eine Anzahl Schlagerplatten und einen gewaltigen Busen. Dieser war ein Hindernis, denn er war mir im Wege, wenn sie mich — streng pädagogisch — an sich drückte. Besonders beim Tango, der unter konvulsivem Rhythmus auszuführen ist. Wann immer sie mich elegant an einer Hand hielt, während wir Bein an Bein in halber Kniebeuge auf und nieder wogten, und mich dann plötzlich Tango-vorschriftsgemäß mit kühnem Ruck an sich riß, so prallte ich jedesmal an ihren zwei Riesengummibällen zurück, außer Atem und Fassung.

Der Tag, an dem sich dann zum erstenmal anstelle der Gummibälle eine harte Männerbrust an meine drückte, wurde zum unvergeßlichen Erlebnis. Obgleich die harte Männerbrust die vorgeschriebenen Schritte lange nicht so haargenau beherrschte wie ich und daher von mir in eisernem Zangengriff hin und her manipuliert wurde, so, wie es Fräulein Wassermann befohlen hatte.

Ich kann mich noch an den Ausdruck auf seinem Gesicht erinnern, als er mich eilig an meinen Tisch zurückbegleitete.

*

Wir fanden zwei Liegestühle unter einer alten Buche, rückten sie zusammen und streckten uns aus. In der Ferne spielten Kinder, bewacht von Nannies, auf Bänken sitzend, schwatzend und strikkend. Manchmal kam ein fremder Hund und beschnüffelte uns, wurde aber bald von dem Pfiff eines unsichtbaren Herrn fortgescheucht.

„Wie heißen Sie eigentlich?“ fragte ich streng.

Der junge Mann beeilte sich, seine Personalien anzugeben: Jerome sei sein Name. Sein Vater hieß Simon Lorrimer, seine Mutter Garibalda Pampanini.

Mehr hörte ich nicht. Garibalda Pampanini! Ich hatte schon zweimal angestanden, um eine Karte im dritten Rang für die Covent Garden Opera zu bekommen, als sie „Turandot“ und „Carmen“ sang. Der Sohn der Pampanini! Daher der dunkle Teint. Daher die Stimme. Seine Mutter stammte aus Sardinien, nicht wahr? Ja, aus Olbia. Das 14. Kind in der Familie. „Mein Großvater saß gerade im Turm. Er war ein Anhänger Garibaldis. Meine Mutter war bereits die zweite Tochter, die er nach ihm nannte. Die Älteste, die auch so hieß, war bereits verheiratet. Und er mußte jemanden im Haus haben, den er ‚Garibalda‘ rufen konnte.“ Sie sei von Anfang an ein „flotter Knochen“ gewesen, vor Gesundheit und Lebensfreude strotzend, hatte schon als Kind beim Singen lokaler Volksweisen Aufsehen erregt, bis „jemand“ sie hörte und ein anderer „jemand“ sie ausbilden ließ. Alles weitere kam von selbst: Adelina Patti war eines Abends indisponiert — und die achtzehnjährige Garibalda gab ihr Debüt an der Pariser Oper als „Aida". Ihr Partner hieß Caruso.

„Und Ihr Vater?"

Jerome riß zwei Grashalme aus der Erde, preßte sie flach zwischen beide Daumen und blies einen quietschenden Ton heraus.

„Mein Vater — im Augenblick ist er nicht da."

„Wo ist er?"

„Meine Eltern leben schon seit vielen Jahren getrennt. Ich glaube, sie sind sogar geschieden. Jedenfalls hat meine Mutter jahrelang neue Livreen für die päpstliche Leibgarde bezahlt, damit die Scheidung anerkannt wird. Sie ist nämlich fromm. An katholischen Feiertagen machen wir Prozession durch die Wohnung. Mamma voran, ich mit dem Weihrauch hinterher, dann die Köchin, dann der Chauffeur — er haßt das, er ist evangelisch — und zuletzt Benito, der Dackel. Da wird jede Zimmerecke mit Weihrauch geweiht, so fromm ist sie."

Ich vergaß anständige Zurückhaltung, wollte noch mehr hören über Garibalda, wollte wissen, wie es sich mit ihr lebte („abenteuerlich"), ob man überhaupt mit ihr reden könnte („Manchmal. Dann ist sie sogar auf alt-bäuerliche Art weise."), ob er das Gefühl hätte, eine Mutter zu haben.

„Mutter? Sie ist Sängerin. Ich gehörte zu ihrer Kapitalanlage."

„Gehörte? Jetzt nicht mehr?"

„Neulich versuchte sie, mich meistbietend zu versteigern. Hatte bereits jemand Erträgliches im Auge, betrachtete mich aufmerksam von oben bis unten und erklärte, mein Oberkörper sei zu lang im Vergleich zu meinen Beinen. Daher müsse ich meinen Antrag im Sitzen machen. Ich wollte mich aber nicht verheiraten, weder im Sitzen noch im Stehen. Daraufhin wurde ich abgenabelt."

„Hatten Sie es schwer — als Kind?"

„Nur wenn ich zu Beginn der Ferien vom Internat nach Hause kam. Da ließ sie sofort Badewasser einlaufen und verabreichte mir einen Löffel Rhizinusöl, denn ‚ein Sohn muß seine Mutter äußerlich und innerlich sauber begrüßen'."

Ich starrte ihn an. Er lachte.

„Sie ist bedeutend amüsanter als die Mütter meiner Freunde. — Und Sie? Wo kommen Sie her? Was tun Sie?"

„Ich komme aus Berlin —"

„Emigrantin. Hab's mir doch gedacht. Sie wohnen in Hampstead."

„Woher wissen Sie das?"

„Alle Emigranten wohnen in Hampstead."

Stimmte. Die ersten deutschen Auswanderer hatten sich den Vorort Hampstead ausgesucht. Er erinnerte sie an ruhige deutsche

Straßen mit seinen zweistöckigen viktorianisch-wilhelminischen Häusern hinter Ahornbäumen.

„Ich bin Schauspielerin.“

„Auch das habe ich bemerkt.“

„Woran?“

„An Ihrer Haarfarbe. Haben Sie einen Liebhaber?“

Ich schwieg empört. Der war doch frech, der Kerl. Er nahm meine Hand.

„Rauhe Hände!“ meinte er und streichelte sie. Hastig entzog ich sie ihm.

„Das Wasser in unserem Haus ist hart — ich vergesse immer, Handcreme zu kaufen ...“

„Glyzerincreme“, sagte er, „das Beste und Billigste. Alles andere ist parfümierter Schwindel. Ich weiß das. Ich bin Maler. Das Terpentin reißt meine Hände auf. Morgen bringe ich es vorbei. Wo wohnen Sie?“

So hatte es angefangen. Mit Glyzerincreme für rauhe Hände.

Das Gras im Hyde Park begann zu flimmern, unsere Liegestühle schwammen weg. Ich versuchte, Jerome noch einmal ins Blickfeld zu zwingen: Da stand er am nächsten Tag — vor dem Gartentor in Hampstead — ein Paket in der Hand — ich sah ihn vom Fenster aus — etwas verwackelt — unscharf — löste sich auf, löschte aus.

IV

Am nächsten Morgen weckte mich das Telefon.

„Wo sind Sie?“ Die Stimme der Malerin.

Wo war ich? Ich mußte erst Licht machen, bevor ich es wußte.

„Im Hotel. Wieso?“

„Es ist elf Uhr“, knurrte sie wütend und legte auf.

Als ich eine halbe Stunde später ohne Frühstück ins Atelier hetzte, saß sie vor ihrer Staffelei, brummte etwas, ohne aufzusehen, in Hintergrundschattierungen versunken. Ich stülpte eilig den Poncho über, verfiel in meine Pose, Hände gefaltet, Kopf nach links, Richtung Kaminsims.

Da stand er, der kleine Kopf. Jetzt war er deutlich zu sehen. Mehr nach vorn gerückt. Vielleicht hatte sie ihn sich noch einmal hervorgeholt.

Sie drehte die Augen zu mir herüber, konzentrierte, abwesende Maleraugen.

„Sie sehen so verkrampft aus — denken Sie doch an etwas.“

„An was?“

„Egal. Aber denken Sie an etwas Bestimmtes. Irgendein Erlebnis. Das zeigt sich in Ihrem Gesicht, aber das stört mich nicht, ich bin gerade am Knie. Der Körper entspannt sich, und Sie merken nicht, daß Sie eine Pose halten müssen.“

An etwas Bestimmtes denken — meine Mutter winkte von weitem — Karl der Große galoppierte grußlos vorüber — Jerome tauchte auf — blieb stehen. Jerome. Das erste schöne Jahr, als wir beide keinen Pfennig hatten, spazierengingen, hin und wieder auch mal ins Kino, oben im zweiten Rang.

Da oben saßen wir eines Abends, aber nicht, um den Film zu sehen.

„Du solltest meine Mutter kennenlernen“, hatte Jerome schon ein paarmal gesagt, „dann muß ich dir nicht so viel erklären.“

Von Nach-Hause-Einladen war aber nicht die Rede. Garibalda erlaubte nicht, daß ihr Sohn ein Mädchen in die Wohnung mitbrachte. Warum eigentlich nicht? Garibalda gab nie Gründe an.

Wo und wie konnte man sie dann kennenlernen? „Zufällig“, sagte Jerome. Deshalb saßen wir heute zufällig im Carlton Cinema während einer Film-Premiere. Garibalda hatte ihr Erscheinen zugesagt.

Jerome durfte an diesem Abend ihren Bentley benutzen. Den bekam er manchmal geliehen, natürlich ohne Chauffeur. Und ohne Benzin. Garibalda fand, das könnte „das Mädchen“ dazusteuern.

Und dabei, wenn möglich, den Tank auffüllen. Im Inneren des Autos roch es nach Tuberosen. Ich trug ein neues Kleid, Jerome zum erstenmal im dunklen Anzug.

Vom obersten Rang aus sahen wir zu, wie sich das Kino füllte. „Da ist sie", sagte Jerome. Überflüssig, denn niemand hätte ihren Eintritt übersehen können. Von Kopf bis Fuß in weißen Hermelin eingewickelt, darüber der schöne dunkle Kopf, Diamanten an den Ohren, Orchideen in der Hand, ein Paradiesvogel, gefolgt von drei Pinguinen, tadellosen Herren passenden Alters. Langsam bewegte sie sich durch den Mittelgang, lächelte breit nach allen Seiten mittels zweier Schnüre sehr weißer Zähne, wurde erkannt, gedämpft applaudiert, nahm Platz.

Ich wußte von der Bühne der Covent Garden Opera her, was unter dem majestätischen Hermelin saß: eine italienische Primadonna-Statur mit gewaltigem Busen — wer wogt, gewinnt —, Opulenz, in ein Korsett gepreßt, aber gerettet von einem unerwartet langen Hals, über dem der schwarze Kopf mit den Brombeeraugen königlich thronte. Auch als es bereits dunkel war im Kino, konnte ich noch den weißen Pelz leuchten und die Diamanten blitzen sehen.

Nach der Vorstellung kämpften wir uns zum Foyer durch und beobachteten Garibalda, die üppig die breite Treppe hinunterschwang. Dann stieß mich Jerome vorwärts — und die weiße Dame blieb erstaunt stehen.

„Mio figlio", erklärte sie den begleitenden Pinguinen. Es klang wie ein Verdi-Rezitativ. Jerome drückte mich noch einen Schritt vor, und sie streckte einen weißen Glacéhandschuh aus, den ich ergriff und vor dem ich knickste. „Ah", meinte sie huldvoll, „das ist also die Kleine. Rrreizänd." Dann wandte sie sich an Jerome und sagte blitzschnell auf italienisch (später von Jerome übersetzt), immer mit dem gleichen Weihnachtsengel-Lächeln auf dem Gesicht: „Wenn auch nur die kleinste Schramme am Bentley ist, hau' ich dir eine."

„Naturalmente, Mamma", sagte Jerome dankbar und küßte den Glacéhandschuh. Dann glitt sie an uns vorbei —

*

„Pause", sagte die Malerin und verschwand in der Küche.

Als der erste heiße Schluck Kaffee hinuntergerieselt war, faßte ich einen kühnen Entschluß.

„Könnten Sie den Kopf nicht woanders hinstellen?"

„Welchen Kopf? Ach so. Wenn es Ihnen so viel ausmacht —"

Aber sie blieb sitzen, trank, rauchte und sah mich lächelnd an.

„Ist die Erinnerung so unangenehm?“

Ich antwortete nicht. Sie stand auf und stellte die Skulptur hinter ein Buch auf das Bücherregal.

„Ich brauche ein gelassenes, ruhiges Modell“, sagte sie und setzte sich wieder hin.

„Tut mir leid.“

„Wenn ich jetzt Cézanne wäre, würde ich Sie nach Hause schicken und sagen: Probieren wir's morgen wieder. Aber ich bin nicht Cézanne.“

„Vielleicht käme ich nicht wieder.“

„Eben. Und das kann ich mir nicht leisten bei einem halbfertigen Bild. Lassen wir das Malen heute. Erzählen Sie mir.“

„Was?“

„Von Anabel. Ich habe nie wieder etwas von ihr gehört. Weiß nur, daß sie nach England ging und dort heiratete.“

Ich goß mir eine zweite Tasse Kaffee ein, war aber auch dann nicht in der Lage zu antworten. Ging notgedrungen zum Angriff über.

„Erzählen *Sie* doch von Anabel.“

Sie lehnte sich im Sessel zurück und nahm die Brille ab, dehnte sich wie ein alter Kater und antwortete erstaunlich milde.

„Was wollen Sie wissen?“

„Wie lebte es sich mit Anabel?“

„Genauso schlecht wie mit einem Mann.“

„War sie Ihr Modell?“

„Nein, aber sie wollte es sein. Ich hatte nach einem Modell annonciert, hatte bereits einige interviewt. Alle zu dünn. Es war kurz nach dem Ersten Weltkrieg, wir hatten nicht viel zu essen. Dann klingelte es — und da stand Anabel. In einem hellen Mantel, den Gürtel viel zu eng gezogen, damit ich ihre Taille bewundern sollte. Es war mir aber nicht um die Taille zu tun —“

„Um was denn?“

„Um die Proportionen natürlich, und die waren alle falsch bei ihr, die Schultern zu breit, die Beine zu lang. Aber sie gefiel mir. Sie gefiel mir so gut, daß ich Kaffee machte. Sie schlängelte sich wie eine Ölsardine an meinen Leinwänden vorbei, die Kaffeetasse in der Hand, schlürfte laut, sagte: ‚Pardon, aber sonst schmeckt's mir nicht, hier gefällt's mir‘ in einem Atemzug, blieb stehen, setzte die Tasse ab und begann, sich ohne jede Zimperlichkeit auszuziehen, langsam, als ob sie zu Hause ins Bad steigen wollte. Legte jedes Kleidungsstück ordentlich gefaltet auf den Hocker — auf den da, auf dem Sie sitzen — —“

Ich fuhr in die Höhe. Sie sah mich erstaunt an, hörte auf zu sprechen und legte den Kopf wieder auf die Seite, als hätte ich etwas gesagt, was sie nicht verstanden hatte. Ich setzte mich wieder hin. Sie wiederholte ruhig: „Legte alles ordentlich auf den Hocker und richtete sich auf. ‚Na?‘ sagte sie. ‚Schön?‘ — ‚Leider nicht‘, sagte ich. ‚Wie ein abgeknabberter Hühnerknochen. Melden Sie sich bei einer Modezeitschrift als Mannequin. Da wird man vielleicht Verwendung für Sie haben.‘ — ‚Sind Sie sicher, Sie haben keine für mich?‘ sagte sie und blieb gleich da. So hat das angefangen.“

Sie schwieg eine Weile und griff nach ihren Gauloises. „Ich machte einen großen Fehler, etwas, was mir eigentlich nicht passieren durfte. Schließlich war ich zehn Jahre älter und hundert Jahre gescheiter. Aber ich fiel auf sie rein. Und als ich's merkte, war's zu spät.“

Sie zündete die neue Zigarette an der alten an. Dann sagte sie, jedes Wort sorgfältig abwägend: „Ich hielt ihre Leidenschaft für Wärme. Hab' ganz schön dafür blechen müssen — für meine Verhältnisse.“

„Was waren Ihre Verhältnisse?“

„Eine Hornhaut wie ein Rhinozeros. Die mußte man haben, damals in Paris, wenn man aus der Provinz kam. Ich kannte keine Seele, als ich ankam, aber ich wußte, daß ich Talent hatte. Und daß ich Männern nicht gefiel. Wahrscheinlich, weil sie mir nicht gefielen. Manchmal gefiel mir eine Frau. Aber gewöhnlich lebte ich allein. Anabel war eine Ausnahme. Sie ging mir unter die Haut, vielleicht, weil sie beides war, meine Geliebte und mein Kind. Damals war sie höchstens achtzehn. Ich erzog sie, lehrte sie. Sie wußte nichts und war auch noch stolz darauf. Aber einiges hat sie dann doch allmählich begriffen.“

Diese also, diese mit der Brille und dem befleckten Malerkittel, diese dort in dem Stuhl, halb ausgelöscht von ihren eigenen Rauchschwaden, diese hatte mit Anabel gelebt, als sie erst halbfertig war und störrisch und schamlos. Wie hatte sie wohl ausgesehen mit achtzehn Jahren? Schon damals zu dünn und zerbrechlich, unausgegoren, aber bereits gefährlich. Diese da, die Malerin — wie hatte *sie* wohl damals ausgesehen? —, die war ihr noch viel näher gewesen, als ich es jemals war — und hatte sie ungeschädigt abstreifen können . . .

„Wie sind Sie von ihr losgekommen?“

„Mit Gewalt“, sagte sie grimmig, „ich konnte sie mir nicht mehr leisten. Nicht des Geldes wegen — das auch, aber das war nicht so wichtig —, aber ich konnte nicht mehr malen. Ich stand am Fenster und sah auf die Avenue Kléber hinunter, anstatt vor meiner Leinwand zu sitzen. Ich wartete auf das Taxi, das vor dem Haus anhalten würde. Das ging manchmal halbe Nächte lang. Eines Nachts ertappte ich mich dabei, wie ich in die Dunkelheit hinunterstarrte und die Hände rang — wie Lillian Gish im Stummfilm. Da wußte ich, es war soweit. Ich packte ihre Sachen in drei Koffer, warf alles kunterbunt hinein, und noch ein paar alte Mallappen dazu, mitten zwischen die Abendfähnchen. Der Geruch geht nie ganz heraus. Goß noch ein paar Tropfen Terpentin hinterher. Nahm die große Schere — die da, dort drüben —, zerschnitt ihren Pelzmantel in kleine Stücke und stellte die Koffer vor die Haustür. Dann ging ich schlafen. Ohne Schlafmittel. Irgendwann klingelte es. Ich wachte auf — da fiel mir alles ein. Ich hatte Angst, daß ich einen Rückzieher machen würde, deshalb sagte ich ganz laut zu mir: ‚Bist du eine Fußmatte — oder ein Maler?' Sie rief durch die Tür: ‚Was sagst du da? Mach doch auf.' Ich öffnete die Tür. ‚Was soll das heißen?' sagte sie und zeigte auf die drei Koffer. ‚Das soll heißen, daß ich ein Maler bin', sagte ich und schlug ihr mit aller Kraft ins Gesicht. Dann machte ich die Tür zu."

Ich saß ganz still. Diese dort hatte Anabel ins Gesicht geschlagen, „mit aller Kraft". Sie las es mir an den Augen ab und sagte gelassen: „Es hat mir nie leid getan. Es mußte so enden. Gewalttätig. Anders hätte man sich von ihr nicht trennen können."

„War das das Ende?"

„Beinah." Sie lachte, als ob ihr noch die Erinnerung Spaß machte, schüttelte den Kopf (über sich? über Anabel?) und griff wieder nach den Gauloises. Blies den ersten Rauch gleichzeitig mit den ersten Worten aus: „Ein paar Monate später saß ich während einer Vernissage auf einem Stuhl, als mir jemand von hinten die Hände vor die Augen hielt und ‚Wer bin ich?' rief. Ich versuchte, mich loszumachen, hatte die Stimme natürlich erkannt. Aber sie verkrallte sich geradezu. ‚Riech mal!' sagte sie und drückte mir die Hände vor die Nase, daß ich beinahe erstickte. ‚Terpentin!' Dann ließ sie mich los und schlängelte sich schnell durch die Menge und zur Tür hinaus."

„Und der Bronzekopf? Sie sagten doch, Anabel hätte Ihnen nie ..."

„Hat sie auch nicht. Den Kopf habe ich viel später modelliert. Weiß selbst nicht mehr, warum. Hatte ihn eigentlich vergessen — bis Sie ihn da gestern hervorkramten. Hatte auch Anabel vergessen. Weiß nicht mal, ob sie noch lebt."

V

Als ich aus der Haustür trat, versank ich sofort in dichte, schwärzlichgrüne Nebelschwaden. *Peasoup-fog*, Erbsensuppe-Nebel. Er erschien manchmal ganz plötzlich am hellichten Tag und deckte die Stadt innerhalb einer Stunde zu. Es gab dann weder Busse noch Autos; nur die Trambahn fuhr, wenn auch langsam, wie im Traum. Keine Verkehrsampel. Dafür tauchten an wichtigen Straßenkreuzungen Polizisten in weißen Mänteln auf, die Fackeln schwangen. Selbst wenn man den Weg genau kannte, verirrte man sich. Vergeblich hielt ich spukhaft auftauchende Passanten an, um herauszufinden, wo ich war. Endlich leuchtete in der Ferne ein zittriges Riesen-U auf: ein U-Bahn-Eingang. Ich tappte ein paar Stufen abwärts, ein schwacher Lichtschein erstrahlte, erst kümmerlich, dann überzeugend — und anstatt weiter hilflos im finsteren Nichts herumzurudern, war ich plötzlich wieder präzise verankert und ordentlich in die Zivilisation eingefügt.

Mein Hotel lag in Sehweite einer U-Bahn-Station, und ich schwamm die paar hundert Meter durch die Erbsensuppe zum Eingang, drehte mich mit der Drehtür in Helligkeit und Nestwärme hinein.

Als ich ins Zimmer trat, klingelte das Telefon: „Sind Sie da?“ krächzte die Stimme der Malerin. „Gut. Wollte nur wissen.“ Und legte auf.

An einem solchen Tag blieb alles zu Hause in London, oder man wartete dort, wo man sich gerade befand, bis sich der Nebel auflöste. Keine Seele würde mich heute erwarten oder besuchen. Draußen herrschte Stille. Hin und wieder ein Nebelhorn auf der Themse. Ich war allein. Ausgeliefert. Dem Tagebuch ausgeliefert. Ich hatte allerhand vorgehabt an diesem Nachmittag, wollte meine Mutter in Hampstead besuchen, hatte mir vorgenommen, spät und müde ins Hotel zurückzukehren. Zu müde, um das Tagebuch aufzuschlagen.

Da lag es und lauerte. Ließ mich nicht aus den Augen, bespitzelte mich. „Ich will es nicht wissen“, hatte ich damals gesagt, „ich will ihre Beichte nicht hören.“

Aber vielleicht war es gar keine Beichte.

*

Tagebuch. Oktober ’35. Rückkehr nach London.

„. . . *Die Naivität: Wenn ich nicht einen so schlechten Charakter hätte, würde sie mich entwaffnen. B. gestand im Schlafwagen, als ich das Licht ausschaltete, er sei tief enttäuscht, aber er könne mir das erst jetzt im Dunkeln sagen: Paul Mildman hätte ihm Hoffnung gemacht, daß ‚alles wieder in Ordnung kommen könnte', wenn wir einmal weg vom häuslichen Ehebett sein würden, am besten auf hoher See. M. mag ein guter Freund sein, vielleicht auch ein guter Arzt, aber er ist ein Idiot. Hat er vielleicht geglaubt, daß der Wellengang uns aufeinanderwerfen würde?"*

Armer Bill Maclean. Festgefahren. Glaubte immer noch, Anabel durch hungrige Knechtschaft zurückzugewinnen. Hatte keine Ahnung, daß er Diana, die Jägerin, geheiratet hatte, längst Beute war, nicht einmal Trophäe.

War er damals dabeigewesen, als wir sie zum erstenmal trafen? Es war so leicht, ihn zu übersehen, trotz seiner Länge. Vernissage in der Lafarge Gallery. War das überhaupt das erste Mal? Sonderbar, daß ich nicht ganz sicher war, daß der Tag nicht in meinem Gedächtnis eingebrannt war. Hatte der Galeriebesitzer uns bekannt gemacht? Wahrscheinlich. Ich erinnere mich an einen schnurrbärtigen Mann, der neben ihr stand. Der Maler. Sie hatte ein Bild gekauft, das teuerste in der Ausstellung. Er küßte ihr die Hand. Der Galeriebesitzer klebte gerade den ‚Verkauft'-Punkt auf den Rahmen. Ich erinnere mich auch an den Blick, mit dem Jerome das Etikett betrachtete. Niemand hatte ihm bisher eine Ausstellung angeboten, nicht einmal eine Floh-Galerie in Chelsea.

Da stand sie. In einem roten Mantel. Bill sah ich nicht, er war also nicht da. Sie kehrte ihrem neuerworbenen Bild den Rücken zu, sah es nicht an. Sie sah uns an, Jerome und mich. Wechselte, glaube ich, ein paar Worte mit uns. Als wir später die enge Treppe hinunterstiegen, war sie hinter uns, stolperte — und Jerome fing sie auf. Er sagte etwas, worüber sie lachen mußte. Dann gingen wir zusammen in die Berkeley Bar nebenan. Sie muß uns eingeladen haben, denn für so was hatten wir kein Geld.

Jetzt endlich kam das ganze Bild heraus, als läge es beim Fotografen in der Schale im Entwickler und würde von Minute zu Minute klarer und kontrastreicher: Sie saß am äußersten Ende der Bar auf einem Hocker in etwas Dünnem, Ärmellosem, den Mantel um die Schultern, wie ein roter Rahmen. Alles an ihr war überlang und eierschalendünn, auch der Kopf mit den glatten schwarzen Haaren, die über der Stirn hingen. Schwarze Augen, mit kerzengeraden Wimpern wie ein Sonnendach. Die Nase zu lang und zu schmal. Sie sah aus wie ein schöner trauriger Rabe.

Das war irgendwann im Sommer oder im Herbst '36 gewesen,

denn ich trug keinen Mantel, als wir am Berkeley Square vorbeigingen, hatte ein weißes Kleid mit schwarzen Punkten an, billig erworben aus meinem soeben unsanft verschiedenen Theaterstück.

Hastig überschlug ich Seite für Seite — wollte wissen, was *sie* damals über mich geschrieben hatte. Das mußte doch eingetragen sein, irgendwo — das konnte sie doch nicht übergangen haben. Ich blätterte Winter 35/36 in Windeseile durch — Frühling — Sommer — langsam jetzt! Juli — nichts, August — da war's:

„Vernissage bei Lafarge. Kaufte ein Bild. In die Bodenkammer damit. Aber der Maler hatte hungrig ausgesehen. Deshalb war ich schließlich eingeladen. Traf zwei junge Leute. Emigranten. Sie jedenfalls. Er, glaube ich, nicht."

War das alles? Warum hatte sie uns dann zum Abendessen eingeladen? Irgend etwas muß ihr doch an uns gefallen haben.

*

Erster Abend im Maclean-Haus. Es gab erstaunliche Gerichte. Von einem Butler serviert. Hinter ihm ein Mädchen in weißer Haube. Für die Saucen. Dreierlei Saucen. Ich wußte nicht, welche ich nehmen sollte, bekam keinen Hinweis aus ihren ausdruckslosen Augen.

Hinterher saßen wir im Salon. Alte Nußbaummöbel aus dem 18. Jahrhundert, tiefe Sessel, riesige moderne Bilder, überall Blumen in Topf-Kolossen — und jetzt endlich Bill, so, wie ich ihn von da ab beinah immer sah, immer in der gleichen Pose: mit dem Rücken zu uns, dem Grammophon zugewandt, beide Arme in der Luft. Er „dirigierte" eine Symphonie, gab einem Geister-Orchester die Einsätze und sang manchmal dazu aus vollem Halse, wie Toscanini. Anabel nahm keine Notiz.

Die erste von unzähligen Mahlzeiten im Maclean-Haus. Ich stürzte mich kopfüber in diese Beziehung, hatte vorher gar nicht bemerkt, wie sehr ich sie nötig hatte. Saß nun Stunde um Stunde auf demselben Platz in demselben Zimmer, gewöhnte mich an die Bilder, bemerkte die Blumen nicht mehr, schüttete Ängste wie Wunschträume über Anabel aus, die mir in einem hohen gelben Ohrensessel gegenübersaß, die langen Finger gespreizt auf der Armlehne, immer sprungbereit, immer siedend heiß beteiligt. Wenn ich hinterher in meinen kleinen Wagen stieg, um nach Hause zu fahren, fühlte ich mich jedesmal aufs neue geborgen und aufgerüstet. Ich hatte wieder eine Freundin.

In meiner Kindheit hatten „die Freundinnen" eine wichtige Rolle gespielt. Ich hatte viele, mindestens fünf, darunter eine „beste", und ich blieb ihnen über die Jahre absolut treu. Sie waren so wichtig für mich, weil ich mich schon als Kind ausführlich mitteilen mußte, weil es mich drängte, alles, was ich dachte und fühlte, jemandem anzuvertrauen, am liebsten mehreren zu gleicher Zeit. Nichts konnte und wollte ich geheimhalten, alles wurde erst schön, wenn ich es erzählen durfte. Dies im Gegensatz zu Oscar Wilde, der fand, daß auch die gleichgültigsten Dinge an Reiz gewinnen, wenn man sie geheimhält. Nicht für mich.

Anders war es, wenn man mir etwas anvertraute. Da konnte ich verschwiegen sein. Es war ja nicht *mein* Geheimnis, war deshalb nicht wichtig, wurde schnell wieder vergessen.

Als mir in der Emigration die Freundinnen abhanden kamen, in Deutschland zurückblieben oder in alle Winde verstreut waren, lernte ich notgedrungen zu schweigen, was in England sowieso hoch im Kurs stand. Meine Mitteilsamkeit verdorrte. Jetzt durfte sie endlich wieder sprudeln.

Anabels Tagebuch beschäftigte sich gleich nach dem ersten Abendessen in ihrem Haus mit mir, erst einsilbig, dann, ganz plötzlich, besitzergreifend:

„L. zum Lunch."

Und eine Woche später:

„L. zum Abendbrot."

Bald darauf aber:

„L. den ganzen Nachmittag – bis Nina nach Hause kam. Sie weigert sich, in ihr Zimmer zu gehen, wenn L. da ist. Klebt an ihr, will immer ‚zuhören'. Verdirbt mir alles."

Das war ihr also doch wichtig geworden. Da war *ich* ihr wichtig geworden.

Ninas Erziehung war das einzige, was mir gegen den Strich ging. Ich hielt aber den Mund, traute mich nicht zu mißbilligen. Alles war hier ganz anders als bei uns zu Hause, und „bei uns zu Hause" war meine einzige Richtschnur. Diese war kurz, straff, sorgfältig und liebevoll geknüpft, daher haltbar, auch im stärksten Gewitter. Hier im Maclean-Haus gab es ganz andere Schnüre, manche hingen lose oder waren durchgerissen, und die Schnur, an der Nina hing, schien mir ganz und gar verdreht. Wahrscheinlich von Anfang an, denn sie war — laut Anabel — „aus Versehen" erschienen, war kurzhalsig, dicklich und — vielleicht deshalb — störrisch.

„Sie hat Pickel im Gesicht", sagte Anabel, „warum hat sie Pickel? Ich hatte nie Pickel."

Nina wurde „modern" erzogen. Anabel las ihr Shakespeare vor, als das Kind zehn Jahre alt war. Sie sagte, daß Nina diese Lektüre „Baba, dem Elefanten" und „Peter Rabbit" vorzog. Außerdem sollte sie furchtlos werden, wurde daher manchmal mit Absicht abends allein im Haus gelassen. Es kam aber vor, daß ich nachts nach meiner Vorstellung ans Telefon gerufen wurde und eine dünne Kinderstimme piepste: „Ich kann nicht schlafen — ich hab' Angst — sag's nicht der Mutter —" Dann mußte ich sie an Georgie, den Schäferhund, erinnern, der in der Diele lag und wachte. „Und wenn du nicht schlafen kannst, dann sag dir ganz langsam vor: ‚Die Art der Gnade weiß von keinem Zwang . . .', und wenn du dann immer noch wach bist, versuch's mal mit: ‚Oh, welch ein Schurk und niedrer Sklav bin ich . . .' Wenn das auch nicht hilft, dann ruf mich wieder an." Sie rief nie zweimal an.

Wer weiß, vielleicht war es gut für Nina, furchtlos und Shakespeare-beschlagen durchs Leben zu gehen. Anabel war, trotz ihrer französischen Schulbildung, ein wandelndes Shakespeare-Lexikon. Und löwenherzig. Einmal brannte es nachts im Nachbarhaus. Während die Besitzer händeringend ihre Schätze zählten, die sie aus dem Fenster geworfen hatten, band sich Anabel ein nasses Tuch um den Mund, drang durch die Hintertür in die qualmende Küche ein und rettete die Katze. Nina erzählte mir das, nicht Anabel.

*

Damals, während des ganzen ersten Jahres unserer Freundschaft, stand ich entweder auf der Bühne in schlechten Stücken oder im Studio in schlechten Filmen. Aber was ich auch probte oder drehte, jedesmals erwartete ich, starrsinnig und mit Blindheit geschlagen, den „großen Durchbruch", redete mir immer wieder ein: Diesmal wird es!

Anabel machte jede meiner Hoffnungen, bösen Vorahnungen und unvermeidlichen Katastrophen Schritt für Schritt mit:

„L. nach ihrer Matinee zum Tee. Erzählte mir die ganze Schweinerei. Sie spielen seit gestern für halbe Gagen. Der Produzent ist ein Verbrecher. Ich wollte die ganze Sache dem jungen Goldman übergeben, der spezialisiert sich auf Gewerkschaften – sie hat's nicht erlaubt. Vielleicht rufe ich ihn doch an. Hinter ihrem Rücken . . ."

Von sich selbst sprach sie fast nie. Ich wußte nur, daß sie aus Paris stammte, Vater und Stiefmutter gehaßt und ihren ersten Paß benutzt hatte, um Frankreich zu verlassen. Aber warum hatte sie Bill geheiratet? Warum ausgerechnet Bill? Er erinnere sie an ihren Vater, hatte sie einmal gesagt. An den Vater, den sie gehaßt hatte. (Der ihr aber sein beträchtliches Vermögen hinterlassen hatte, ihr, nicht der Stiefmutter.) Er war — wie Bill — Börsenmakler gewesen, ein Beruf, den sie verabscheute. Warum also? „Weil ich mich an ihm rächen will. (Wer ‚ihm'? Vater? Bill?) Ich bin eine rachsüchtige Person, weißt du das nicht?"

Nein, das wußte ich nicht, es war auch nicht wahr. Sie sagte das, weil sie es gern hatte, wenn ich verstört dasaß und an meinen Fingernägeln kaute. Dann lachte sie und meinte, ich sollte nicht alles glauben, was sie mir sagte. Aber was *sollte* ich glauben? Allmählich hörte ich auf, sie auszufragen, und merkte kaum, daß eigentlich nur ich erzählte, während sie zuhörte, ab und zu kommentierte. Allerdings mit Hingabe. Ich konnte ihr alles berichten, was Jerome und mich anging, etwas, was ich bei meiner Mutter vermied. Meine Mutter machte — anders als Anabel, aber genauso intensiv — alle Höhen und Tiefen meines Tagesablaufes mit, bis auf „das Privatleben". Sie war da seltsam scheu. Ich auch. Weihte sie nur in das Nötigste ein.

Tagebuch:
„L. hat eine Mutter. Eine Mutter, die wichtig ist. Sonderbar. Die ganze Beziehung ist sonderbar. L. ist Familienvater - und zugleich Kind im Haus. Die Mutter spricht schlechtes Englisch, strahlt dabei entwaffnend. Hat noch alle Zähne ..."

Die Zähne! Natürlich. In England war so was bemerkenswert. „Zähne soll man nicht haben. Zähne sind ungesund", hieß es noch immer, und selbst junge Menschen grüßten fröhlich mit kalkweißen Porzellan-Zinken.

„Die Mutter vermietet Zimmer an andere Emigranten. Damit hilft sie L. Trotzdem - L. sollte sich ganz loslösen, kann ja doch nicht ewig Mutters Schneeweißchen bleiben. Aber sie bringt es nicht fertig. Jetzt lebt sie halb mit J. in einer lächerlichen ‚Wohnung', halb immer noch bei der Mutter, ißt brav Fleisch und Gemüse und Pudding hinterher. Soll dann im Studio ‚dämonischen Sex' verkörpern! Die Schminke allein tut's nicht."

Volltreffer.

„Die Mutter war vor ihrer Ehe Schauspielerin. Sieht man ihr nicht an. Oder vielleicht doch. Manchmal, wenn sie einen prüfend anblinzelt, hat sie etwas ganz Unbürgerliches. Mich mag sie nicht, glaube ich. Traut mir nicht. Vielleicht ist sie eifersüchtig."

Daneben. Meine Mutter war nicht eifersüchtig. Sie war wachsam.

„Gestern holte ich L. dort ab. J. war auch da. Er liebt diese Mutter. Am liebsten würde er ins Haus einziehen, wenn sie ihm das erlaubte."

Das erlaubte sie aber nicht. Sie hatte sich wohl nach dem Tod meines Vaters damit abgefunden, daß ihre drei Töchter „Freunde" hatten, etwas, was es zu ihrer Zeit nicht gegeben hatte. Sie empfing die jungen Männer, bot ihnen Tee an und sagte ihnen gern wieder auf Wiedersehen. Wenn befragt, gab sie ihre Meinung ab. Jerome fand sie „interessant" — aber noch nicht das Richtige. Sie wollte in ihren drei künftigen Schwiegersöhnen dreimal meinen Vater wiederfinden, den Mann, der sie vierundzwanzig Jahre lang glücklich gemacht hatte.

*

Jerome machte sich rar im Maclean-Haus. Hin und wieder kam er zum Abendessen. Konnte dann mit Hilfe von einem Glas Rotwein und einer guten Zigarre sogar Bill ertragen. Für Anabel hatte er kein besonderes Interesse. Sie sei ihm zu dünn, sagte er, sie solle immer eine Brosche tragen, um zu zeigen, wo vorne ist.

Das Tagebuch erwähnt ihn nur selten.

„L. und J. zum Abendbrot. L. folgt ihm mit den Augen, wo immer er sich befindet..."

Tat ich das?

„J. ist eine Mischung von dekadentem Zigeuner und geilem Intellektuellen..."

Und:

„Wenn J. mir noch ein einziges Mal auf den Kopf klopft wie einem Hund - dann sage ich ihm, daß ich weiß, daß er ein Scheißkerl ist."

Wann war das? Wann war Jerome ein Scheißkerl gewesen? November ’36, also noch ziemlich am Anfang. Ja, sie mochten sich nicht, stritten oft. Anabel wurde bösartig, wenn sie fand, er sei nicht aufmerksam und liebevoll genug mir gegenüber. Ich war Bindeglied und Pufferstaat zu gleicher Zeit und daher manchmal ganz froh, wenn Jerome nicht dabei war. „Du bist verwöhnt“, sagte ich zu ihr, „Bill verwöhnt dich, weil du ihn nicht liebst. Das ist der Unterschied.“

Bei Jerome hatte ich wenig Glück, wenn ich über sie sprach. „Hör auf, sie totzujubeln. Und hör auf mit deiner ewigen Dankbarkeit. Wir schulden ihr nichts, wir geben ihr ebensoviel wie sie uns.“

„Was geben wir ihr?“

„Farbe. Das ist mehr wert als gutes Essen.“

Ich sah die Dinge anders. Anabel gab *uns* Farbe, kostbare, teuere Farbe, für die ich sehr empfänglich war. Wenn ich nicht gerade auf der Bühne stand, gingen wir mit ihr in Konzerte, saßen in ihrer Loge in der Oper, machten sonntags Ausflüge in ihrem Rolls-Royce. Einmal nach Glyndebourne zu den Festspielen, zu „Così fan tutte“. Allerdings war Bill mitgekommen, saß vorne beim Chauffeur mit der Partitur und sang. Danach vermieden wir die Musik, konzentrierten uns auf alte Städte, Schlösser, Kirchen und schoben damit Bill zu seinem Sonntagsgolf ab. Bisher kannte ich nur Londons Filmstudios und Bühneneingänge — jetzt sah ich England zum erstenmal. Jerome saß zwischen uns, eine Hand auf meinem Knie, der Rolls glitt geräuschlos und weich wie ein Federbett durch die grünen, sanft rollenden Hügel, durch die Dörfer aus Tudor-Zeiten, noch mit Strohdach und Enten-Tümpel. Diese Sonntage waren die schönsten. Ich saß zwischen dem Mann, den ich liebte, und der Freundin, die ich liebte.

Anabels Tagebuch hat Baedeker-Aufzeichnungen:

„Chester. Kaufte Sheraton-Tisch fürs Gästezimmer. Repariert, natürlich. L. keine Ahnung. Zeigte ihr die eingesetzten Stücke. Sie lernt. Fand auch ein Armband für sie, alter Straß, sehr schön gesetzt. Sie verstand es natürlich nicht, tat aber beglückt, um mich nicht zu kränken . . .“

Oder:

„Winchester. L. saß schweigend in der Kathedrale. Stundenlang. Ich fror. Wie sie genießen kann!“

Das konnte ich. Das war schon immer so gewesen. Wenn ich mich konzentriere, kann ich heute noch einen Zipfel des physischen

Glücksgefühls erwischen, das ich damals empfand, wenn ich — etwa zwölf Jahre alt — mein Rad aus dem Keller holte und mich an einem warmen Sommermorgen auf den Sattel schwang, den Kopf hoch, die Augen halb geschlossen, die Füße so voll aufgespeicherter Energie, daß sich die Pedale wie von selbst drehten. Ich bin dann wieder auf dem Weg zur Schule, am Reichskanzlerplatz vorbei, leicht bergab die Heerstraße hinunter, auf der man die Hände von der Lenkstange nehmen konnte, beide Arme seitlich hochgehoben, nicht nur aus Prahlerei, sondern weil man in dieser Haltung dem lauen, vorbeistreichenden Luftzug die größte Angriffsfläche bot. So raste ich dahin, in vollkommener, trunkener Wonne — und wenn ich mir Jahre später vorzustellen versuchte, wie das wohl sein möge, in den Armen eines Mannes zu liegen, dann dachte ich immer an diese Sommermorgen-Fahrten auf meinem Rad als Inbegriff seliger Hingabe und absoluter Befriedigung.

VI

Als ich um zwölf vor dem Atelier klingelte, ließ die Malerin mich länger warten als sonst, bevor sie aufmachte. Trotz der warmen Witterung war sie in etwas Dickes, Wollenes, Formloses gewickelt, das in zwei Hosenbeinen endete, die in Galoschen steckten.

„Ich habe mich erkältet", krächzte sie heiser, „heute können wir nicht arbeiten. Sie können wieder gehen."

Ich hängte meinen Mantel an den Haken.

„Soll ich Ihnen heißen Tee mit Zitrone machen?"

„Ich hasse Tee", brummte sie und watschelte voraus ins Studio, „ich mache Kaffee, wie immer."

Ungewohnte Stille im Atelier. Zum erstenmal keine Musik. Die Malerin erschien mit dem Tablett und schnaufte laut hinter der Thermosflasche und den Tassen. Wir tranken schweigend.

„Gibt es im Augenblick niemand in Ihrem Leben?" fragte ich und bewunderte meinen Mut.

„Wieso?"

„Damit sich jetzt jemand um Sie kümmern könnte."

„Ich hasse kümmern. Kann mich selbst verarzten. Hab' früher mal ein paar Semester Medizin studiert." Sie hustete und umklammerte ihren Hals mit der Hand.

„Sie sollten nicht sprechen", sagte ich.

„Sprechen *Sie* doch." Sie sah mich lauernd an, brauchte es gar nicht erst zu sagen. Ich wußte, jetzt war ich dran.

„Was wollen Sie hören?"

„Von Anabel. Was denn sonst."

„Viel ist da nicht zu erzählen. Wir waren Freunde, nur gute Freunde —"

Sie verzog den Mund.

„Das brauchen Sie mir nicht erst zu sagen."

„Also — wir waren Freunde —"

„Das weiß ich bereits. Sonst noch was?"

Sie hustete. Erstickte beinahe. Ich goß ihr heißen Kaffee nach. Als sie wieder zu sich kam, sperrte sie den Mund auf wie einen Schnabel, vielleicht, weil sie keine Luft bekam, vielleicht aber auch, weil sie „gefüttert" werden wollte.

„Mir fällt gerade ein, daß ich Anabel zum erstenmal unter denselben Umständen traf, unter denen Sie sie zum letztenmal sahen: während einer Vernissage. Seltsam, nicht wahr?"

Sie zeigte kein Erstaunen, murmelte kaum hörbar: „Warum waren Sie da, wollten Sie kaufen?"

„Nein. Dazu hatten wir kein Geld.“
„Wer ‚wir‘?“
„Mein Freund und ich. Er war Maler.“
„Hier in London? Wie hieß er?“
„Jerome Lorrimer.“
„Lorrimer. Graphiker.“
„Nein, Maler.“
„Jetzt ist er Graphiker“, flüsterte sie, „Sogar sehr gut. Wußten Sie das nicht?“
Ich schüttelte den Kopf. Sie sah mich ernst, beinah betroffen an. „Hat Anabel das kaputtgemacht?“
„Nein.“
Unter ihrem Blick sah ich zum Fenster hinaus.
„Damals, als sie bei mir lebte, war sie ja beinah noch ein Kind. Unschuldig, animalisch böse, wie Kinder sind.“
„Anabel war nicht böse!“
„Das haben Sie schon mal behauptet. Vielleicht ist sie mit den Jahren zahmer geworden. Mehr war nicht drin. Sie war nicht unmoralisch, sie *hatte* keine Moral. Bediente sich, bezahlte nie. Plünderte. Ein Raubvogel.“
Ich sah sie störrisch an.
„Ich kannte sie von einer anderen Seite.“
„Von welcher?“
„Sie war meine Freundin.“
„Jetzt nicht mehr?“
„Nein.“
„Warum nicht?“
„Umstände. Ich lebe in Amerika.“
Sie sah verdrossen aus, raunzte heiser.
„Sie sollten mir was erzählen. Aber das geht bei Ihnen wie Steine klopfen. Gehen Sie nach Hause. Ich rufe Sie an, wenn wir wieder arbeiten können.“
Ich ging.

VII

Im September 1936 sagt das Tagebuch:

„J.'s Vater ist wieder da."

Mehr nicht.

Ja, er war wieder da, blieb aber unsichtbar. Auch meine Bekanntschaft mit Garibalda hatte seit dem Carlton Cinema keine Fortschritte gemacht. Ich hatte sie zwar noch einmal gesehen, aber nur von weitem, in der Covent Garden Opera, als Tosca. Sie hatte Jerome zwei Karten gegeben, was selten vorkam, und so saßen wir in der Bühnenloge.

Ich sah weniger auf die Bühne als auf Jerome, der neben mir jedes Wort, das sie sang, miterlebte. Garibalda war nicht mehr ganz auf der Höhe, mußte sich sichtlich anstrengen und königlicher denn je gebaren. Jerome dagegen duckte sich vor jedem hohen Ton, als erwarte er eine Tracht Prügel. Als es dann im zweiten Akt zu der gefürchteten Glanznummer „Vissi d'arte..." kam, schloß er die Augen, rutschte tiefer und tiefer in seinen Sessel hinunter und wimmerte lautlos in sich hinein — bis sie endlich, wenn auch nicht ganz siegreich, das hohe B erklomm. Danach ruhte sie sich liebevoll und etwas zu lange auf den darauffolgenden tieferen Tönen aus. Jerome auch. Er setzte sich wieder auf und betupfte sich das Gesicht mit meinem Taschentuch. Vorsichtig, denn er hatte einen schweren Tag hinter sich. Wenn sie abends sang, war mit Garibalda tagsüber nicht zu spaßen. Sie warf dann mit Gegenständen. An diesem Tag hatte sie ihm einen Topf „Schönheitscreme" an den Kopf geworfen, der ihn mit einer blauen Beule verzierte.

Und nun war der Vater „wieder da".

„Kannst du dich eigentlich an die Zeit erinnern, als deine Eltern noch zusammenlebten?"

„Undeutlich. Ich erinnere mich eigentlich nur mit Sicherheit an einen bestimmten Tag, als ich einen lauten Knall hörte. Einen sehr lauten Knall. Vielleicht ist das überhaupt meine früheste Erinnerung", sagte er und zog die dichten Augenbrauen zusammen, so daß sie einen einzigen schwarzen Streifen bildeten. „Es war früher Morgen — die Sonne schien — und ich hatte meinen Matrosenanzug an, ich glaube zum erstenmal. Deshalb war ich so aufgeregt und hüpfte auf einem Bein durch die Zimmer. Schließlich auch durch das Wohnzimmer, wo mein Vater arbeitete. Wahrscheinlich schon damals an seinen mathematischen Problemen. Jedenfalls hörte ich nicht auf zu hüpfen, obwohl er es energisch verlangte. Ich weiß noch, daß er versuchte, mich am Kragen zu erwischen, aber ich fand, das sei ein feines Spiel, kroch unter den Flügel und krähte. Da feuerte er seine Pistole auf mich ab — er war in Uniform und hatte sie zur Hand. Das war der Knall, an den ich mich erinnere. Die Kugel saß im Flügel der Frau Kammersängerin, was ihn verstimmte."

„Den Vater?"

„Den Flügel."

*

Er sprach selten über seinen Vater. Ich wußte nur, daß er Physiker von Beruf war und in Chelsea wohnte. Jerome hatte dort auch sein Unterkommen — manchmal. Oder er übernachtete bei Garibalda. Zigeunerleben. Dem hatte ich ein Ende gemacht, als ich die zwei Zimmer in Hampstead fand, die wir „unsere Wohnung" nannten, obgleich seine Staffelei, sein wichtigster Besitz, nach wie vor bei seinem Vater stand, worauf ich eifersüchtig war. Aber dort hatte sie „mehr Atmosphäre".

„Es wäre vielleicht gut, wenn du ihn kennenlerntest."

„Darf man bei ihm auch nicht in die Wohnung?"

„Im Gegenteil, man muß."

Es war Sonntag, und er lag noch im Bett, obwohl es bereits zwölf Uhr war. An Sonntagen zog er sich manchmal überhaupt nicht an. Unsolide. Man zog sich an, oder man war krank.

Ich räumte das Zimmer auf, hängte seine Sachen in den Schrank. Er richtete sich auf, fing mich ab, zwang mich, neben ihm auf dem Bett zu sitzen. Er streichelte meinen Arm, sah mich zweifelnd an.

„Man muß", wiederholte er eindringlich.

„Muß was?"

„In seine Wohnung. Es ist nur ein einziger großer Raum. Da sitzt er jetzt und geht nicht mehr aus. Bis nächsten Mai."

„Warum nicht?"

„Weil er während der Monate, die ein r haben, zu Hause bleibt. Das tut er schon seit Jahren. Hat auch keinen Wintermantel."

„Warum?"

Er ließ meinen Arm los und beschäftigte sich mit meiner Hand, strich darüber — sie war nicht mehr rauh —, erinnerte sich, küßte sie, drehte sie um und begann, die Handfläche zu studieren.

„Du hast kaum die allernotwendigsten Linien", sagte er stirnrunzelnd, „wie ein Schimpanse. Wie soll ich einem Schimpansen meinen Vater erklären?"

Er seufzte, schüttelte den Kopf. „Wir alle, du genauso wie ich, wir beschäftigen uns ununterbrochen mit dem, was wir sind. Mein Vater hat es sich zur Aufgabe gemacht, sich auf das zu konzentrieren, was er *nicht* ist. Und darin hat er seine Bestimmung gefunden. Verstehst du, was ich meine?"

„Nein."

Er lächelte geduldig.

„Denk mal an Schalentiere, die ißt man ja auch nicht in Monaten ohne r."

Glaubt dein Vater, er sei ein Schalentier? Fürchtet er, daß man ihn fangen und essen könnte?"

„Nicht ganz. Er weiß natürlich, daß er kein Schalentier ist, aber er ißt sie leidenschaftlich gern, und ihr Protokoll paßt ihm in den Kram. Vom 1. September bis 30. April im Handel. Dann vier Monate Schonzeit. Ganz normal ist er natürlich nicht. Was heißt übrigens normal? Die Leute bei Kodak, für die Simon arbeitet —"

„Du nennst deinen Vater Simon?"

„So heißt er. Die Leute bei Kodak, die halten ihn für sehr normal, haben ihn schon vor Jahren hier in England angestellt. Er hat ihnen zwei Fotolinsen geliefert, mit denen sie viel Geld verdienen. Nicht, daß sie deswegen sein Gehalt erhöht hätten. Er hat auch nicht danach gefragt. Er ist immer pleite, aber solange er seine Bude hat und niemand irgendwelche Ansprüche an ihn stellt, ist er ganz zufrieden."

„Und da sitzt er in einem einzigen Zimmer? Monatelang? Wie in einem Gefängnis?"

„Gefängnis würde ihn nicht stören, wenn er seine Bücher bei sich haben dürfte. Du wirst ja sehen, die Wände sind tapeziert mit Büchern, mathematischen und physikalischen. Etwas anderes interessiert ihn nicht. Doch ja — Essen interessiert ihn. Und Sex."

„Du sprichst von ihm, als ob er nicht dein Vater wäre."

„Ist er auch nicht. Oder nur zufällig. Du wirst an der Ähnlichkeit erkennen, daß er mich gezeugt hat, aber damit war seine Vaterschaft erschöpft. Er hat mit Garibalda nur ein paar Jahre verbracht."

„Wie sind sie überhaupt zusammengekommen?"

„Aus Versehen. Sie war damals schon berühmt, er war Leutnant. Sah sehr gut aus, damals. Jetzt ist er fett wie eine Wamme. Neulich habe ich auf dem Dachboden in alten Koffern gekramt und seine Uniform gefunden. Hab seine Jacke nicht zuknöpfen können! Sie muß sich wohl in ihn verliebt haben, denn außer der Uniform hatte er nichts zu bieten. Allerdings — er war in einem sehr feudalen Regiment. Wenn die Sache mit dem Pferd nicht gewesen wäre —"

„Welches Pferd?"

„Sein eigenes. Er konnte es sich nicht merken, und so was war unmöglich in einem Kavallerieregiment, wo man Pferd nicht vom Reiter unterscheiden soll. Simons Problem aber war, daß er Pferd nicht von Pferd unterscheiden konnte. Schließlich band er seinem Schimmel ein rotes Bändchen um den Schwanz. Das half eine Zeitlang. Aber eines Tages war Parade. General, Ehrentribüne, Militärkapelle, Paradeuniformen, Orden, schwarze Pferdenase neben schwarzer Pferdenase, weißer Pferdeschwanz neben weißem Pferdeschwanz — und ein einsames rotes Bändchen, das im Winde flatterte... Das Militär war nicht amüsiert. Aus mit dem Kavallerieregiment."

„Und auch mit Garibalda?"

„Aus?" Er legte sich wieder zurück, verschränkte die Arme hinter dem Kopf, erwog meine Frage, als ob er sie sich zum erstenmal stellte.

„Es ist immer noch nicht ‚aus' zwischen den beiden. Ich glaube, sie wachten eines Tages einfach an verschiedenen Orten auf. Er hatte von Anfang an Affären mit ihren Freundinnen, weil das bequemer war, da mußte er nicht lange herumsuchen. Manchmal hat er dann Garibalda mit dem Vornamen ihrer besten Freundin angeredet, und das hatte sie nicht gern. Einmal ist er sogar mit einer fremden Dame von einer Party nach Hause gefahren, ohne es zu bemerken. Vielleicht wären sie länger zusammengeblieben, wenn er Garibalda ein rotes Bändchen ins Haar gebunden hätte..."

*

Ein paar Tage später, an einem Sonntag, gegen Abend, fuhren wir mit dem Bus nach Chelsea, dem Londoner Stadtteil an der Themse, den Künstler, Gelehrte und Verrückte seit Jahrhunderten bewohnen. Ich bekam noch letzte Instruktionen.

„Lange dürfen wir nicht bleiben. Wenn der Junge mit dem Essen kommt, müssen wir sofort gehen, denn er bekommt sein Essen aufs Zimmer geschickt, wie in einem Hotel. Seine — seine ‚Derzeitige' schickt es ihm. Er hat auch ein Gefühlsleben — oder so was ähnliches, und da ist er wählerisch. Er läßt sich nur mit Wirtinnen ein — ja, ich weiß, Frau Wirtin hat auch einen Simon, aber es reimt sich nichts auf Simon. Also, das spielt sich folgendermaßen ab: Er klappert alle Lokale der Umgebung ab —"

„— in den Monaten ohne r —"

„Er hat einen Adlerblick für unbefriedigte Inhaberinnen von Restaurants. Es gibt Hunderte von Freßlokalen in Chelsea, und da findet sich immer eine. Mit der hat er dann ein Saison-Verhältnis. Dafür schickt sie ihm ein erstklassiges Essen in die Wohnung.

Bedingung: Er ißt allein. Sie darf nicht mitkommen. Er genießt seine Mahlzeit nur, wenn er sich auf jeden Bissen konzentrieren kann, ohne reden zu müssen. Ich darf auch nicht dabeisein. Nur wenn er manchmal ‚zwischen Wirtinnen' ist und kein Essen bekommt, darf ich dableiben und trockenes Brot mit ihm teilen."

Wir standen dicht gedrängt im Bus, und ich küßte ihn schnell, ohne daß es jemand sah.

„Wirklich trockenes Brot?"

„Das ißt er auch ganz gern. Muß es essen. Denn der Magen muß voll sein, sonst schmeckt der rote Wein nicht."

Der Bus hielt. Wir sprangen ab.

„Dort oben lebt er, fünfter Stock. Gehen wir langsam."

Es gab keinen Fahrstuhl in diesem Haus, einem der vielen hohen Bauten aus dem 18. Jahrhundert, die zu Dutzenden in Reih und Glied die Themse säumten. Langsam stiegen wir die dunkle, enge Treppe hoch und schalteten in jedem Stockwerk aufs neue das elektrische Licht an. Als wir im vierten angekommen waren, sagte Jerome:

„Setzen wir uns. Ich muß dir noch etwas sagen." Wir setzten uns auf die Treppe und verschnauften. „Es liegt mir was daran, daß du — daß ihr — —" Er brach ab. „Wundere dich nicht über das Eintrittszeremoniell. Er hat nämlich eine Fliege, die er liebt und die nicht entkommen darf." Er warf einen Blick auf mein Gesicht und fuhr hastig fort. „Er hat immer Fliegen geliebt, und sie leben extra lange bei ihm. Sie haben Namen. Gewöhnlich nach Päpsten. Es gibt da ganze Dynastien. Die jetzige heißt Leo. Leo VII. Du wirst überall Näpfe mit Zuckerwasser sehen. Wenn sie sich dann auf seine Glatze setzt und surrt, ist er glücklich."

„Jerome — er spinnt!"

„Warum darf man einen Goldfisch lieben und eine Fliege nicht? Warte nur, du hast noch nie eine so fette schwarze gesehen."

„Eine besondere Art Fliege?"

„Nein, eine ganz gewöhnliche. Aber bei ihm werden sie immer so fett und schwarz."

Wir erklommen das letzte Stockwerk und Jerome klopfte, einmal kurz, dann dreimal schnell hintereinander. Von innen brummte eine tiefe Stimme „okay", woraufhin sich Jerome wieder auf die oberste Treppenstufe setzte und mich zu sich hinunterzog.

„Er hat doch okay gerufen", flüsterte ich.

„Das heißt, daß er jetzt im Zimmer sucht, wo sie gerade ist, auf der Lampe, auf dem Tisch, unterm Tisch, auf den Bücherregalen — —"

„Das dauert doch Stunden, bevor man eine Fliege findet."

„Nein, nein. Er hat da seine Methoden. Er weiß genau, wo sie immer sitzen. Für die Bücher benutzt er einen Staubwedel —“

Von drinnen dröhnte es barsch: „Los jetzt!“

Die Tür öffnete sich einen Spalt, Jerome war blitzschnell auf den Beinen, sprang über die Schwelle, zog mich im gleichen Schwung hinterher und schlug die Tür hinter sich zu.

Zunächst sah ich nur einen breiten Rücken, der zum Schreibtisch strebte, ohne Notiz von uns zu nehmen.

„Komm, leg ab“, sagte Jerome unbekümmert, „gib mir deinen Mantel. Der da, hinter dem Schreibtisch, ist Simon, Simon, hier ist das Mädchen, von dem ich dir erzählt habe.“

„n'Abend“, sagte der dicke Mann und betrachtete mich eingehend, wozu er die Brille aufsetzte, „paß auf, Junge, er sitzt auf deinem Ärmel.“

„Ist das immer noch der von letzter Woche?“

„Du hast keinerlei Beobachtungsvermögen. Leo VII. starb in der Nacht zum Montag. Ich fand ihn auf dem Fensterbrett, ganz zusammengerollt und eingetrocknet. Dieser dort ist Leo VIII., viel kleiner und mit bläulichen Flügeln. Siehst du das nicht?“

„Laß mich ihn genauer untersuchen — —“, sagte Jerome und hob ein Lineal vom Tisch.

„Untersteh dich!“ rief der Dicke. „Du kriegst ihn sowieso nicht, er ist viel zu intelligent. Ich habe ihm an einem Morgen alle seine Zuckerwassernäpfe zeigen können, und er surrt wie ein Rasenmäher.“

„Dann bring ihm gefälligst bei, daß er sich nicht in meinem Teil aufzuhalten hat“, sagte Jerome und zog mich auf die andere Seite des Zimmers. Dort stand die Staffelei neben einem großen, schrägen Fenster, aus dem man über Baumwipfel hinüber auf die Themse sah. Ja, das hatte natürlich mehr Atmosphäre als unsere Wohnung in Hampstead, deren Fenster das Lager eines Warenhauses betrachteten.

„Das ist mein Atelier. Da, bis zu dem weißen Strich. Wenn Simon hier ist, ziehe ich mich hinter den Strich zurück, wenn ich arbeite, und zahle ihm zehn Shilling die Woche.“

Jeder Teil hatte einen Sessel, einen großen Tisch und eine Couch. Simons Wände verdeckten Bücherregale, Jeromes waren mit Leinwänden und Zeichnungen bepflastert. Der weiße Strich ging quer durch die Mitte.

„Setzen Sie sich doch“, sagte der Dicke und winkte. Ich siedelte in seinen Teil über. Jerome ließ sich auf dem Boden neben mir nieder. Über uns hing ein Vogelkäfig, dessen Tür weit offenstand. Darin, gelb und zerfleddert, ein alter Kanarienvogel.

„Fliegt der Vogel auch im Zimmer umher?“ fragte ich.

„Meistens“, sagte Jerome, „das kannst du an den weißen Klecksen auf meinen Leinwänden merken. Manchmal lasse ich sie drauf. Das Vieh hat Kompositionsgefühl.“

„Und was geschieht, wenn er die Fliege sieht?“

„Gar nichts“, brummte der Dicke, „sie haben Angst voreinander.“

Jetzt konnte ich ihn aus der Nähe betrachten. Er war ein Dicker, aber kein Schlabbriger. Das Gesicht war rund, die Züge hatten scharfe Konturen, wie eingemeißelt. Die Augen weit geöffnet, dunkel, ohne Falten, ohne Tränensäcke, die Augen eines jungen Mannes. Zwei fleischige Backen bedrängten eine lächerlich kleine, ziselierte Nase und einen spitzen Mund. Das Ganze von einem großzügigen Doppelkinn, gut fünf Zentimeter breit, wie von einem weichen Kragen umrahmt.

„Ich kann Ihnen leider nichts anbieten“, sagte er, „ich habe noch nicht eingekauft. Bin gerade erst von der Reise gekommen. Aber vielleicht hat Jerome — —“

Jerome lachte, stand auf und wanderte in seinen Teil. Dort stand ein kleiner Kühlschrank in der Ecke und ein Kocher. Er schloß den Kühlschrank mit einem Schlüssel auf, den er aus der Tasche zog, und entnahm ihm eine halbe Flasche Weißwein und ein Stück Brot. Irgendwo fanden sich auch zwei Gläser, das dritte kam aus dem Badezimmer. Simon wurde sichtlich gut gelaunt und griff schnell nach dem Brot, dann nach der Flasche.

„Prost, kleine Dame“, sagte er und leerte sein Glas. „Sie sind also Schauspielerin. Was spielen Sie denn? Muß man es sich ansehen?“

„Nein“, sagte ich hastig, „es ist kein gutes Stück.“

„Werden Sie gut bezahlt?“

„Sie wird schlecht bezahlt“, sagte Jerome drohend, die dichten Augenbrauen noch enger beisammen. „Es hat keinen Zweck, sie anzupumpen.“

„Schade, ich hätte mich gerne von einer jungen Schauspielerin aushalten lassen. Wäre auch zu Gegenleistungen bereit. Na, Prost. Vielleicht klappt's beim nächsten Stück. Apropos pumpen, ich höre, daß deine Mutter wieder heiraten wird.“

„Das ist mir neu“, sagte Jerome, „aber es ist durchaus möglich. Es gibt schon lange zwei Kandidaten in der engeren Wahl.“

„Wer ist der reichere?“ — „Der, den sie dir bringen wird.“ Zu mir gewandt fügte er hinzu: „Sie schleppt ihre Kandidaten immer erst zu Simon zum Begutachten. Italienischer Familiensinn.“

„Bisher habe ich sie ihr immer ausgeredet. Schließlich verdiente sie ja selber noch ganz gut. Aber vielleicht ist jetzt die Zeit gekommen — — wie alt ist sie eigentlich?“

„Woher soll ich das wissen? Kannst du dich nicht erinnern?"
Simon schüttelte den Kopf.
„Sie hat schon damals kein wahres Wort gesprochen."
Er reckte den Kopf der Lampe zu — und Leo VIII. flog tatsächlich aus einem dunklen Versteck herbei und ließ sich leise surrend auf seiner Glatze nieder. Simon schloß die Augen.
„Reibt er jetzt seine Vorderbeine?" fragte er, wie in Trance.
„Ja", rief ich, ehrlich begeistert, „er reibt. Sieh mal, Jerome!"
Aber Jerome, der am Fenster stand, war nicht beeindruckt und holte meinen Mantel.
„Sie reiben alle. Reiben und surren, weiter können sie nichts. Wir müssen gehen. Da kommt der Junge, Simon, mit einem Riesentablett —"
„Geht nur, Kinder, geht nur, jetzt ist gerade ein guter Moment. Wenn er Toilette macht, unterbricht er nicht gern, um wegzufliegen. Trotzdem — seid vorsichtig!"
Das letzte, was ich von der Tür aus sah, war die reglose Gestalt hinter dem Schreibtisch, ein unförmiger Koloß mit geschlossenen Augen, wie der „Golem". Auf der sanft glänzenden Glatze ein satter schwarzer Fleck.

*

Unmöglich, sich vorzustellen, daß sich dieser Mensch mit seinen Fliegen-Päpsten und Garibalda, die Königliche, lange genug verankert hatten, um meinen Jerome in die Welt zu setzen. Wurzellos, einsam lächelnd, mit zusammengekniffenen Augen ging er seines Weges, ähnelte seinen Erzeugern nicht einmal äußerlich.
Ich betrachtete verstohlen Garibalda, wie sie in einem Liegestuhl unter einem großen Sonnenschirm lag. Wir waren in Eastbourne, einem altmodischen, teuren Badeort am Ärmelkanal. Neben ihr ein zweiter Liegestuhl, auf dem ein dunkelbraun gebrannter junger Mann schlief — Federigo, Pilot einer italienischen Fliegereinheit. Ich war froh, daß er schlief. Wenn er wach war, glühten seine schwarzen Augen etwas zu feurig, und die Enden seines Schnurrbarts zitterten vor Lust.
Garibalda war ein Gesundheitsfetischist. Kalte Bäder im Meer, Rohkost und Morgengymnastik waren für Haut, Zähne und Stimmbänder unerläßlich. Mindestens zweimal im Jahr fuhr sie nach Eastbourne und schwamm täglich im Salzwasser. Dabei wurde sie sonst von einem schottischen Laird älteren Semesters begleitet, der sie sein Leben lang anbetete. Wenn er nicht an ihrer Seite weilen konnte — er hatte ein Weib auf seinem Ahnensitz, ein knochiges, ungelieb-

tes —, erhielt sie täglich einen Brief von ihm. Dieser tägliche Brief war ihr wichtig, war Stab und Stütze, auch — oder gerade dann —, wenn sie ihren Schotten betrog, was hin und wieder vorkam.

Anfang Oktober '36 ergab sich eine solche Situation: Ihr Gesundheitsbad war fällig, aber der Laird war zu seinem Kummer unabkömmlich. Kurzentschlossen erhörte Garibalda die heißen Liebesbeteuerungen eines jungen Italieners, der seinen Urlaub bisher vergeblich auf den Knien in ihrer Garderobe im Covent-Garden-Opernhaus verbringen mußte. Er hatte Beträchtliches zu bieten: Er war jung, er war schön, und er war da. Leider war er pathologisch eifersüchtig und zu allem fähig. Garibalda mußte einen Pagen mieten, um ihren täglichen Brief von der Post zu holen.

Sie hatte Jerome für eine Woche nach Eastbourne zitiert, vielleicht, um sich vor eventuellen Tätlichkeiten ihres leidenschaftlichen Troubadours zu schützen. Als Jerome erklärte, er wolle sich nicht so lange von mir trennen, schloß sie resigniert ihre sardinischen Augendeckel und verkündete, ich sei in die Order miteinbegriffen. Allerdings würden wir nicht wie sie und der Luftheld im Grand Hotel wohnen, sondern müßten mit einem bescheidenen Boarding House außerhalb des Badeortes vorliebnehmen. Mir machte das nichts aus, ich war an billige Pensionen gewöhnt, und der Gedanke, Garibalda endlich kennenzulernen, mich vielleicht mit ihr zu befreunden, war aufregend.

Während der ersten zwei Tage gab es wenig Gelegenheit, ihr meine Anwesenheit ins Gedächtnis zu rufen. Sie übersah mich auf die freundlichste Weise. Jerome und ich lagen schon früh am Morgen am Strand in den zwei Liegestühlen, die sie für sich und Federigo gemietet hatte, sprangen ehrerbietig auf, sowie sie sich nahte, im wehenden Strandkostüm aus Chiffon über dem Badeanzug mit Röckchen, von einem Riesenhut beschattet, der braune Pilot im weißen Bademantel vorteilhaft an ihrer Seite. Beide lächelten einmal huldvoll in unsere Richtung und streckten sich in den Stühlen aus. „Die Kinder" saßen im kalten Sand daneben.

Wir waren griesgrämig. Die bescheidene Pension machte ihrem Namen Ehre. Zum erstenmal in meinem Leben fiel mir auf, daß eine Matratze wichtig sein kann. Die meine war mit Kartoffeln ausgestopft, das Essen ungenießbar und das Meer kalt. Jerome und ich strampelten wie wild statt zu schwimmen und liefen nach fünf Minuten blau an. Garibalda und Begleiter dagegen schienen in eine warme Golfströmung zu geraten, so geruhsam teilten sie die Wellen.

Nach dem zweiten Abendfraß beschlossen wir, am nächsten Tag, komme, was wolle, abzureisen. Wir packten unsere Sachen, schliefen besser auf den Kartoffeln, weil wir wußten, es war das letzte Mal.

Am Morgen marschierten wir zum Strand, um Garibalda in einem „günstigen Augenblick“ unsere Fahnenflucht beizubringen.

Sie lag wie gewöhnlich inmitten ihrer Chiffonschals im Liegestuhl. Federigo erklärte, die Luft sei kühl, er wolle sofort ins Wasser gehen.

„Ich komme dir gleich nach“, sagte Garibalda lässig und folgte ihm mit den Augen, wie er zum Wasser stampfte.

Kaum war er in den Wellen verschwunden, zog sie einen Brief aus ihrer Handtasche und vertiefte sich in ihn.

Wir sahen uns an. War das ein „günstiger Augenblick“? Jerome signalisierte: Ja. Sowie sie fertiggelesen hat.

Der Brief war lang, vier engbeschriebene Seiten. Wir warteten, ließen die Augen nicht von ihr. Sie nahm sich Zeit, hatte unsere Gegenwart vergessen, gluckste in sich hinein, schloß die Augen wie ein junges Mädchen.

Plötzlich fiel ein Schatten über die Briefseite. Der Troubadour stand vor ihr, tropfend und drohend.

„Was ist das für ein Brief?“

Garibalda flatterte mit den Augenwimpern.

„Dieser hier?“ Sie betrachtete die Seiten, als sei es ihr unbegreiflich, wie sie in ihre Hand gekommen waren. Als Federigo danach greifen wollte, warf sie sie mit kühnem Schwung in meinen Schoß. „Der Brief ist von ihrer lieben Mutter“, erklärte sie mild lächelnd in die lodernden schwarzen Augen. Und zu mir: „Danke, mein Kind, daß ich ihn lesen durfte.“

Ich hob die Seiten auf und hielt sie eine Sekunde lang verdattert in der Hand. Die Brombeeraugen bohrten sich immer noch lächelnd in meine, aber nicht mehr milde, sondern gebieterisch. Hastig stopfte ich den Brief in unsere Badetasche.

Federigo, vom Troubadour zum Othello umbesetzt, sah argwöhnisch von einem zum anderen. Seine nassen Schnurrbartspitzen wippten bedenklich. Er trat einen Schritt näher an mich heran — wagte dann aber doch nicht, mir die Badetasche zu entreißen, blieb zögernd und vor Kälte gänsehäutig im Sande stehen.

„Ich gehe jetzt mit dir schwimmen. Komm!“ sprach Garibalda, schälte sich aus dem Chiffon und zog den Widerstrebenden in Richtung Wasser.

„Na, dann laß uns mal lesen, was deine liebe Mutter schreibt“, sagte Jerome und zog den Brief aus der Badetasche.

Die ‚liebe Mutter‘ in Schottland hatte einen glühenden Liebesbrief verfaßt. Jerome wurde von Seite zu Seite glücklicher. Zum Schluß faltete er sie eng zusammen und schob sie in seine Sandalen.

„Wir werden jetzt einen kleinen Handel mit Garibalda machen. Sie bekommt den Brief nur zurück, wenn wir ins Grand Hotel ziehen.

Sonst wird der Brief deiner lieben Mutter Federigo übergeben. Geh jetzt zurück in die Pension und warte auf mich. Du bist dem kommenden Sturm nicht gewachsen."

Ich machte mich eilig davon.

Eine halbe Stunde später erschien Jerome in unserem Zimmer, etwas zerzaust, aber heiter, und berichtete: Garibalda habe überraschend schnell genug vom Gesundheitsschwimmen gehabt, ihren Othello den Wellen überlassen und sei außer Atem und mit ausgestreckter Hand vor ihrem Sohn erschienen.

Jerome hockte noch immer im Sand und sah verbindlich und aufmerksam zu ihr auf.

„Wo ist der Brief?" begann sie majestätisch, jeder Zoll „Aida" — und die Schlacht begann. Sie mußte notgedrungen gedämpft geführt werden, der benachbarten Liegestühle wegen, aber der Sand flog in alle Himmelsrichtungen. Jerome erwies sich als würdiger Sohn seiner Mutter, blieb trotz Püffen und Kniffen unbeweglich in seinen Sandalen hocken und lächelte undurchdringlich, seine stärkste Waffe.

Erst als sie Federigo gen Land schwimmen sah, gab sich Garibalda geschlagen und unterschrieb zähneknirschend einen Scheck, den ihr Sohn gegen das Licht hielt, bevor er ihn wegsteckte.

Dann zog er die Sandalen aus.

Als wir zur Mittagszeit mit unseren Koffern in der Halle des Grand Hotels standen, kamen Garibalda und Federigo gerade vom Strand zurück.

„Ein glücklicher Zufall: Wir haben ein Doppelzimmer direkt neben euch", verkündete Jerome voller Freude.

Während Federigo den Zimmerschlüssel vom Portier holte, zischte Garibalda: „Du ungeratener Hundesohn, hast du denn kein Schamgefühl? Wie kannst du dich im Grand Hotel an der Seite eines Mädchens zeigen, mit dem du nicht verheiratet bist?"

„Aber Mamma", sagte Jerome unschuldsvoll, „du und Federigo — ist das nicht dasselbe?"

Garibalda hob die Hand und schlug die Brombeeraugen himmelwärts. „Laß die heilige Mutter aus dem Spiel!"

Sprach's und entschwebte mit ihrem Braunen im Fahrstuhl nach oben. Wie sie Federigo unsere plötzliche Anwesenheit erklärte, haben wir nie erfahren. Beide taten von nun an, als gehörten wir nicht zu ihnen.

Es störte uns nicht. Wir verbrachten vier üppige, unvergeßliche Schlemmertage im Grand Hotel.

VIII

Die Malerin hatte nichts von sich hören lassen. Ich rief im Atelier an — keine Antwort. Seltsam. Sie ging beinah nie aus dem Haus.

Ich fuhr hin, klingelte lange und eigensinnig. Endlich Schritte. „Ich bin's. Machen Sie doch auf." Stille. Offenbar überlegte sie. Dann öffnete sie die Tür einen Spalt und deutete stumm auf ihren Hals.

„Das hab' ich mir gedacht." Ich drückte die Tür auf. Sie sah aus wie eine alte Eskimofrau, die zum Sterben im Schnee ausgesetzt werden sollte. Die Haare waren mit einem Wollschal umwickelt; über den verkrumpelten Pyjama hatte sie zwei Pullover voller Mottenlöcher und Farbflecke gezogen. Darüber, mit einem Strick verknotet, ein alter Bettvorleger aus Lammfell.

„Sie können nicht sprechen?" Keine Antwort. Ich schob sie zur Seite und marschierte zum Telefon.

Während wir auf meinen Arzt warteten, gab es zu tun. Die Heizung in ihrem Schlafzimmer war kaputt, daher ihre abenteuerliche Vermummung. Ich schleppte ihre Matratze und das Bettzeug — voller Kaffeeflecke — ins warme Atelier, während sie vom Hocker aus schweigend zusah. Der Schweiß lief ihr in Strömen übers Gesicht.

„Schämen Sie sich", rief ich, während ich hin und her lief, nach frischer Bettwäsche suchte, keine fand, heißes Wasser aufsetzte und die Vorratskammer vergeblich nach Tee und Zitronen durchkramte.

Ich zog sie vom Hocker in die Höhe und löste den Strick — das Lammfell fiel zu Boden —, trieb sie vor mir her und drückte sie auf die Matratze hinunter. Sie ließ alles mit sich geschehen, auch, als ich ihr beide Pullover unsanft über den Kopf zog, wobei der Schal weggerissen wurde. Dann schubste ich sie unter die Wolldecke. Sie lag ganz still und sah vor sich hin. Vielleicht wollte sie sterben.

„Wollen Sie sterben?"

Sie schüttelte den Kopf.

„Na also."

*

Mein Arzt kam. Ein blasser, überarbeiteter, ungeduldiger junger Mann mit abgeknabberten Fingernägeln. Er liebte seinen Beruf nicht, seine Patienten gingen ihm auf die Nerven. Manchmal kniff er die Augen zusammen, als könne er es nicht mehr ertragen, und informierte einen über die Symptome *seiner* Magenkrankheit. Aber er war ein guter Arzt, ohne beruflich-schmerzlinderndes Auftreten, kein ‚Lebensretter', willens — wenn notwendig —, um drei Uhr früh zu erscheinen.

Während er sie abklopfte, ging ich in die Küche und machte mir mit Aufräumen und Abwaschen zu schaffen. Dann rief er mich. Am besten wäre, sie käme ins Krankenhaus — eine Bewegung und ein Blick von ihr ließen ihn verstummen. Ob ich die Pflege übernehmen könnte? Ich seufzte tief, damit sie es hören konnte. Freudige Selbstaufopferung wäre ihr ein Greuel gewesen.

Er ging, hinterließ Rezepte und Anweisungen. Ich holte meinen Mantel, nahm den Schlüssel aus der Tür und verschwand.

Erschien später wieder mit frischem Bettzeug und Medikamenten. Sie lag wie tot auf der Matratze. Ich zog sie an den Haaren hoch — sie leistete keinen Widerstand — und hielt ihr das Glas Wasser mit der Pille an die Lippen. Mußte lachen. Sie sah zu komisch aus mit ihrem empörten Gesicht unter meiner Faust voller Haare. Sie sah mich an — sekundenlang hing Mord und Totschlag in der Luft, — dann verzog sich ihr Gesicht, als ob auch sie lachen wollte, aber es kam nur ein heiseres Bellen heraus. Sie trank und schluckte. Ich ließ sie fallen, und sie schlief gleich darauf ein.

Ich verließ das Atelier, um einen Monteur für ihr Schlafzimmer zu finden, mußte mich mit vagen Versprechungen zufriedengeben und kehrte zurück. Sie schlief immer noch. Ich wanderte lautlos im Atelier umher, betrachtete die Leinwände, kramte in ihren Büchern — und fand plötzlich wieder den Bronzekopf. Ich warf einen Blick auf die Matratze. Sie schlief. Unhörbar und ordentlich, mit geschlossenem Mund.

Ich trug die kleine Büste zum Fenster, um sie endlich ungestört zu betrachten. Der lange, ägyptisch-schmale Kopf, die Haare wie ein dünnes Seidentuch um den Hals, der ‚böse Mund' — ein unfroher Mund, ein unselig verschlossener Mund, aber böse? Niemals. Ich hatte sie oft am Fenster sitzen sehen mit eben diesem Ausdruck im Gesicht, streng, konzentriert, ausgeschaltet. Sie arbeitete, übersetzte Bücher in die Blindenschrift, manchmal mehrere Stunden am Tag. Trug die fertigen Exemplare in die Anstalt, hatte Dutzende von Zimmern mit Radio ausgestattet, verbrachte halbe Tage dort, kannte viele Insassen, kümmerte sich um die Angehörigen. Manchmal zwang sie Nina, sie zu begleiten. Ein Fehler. Nina stand stumm dabei, während die Blinden sich um die Mutter drängten, konnte nichts beitragen, war im wahrsten Sinn des Wortes ‚unsichtbar'.

Ohne daß sie eine Bewegung gemacht hatte, spürte ich die Augen der Malerin auf mir. Ruhig, scheinbar teilnahmslos sah sie mir zu wie ich da am Fenster stand mit dem Bronzekopf in der Hand.

Ich setzte die Skulptur aufs Fensterbrett. Zeit für eine Pille. Füllte das Glas mit frischem Wasser und hielt es ihr drohend unter die Nase. Sie setzte sich, wenn auch mühsam, allein auf, schluckte und trank. Erfolg.

Bevor sie sich wieder ausstreckte, machte sie ein Zeichen, daß sie etwas schreiben wollte. Wahrscheinlich hatte sie Schmerzen, wollte vielleicht doch ins Krankenhaus.

Ich fand ein Skizzenbuch und Kohle neben der Staffelei. Auch die Brille. Langsam, mühselig malte sie etwas und warf es mir zu. Beobachtete mich ungerührt, wie ich die Kohle aufhob und empört den schwarzen Fleck von meiner neuen Bettdecke abputzte. Sie zeigte ungeduldig auf das Skizzenbuch und schloß die Augen. Aus der zittrig-verwischten Kohle-Druckschrift entzifferte ich: „ICH SCHENKE SIE IHNEN."

Mit derselben Kohle schrieb ich gleich darunter: „NEIN, DANKE", dreimal unterstrichen — und merkte dann erst, daß ich genauso dämlich reagiert hatte wie weiland Beethovens Besucher, die ihm sein Schreibheft unter die Nase hielten, damit er ihre geschriebenen Fragen nun auch geschrieben beantworten könne, was ihn immer wieder aufs neue erboste.

„Nein, danke", sagte ich laut. Sie öffnete die Augen, bellte — vielleicht lachte sie —, bis sie hustete.

Ich drückte ihr eine Pastille in den Mund. „Vergessen Sie nicht Ihre Pille. Alle drei Stunden. Die Pastillen sind für den Husten. Versuchen Sie zu schlafen. Wenn es Ihnen schlechtgeht, rufen Sie mich an. Sie brauchen nicht zu sprechen, ich weiß dann schon. Morgen früh bin ich wieder da und mache Frühstück."

Sie sah mich starr an, nickte unmerklich und schloß die Augen.

IX

Dachte auf dem Weg zurück ins Hotel an Nina. Ging mir nicht aus dem Kopf. Nina, die kleine, dickliche, die von der Mutter nichts geerbt hatte außer den schwarzen Augen, den wachsamen schwarzen Rabenaugen, denen nichts entging. Diese Augen waren es gewesen, die damals die Mutter aus dem Haus in der St. James' Street kommen sahen, die beobachtet hatten, wie sie einem Taxi winkte, davonfuhr. Sie waren es gewesen, die Rabenaugen, die diese Haustür auch weiterhin überwachten, einem Instinkt folgend, einem Rabeninstinkt — bis sie belohnt wurden durch den Anblick des Mannes, der kurz darauf ebenfalls aus dieser Tür auf die Straße trat: Jerome.

Wann war das gewesen? Als sie es mir Jahre später erzählte, konnte sie sich nicht mehr genau erinnern, wußte nur noch, daß die Tulpen geblüht hatten, denn sie war an diesem Nachmittag mit ihrer Schulklasse zu einem botanischen Ausflug im St. James' Park gewesen.

Es war wahrscheinlich ein Donnerstag. Donnerstag hatte ich Matinee.

Die Tulpen hatten geblüht, also April—Mai. Wer hatte den ersten Schritt getan? Einer macht immer den ersten Vorstoß, sendet den ersten Blick. Wer war das gewesen? Jerome?

Im Januar '37 wird er kaum erwähnt im Tagebuch. Im Februar überhaupt nicht. Sie schrieb nur von mir, von meinen ewigen Sorgen, meinen ewigen Hoffnungen, meinem neuen Wintermantel. Im März dann plötzlich:

„Rief J. an."

Anabel also. Vielleicht als Antwort auf ein Wort, einen Blick von Jerome —

Drei Tage lang keine Eintragung. Am vierten endlich der Bericht.

„Rief J. noch einmal an. Fragte nach L. Er lachte und sagte, ich wüßte doch, daß sie im Theater sei. Ich sagte, ich müsse ihn sprechen. Wichtig. Für uns alle drei. Er lachte wieder. Ich sagte: ‚Um drei Uhr im Bootshaus im Regent's Park' und legte auf. Er ließ mich warten, kam dann aber doch. Schlenderte daher, als ob er spazierenginge. Ich hatte meinen roten Mantel an. Er sagte, ich sähe aus wie ein roter Rabe. Zu kalt, um ein Boot zu mieten. Wir gingen über die kleine Brücke in den Rosengarten. Kein Mensch. Die Bänke noch naß. Wir wanderten herum. Ich sagte ihm alles. Er wußte es natür-

lich, war aber erstaunt, daß es schon in der Berkeley Bar angefangen hatte. Ich ging zu weit, sagte, ich hätte einen elektrischen Schlag gefühlt, als ich neben ihm saß. Da lachte er wieder. Hält mich wahrscheinlich für verrückt. Bin ich das? Ich glaube nicht. Habe noch nie etwas Ähnliches gefühlt. Hätte es trotzdem nicht sagen sollen. So was sagt man nicht. Aber es ist der Grund, warum ich immer jede Berührung mit ihm vermieden habe, soweit ich konnte.
Ich erwähnte L. mit keinem Wort. Er auch nicht. Sah mich von der Seite an. Warum lächelte er immer? Verteidigung? Dann sagte er, er sei immer bereit, aus der Reihe zu tanzen – aber nicht zu weit weg und nur in kleinen Schritten. Auf ‚Leidenschaft' sei er nicht eingestellt. Hörte sogar auf mit seinem verdammten Lächeln, als er das sagte. Schlenderte dann wie zufällig aus dem Rosengarten hinaus zum Taxistand. Ich neben ihm. Er gab die Adresse seiner Wohnung an, schien gar nicht zu bemerken, daß ich einstieg ...“

Ich mußte einen Augenblick aufhören zu lesen, obwohl es ja nichts Neues war. Neu war nur — neu und aufs neue quälend, verarmend —, daß sie in unserer Wohnung — in unserer billigen kleinen Wohnung — in dem harten billigen Bett mit dem billigen Frottee-Überzug — —

„Es war genau so, wie ich es mir hundertmal vorgestellt hatte. Ganz genau so. Meine Augen waren fest geschlossen. Ich funktionierte nur in mir selbst. Irgendwann klingelte das Telefon. J. ließ es läuten, nahm dann aber doch ab. Wir wußten beide, wer es war. L.'s Matinee war zu Ende, sie wollte nur hallo sagen, bevor sie sich auf eine Stunde in ihrer Garderobe schlafen legte. Sie hat nichts bemerkt.“

Richtig. Ich habe keine Erinnerung an dieses Gespräch.

„Bin dann schnell fortgegangen. J. machte keine Anstrengung, mich zurückzuhalten oder zu begleiten oder ein Taxi zu bestellen. Es regnete. Ich lief lange durch die Straßen, bevor ich eins fand. Ich ließ das Fenster herunter, und der Regen schlug mir ins Gesicht. Das wollte ich. Wollte wieder zur Besinnung kommen.“

Am nächsten Tag schrieb sie nur:

„Kein Wort von J.“

Dasselbe am übernächsten.
Am dritten Tag:

„Ob er es mit Absicht tut? Er weiß doch, daß man etwas hören muß – irgendwas. Bei jedem Klingeln denke ich: Jetzt kommt was. Vielleicht eine einzige Rose – so schmalzig bin ich geworden. Ich sitze neben dem Telefon und warte. L. hat schon zweimal angerufen. Kann sie jetzt nicht sehen. Weiß nicht, wie ich ihr das erklären soll. Sie glaubt, ich sei krank, und will durchaus herkommen. Warum ruft er nicht an? Gewissensbisse? Hat es ihn gelangweilt? Oder – umgekehrt – war er ‚zu weit' aus der Reihe getanzt? Alles möglich. Ich brauche ein Wort von ihm. Das muß *er mir geben. Das ist er mir schuldig – wenigstens das – –"*

Am nächsten Tag:

„Ich möchte mich umbringen. Auf irgendeine widerliche Art. Kehle durchschneiden. Mit Bills Rasierklinge. Ich schäme mich. Ich schäme mich."

Zwei Tage keine Eintragung. Dann:

„L. kam. Mit Blumen. Sie glaubte, ich sei böse über irgend etwas, was sie vielleicht gesagt oder getan habe. Sie blieb eine Ewigkeit. War überzeugt, ich sei krank. Sie hat recht. Ich bin krank. Sie hat auch recht, wenn sie glaubt, sie habe etwas getan, was ich ihr übelnehme. Ich nehme ihr übel, daß sie Blumen bringt. Ich nehme ihr übel, daß sie nichts weiß. Sie hat kein Recht, nichts zu ahnen, nichts zu spüren. Sie hat keine Antenne, die ihr beibringt, was in den Menschen, die sie liebt, vorgeht. Sie hat kein Recht, J. zu vertrauen, sie hat Bretter vor dem Kopf, wenn sie mir *vertraut. Das heißt nur, daß sie uns nichts* zutraut. *Wenn sie mir nur einen einzigen mißtrauischen Blick zugeworfen hätte, wäre ich ihr um den Hals gefallen, wäre sie meine Schwester gewesen. Aber sie ist eine Kuh. Habe ihre Blumen in die Mülltonne geworfen."*

Ich mußte aufstehen. Drehte meinen Kopf hin und her, auf und nieder, im Kreise. Mein Rückgrat, mein Nacken — beide steif, wie versteinert. Erst mußten sie gelöst werden. Dann würde auch die Luft wieder regelmäßig und ruhig durch die Lunge ziehen.

Am nächsten Tag:

„Hoffnungsstrahl. J. hat nächsten Montag Geburtstag. Bill will im Savoy Grill feiern. Ich werde ihn sehen. Werde an seinem Gesicht ablesen, warum er nichts gehört habe. Ich esse wieder. Mäste mich. Habe ein weißes Abendkleid gekauft. Weiß macht dicker."

Ich sehe es noch, das weiße Abendkleid. Sie sah aus wie eine Calla-Lilie. Ich war glücklich, weil Jerome Geburtstag hatte, weil wir im Savoy saßen, Sekt tranken und weil Anabel wieder wie früher war. Beinah wie früher. Sie versuchte, ihre Zigarette an Jeromes Feuerzeug anzuzünden, aber ihre Hand zitterte so stark, daß er die seine über sie legte, um sie zu stützen. „Du zitterst ja", hatte ich besorgt gerufen. Jerome hatte ruhig geantwortet: „Der Sekt. Das geht mir auch manchmal so."

Warum erinnere ich mich daran? Hatte bei der Kuh doch etwas geläutet? Nicht im obersten Fach, aber in einem direkt darunter.

„Er hat seine Hand auf meine gelegt, sonst hätte ich die Zigarette nicht anzünden können. Vor aller Augen hat er die Hand auf meine gelegt. Da wußte ich, daß ich ihn wieder anrufen durfte. Mußte bis zum nächsten Abend warten, bis L. im Theater war. ‚Jerome', sagte ich, ‚es tut mir leid – ich würde es gern ungeschehen machen – ich muß den Verstand verloren haben – ich bitte dich um Verzeihung – hilf mir doch!'
‚Aber gern', sagte er, ‚wie mache ich das?'
‚Ich muß es dir erklären – komm zum Bootshaus, Samstag nachmittag – das ist das letzte Mal –'"

Samstag hatte ich wieder Matinee. Und es war nicht das letzte Mal. Allerdings ging sie nicht mehr in unsere Wohnung. Statt dessen mietete sie eine unter falschem Namen in der St. James' Street. Keiner wußte davon, keiner erkannte sie. Außer Nina.

*

Die Eintragungen während der nächsten zwei Monate sind von satter Zufriedenheit, von uneingeschränkter, durch keinerlei Schuldgefühle beeinträchtigte Erfüllung. Eine einzige kurze Bemerkung erweckte in mir eine ganze Szene, längst vergessen, zu neuem Leben: Anabel hatte gleich nach dem Abend im Savoy erklärt, sie wolle mir ein neues Abendkleid machen lassen. Von ihrem eigenen Schneider. Hartnell! Hartnell machte die Kleider für den Buckingham Palace. Ich hatte noch nie ein angefertigtes Abendkleid besessen. Durfte es mir aussuchen. Mannequins kamen und gingen nur für mich, führten Modelle vor, drehten sich hin und her, lächelten steril und verschwanden wieder. Anabel wählte das Schönste, sicherlich Teuerste. Ich warf ihr die Arme um den Hals. Niemand hatte mir je so ein Geschenk gemacht.

Das Tagebuch sagte nur:

„Bestellte ein Abendkleid für L.“

*

Sie hatten also eine separate Existenz, die beiden, eine Existenz, die aber von mir gesteuert wurde. Wenn ich auf der Bühne stand, hatten sie nichts zu befürchten, dann war alles kinderleicht. Wurde aber mein Stück abgesetzt, riß ihnen der Lebensfaden, und die Wohnung in der St. James' Street konnte nicht benutzt werden.

Im Sommer '37 stand sie ganze zwei Monate leer.

„Am 1. Juli fährt er weg. Mit L. Nach Südfrankreich zu Freunden. Ferien. Nur noch eine Woche, dann ist er nicht mehr da. Zwei Monate! Das halte ich nicht aus. Mache Pläne – alle gefährlich. Zum Beispiel zufällig in die Nähe fahren, mit Nina. Aber sie will nicht, und ohne sie ist es zu riskant. Zwei Monate! Muß sie einfach dazu kriegen.“

Aber bei Nina hat sie anscheinend nichts ausrichten können, denn Jerome und ich fuhren am 1. Juli ab — mir fiel der Abschied von ihr schwer — und sahen sie erst Ende August wieder.

X

1. Juli '37, meine ersten Ferien seit der Schulzeit, die ersten mit Jerome. Unser Ziel war Grasse. Dort hatte Jeromes Freund Peter Gurnemantz eine Pfirsichfarm. Aber erst einmal Paris. Wir hatten genug Geld gespart, um auf der Durchreise einen Tag in Paris bleiben zu können. Im Hôtel de la Muette. Aus Pietät.

Das Hôtel de la Muette war mein Hafen gewesen, als ich Ende '33, achtzehnjährig, in Paris ankam, um auf französisch eine Existenz aufzubauen, Filmstudios und Theaterbühnen zu erobern, „große Karriere" zu machen. Ich machte nicht mal die allerkleinste, gab mich ein Jahr später geschlagen.

Es war ein schlimmes Jahr gewesen, das Jahr '34. Mein Vater war gleich zu Anfang in Berlin gestorben, und wir, die wir „draußen" lebten, meine Schwester Irene und ich, wir wußten, daß wir den Rest der Familie, Mutter und jüngste Schwester Hilde, aus Berlin herausholen mußten. So schnell wie möglich. Wir verkauften, was wir besaßen. Von dem Erlös fuhr ich im Januar '35 nach London, um es auf englisch zu versuchen. Langsam, langsam faßte ich Fuß. Ende des Jahres Freudengeschrei: Vertrag bei einer englischen Filmgesellschaft. Irene kam aus Paris, meine Mutter, Hilde und ein paar Möbel aus Berlin — wir waren endlich wieder eine Familie.

Und jetzt Paris, zum erstenmal seit drei Jahren. Wenn man 21 Jahre alt ist, sind drei Jahre eine lange Zeit. Eine Ewigkeit, seit ich im Gare du Nord verbissen-hoffnungsvoll in den Zug nach London gestiegen war und der am Fenster vorbeirasenden Stadt teilnahmslos adieu gesagt hatte. Ein ganz anderer Mensch saß jetzt im Taxi, sah durchs Fenster und betrachtete die wohlbekannten Straßen, Plätze, Gebäude. Jetzt verlangte ich nichts mehr von dieser Stadt, wollte nicht mehr dazugehören, wettkämpfen, erobern. Ich war Tourist, gehörte woanders hin, hatte meine Rückfahrkarte in der Tasche. Zum erstenmal genoß ich Paris, schrie vor Entzücken beim Anblick der Champs-Elysées und des Arc de Triomphe.

„Ich denke, du hast hier gewohnt", sagte Jerome erstaunt, „du benimmst dich ja, als ob du's zum erstenmal siehst."

„Ich seh's zum erstenmal."

Ankunft im Hôtel de la Muette.

Ich erkannte den Portier, er erkannte mich nicht. Ich schüttelte ihm trotzem die widerstrebende Hand.

„Erinnern Sie sich noch an die beiden Schwestern, die vor drei Jahren hier gewohnt haben? Oben unterm Dach? Die Ihnen immer

die deutschen Briefmarken geschenkt haben, wissen Sie noch?"
Etwas dämmerte in seinem Seehundgesicht mit den steifen Schnurrbartstacheln.

„Die, die immer Wurst und Käse auf dem Fensterbrett hatten?"

„Die. Sie lassen Sie grüßen."

„Merci", sagte er verdattert und führt uns zum Lift.

Im Gegensatz zu dem Loch, in dem Irene und ich gewohnt hatten, ein anständiges Zimmer, sogar mit Bad. Ich trat auf den Balkon hinaus, sah über Baumwipfel in den Bois de Boulogne. Dieselben Baumwipfel, die mich damals so oft getröstet hatten, nur näher jetzt, heilkräftiger, hier vom feudalen Balkon aus. Ich spürte zum erstenmal in meinem Leben so etwas wie Errungenschaft und den Hauch eines Zeitabschnittes.

*

Jerome war bereits am Telefon. Er rief Babs an, was mich schnell wieder ins Zimmer zurückbrachte. Babs. Babs Siodmak. Höchste Zeit, daß ich von ihr erzähle. Sie spielte schließlich eine Rolle in der Geschichte, spann sogar ein paar wesentliche Fäden, setzte Unvorhergesehenes in Bewegung.

Babs war meine „Vorgängerin" bei Jerome gewesen. Eines Tages erwähnte er zufällig ihren Namen — und war erstaunt und amüsiert über meine Reaktion. „Ich kenne sie", hatte ich begeistert gerufen, „ich kenne sich noch aus Paris, das heißt", fügte ich lahm hinzu, „ich hab' sie einmal gesehen, durch die Fensterscheibe im Café Colisée — —"

„Das klingt ja wie das ‚Kleine Mädchen mit den Schwefelhölzchen'", sagte Jerome, „warum durch die Fensterscheibe?"

„Ich saß damals nicht in Cafés."

„Aha. Schade. — Ja, das Colisée, da soll sie jetzt hofhalten. Sie sucht sich in jeder Stadt ein Café, in dem sie Lever hält. Als wir damals in Berlin zusammenlebten — nur ein paar Monate lang, während ich an der Akademie der Künste studierte —, da war es das Romanische Café an der Tauentzienstraße. Es muß immer ein Café sein, Leute müssen sich durchdrängeln, aufstehen, hinsetzen, Kellner herbeieilen, es muß nach Rauch, Kaffee und Mänteln riechen. Nur da fühlt sie sich richtig wohl. Einmal träumte ich, sie sei gestorben und begraben — aber ich buddelte sie wieder aus, und sie machte die Augen auf und richtete sich im Sarg auf. ‚Komm, Beppili', sagte ich, ‚geh nach Hause, leg dich hin und ruh dich aus.' — ‚Nein', sagte sie und setzte sich einen Hut auf, ‚erst muß ich ins Romanische Café.'"

Während der ratlosen Zeit in Paris wurde in Emigrantenkreisen viel von ihr erzählt. Sie war eine Art Fabelwesen in meiner Phantasie, schwebte in zarten Farben durch die Gegend und flatterte mit den berühmten Händen, die „wie von Botticelli gemalt“ waren. Als sie mir dann jemand durch die Fensterscheibe des Café Colisée zeigte, wie sie da thronte, heiter, elegant — allerdings nicht in zarten Farben, sondern streng pariserisch schwarzweiß —, schwebte sie nicht mehr, war verankert, aber immer noch unerreichbar.

Jetzt aber, via Jerome, fühlte ich mich mit einem Satz durch die Fensterscheibe hindurchkatapultiert — und saß an ihrer Seite, sozusagen „verwandt“. Sie war ein Dutzend Jahre älter als Jerome, aber das sei ein Vorteil, sagte er, er lerne gern. Als dann der Regisseur Robert Siodmak auftauchte, hatte er ihm friedlich Platz gemacht. Sie hatten sich auf das Innigste getrennt, Robert und Babs wanderten nach Paris aus, sie standen aber immer noch brieflich in Verbindung.

Nun sprach er am Telefon mit meinem Fabeltier, lachte und kündigte uns an: sechs Uhr im Café Colisée. Wo denn sonst.

Babs, schwarzweiß, braungebrannt, strahlend, vom Hofstaat umgeben, erkannte Jerome schon von weitem, winkte und rief laut, als sei sie in ihrem Wohnzimmer:

„Scherome! Fiens ici!“

Scherome und Fiens, weil sie aus Stuttgart stammte. Mein Botticelli schwäbelte. Warum auch nicht. Schiller hatte ja auch sanft geschwäbelt, hatte Goethe die „Graniche des Ipigus“ vorgelesen.

„Karçon — teux chaises!“ Die anderen tranken Kaffee, für mich wurde ein Eis bestellt, wie für ein Kind, das man mit Löffeln zu beschäftigen sucht. Ich war aus dem Gespräch — gemeinsame Erinnerungen an Berlin — ausgeschlossen. Einmal wandte sie sich dann doch mir zu, betrachtete mich freundlich und ungeniert, meinte, Jerome und ich seien „ein reizendes junges Paar“.

„Du sprichst ja, als seist du meine Tante“, sagte Jerome.

„So fühle ich mich auch“, antwortete sie und streichelte mir die Wange.

*

Abends ging der Schlafwagen nach Nizza, unseren Ferien entgegen, den „Gurnemantz-Ferien“.

Die Verwandlung des deutschen Bildhauers Peter Gurnemantz in einen französischen Früchtebauer fand im Jahre ’34 statt. Er hatte in Vor-Hitler-Zeiten die älteste Tochter eines jüdischen Bankiers in Berlin geheiratet und weigerte sich, sich scheiden zu lassen, als ihm das von Goebbels’ Kultusministerium dringend angeraten wurde. Vielmehr wanderte er aus mitsamt seinem Clan, seiner Frau Ursula, seinem fünfjährigen Sohn und Ursulas jüngerer Schwester Eva.

Gurnemantz, ein blonder, stämmiger Schleswig-Holsteiner, sprach tagsüber wenig, abends nach zwei Gläsern Pernod etwas mehr, aber auch nicht viel. Er lebte vornehmlich durch seine schräg nach unten abgewinkelten Augen, die sich nur ungern von dem Objekt lösten, an dem sie gerade klebten. Nervosität oder gar Panik war ihm unbekannt. In Paris mußte er zum erstenmal in seinem Leben zu jemandem sagen: „Können Sie mir hundert Francs borgen?“ und wußte, noch während er diese Worte sprach, daß es mit seiner Bildhauerei aus war. Beschloß im gleichen Moment, sich sofort eine andere Existenz aufzubauen, möglichst eine, bei der er seine riesigen quadratischen Pratzen gebrauchen konnte.

Aus Berlin erschien Schwiegervater Bankier, klein, grau und verängstigt. Seinem peinlich ordentlich gepackten Koffer entnahm er sorgfältig seine Pyjamas, seine Pantoffeln und einen dicken wollenen Morgenrock. Aus dem Futter des Morgenrocks entnahm er ebenso sorgfältig eine Leinwand, auf der es vor Freude über die unachtsamen deutschen und französischen Zollbeamten in ekstatischen Farben funkelte: eine Renoir-Landschaft, die einmal im goldenen Prachtrahmen in seinem Eßzimmer gehangen hatte.

Am Tag darauf bestieg er wieder den Zug zurück nach Berlin. Unter keinen Umständen wollte er emigrieren. „Ich werde im letzten Zug zu finden sein, der Deutschland verläßt“, sagte er zu seinen beiden Töchtern, die weinend auf dem Bahnsteig standen. Er war im letzten Zug. Richtung Auschwitz.

*

Gurnemantz verkaufte den Renoir und erstand von einem Teil des Erlöses einen Hügel in Südfrankreich. Auf der Sonnenseite pflanzte er Hunderte von Pfirsichbäumen und baute zu gleicher Zeit mit eigenen Händen, ohne jede Hilfe oder vorheriges Studium, ein Haus darauf. Tagsüber baute er und wässerte er seine jungen Bäumchen, abends lernte er aus Fachbüchern, wie man Zement mischt und Baumkrankheiten bekämpft.

Juli ’37 fuhren wir zu ihm nach Grasse, um ihm bei der Ernte zu helfen. Unsere ersten Gurnemantz-Ferien.

XI

Zehn Jahre später, als ich der Malerin Modell saß, trat Peter Gurnemantz noch einmal als Bildhauer in Erscheinung, in memoriam.

Die Malerin war wieder auf den Beinen, wenn auch wacklig. Hatte ihre Stimme wiedergefunden. Ich brachte ihr täglich Suppen aus frischem Gemüse, die sie sich aufwärmte. Sie ließ sich dabei nicht helfen. „Das ist *meine* Küche. Raus!“

Ich wanderte im Atelier umher, blieb vor dem Bücherregal stehen, holte eines der großen Kunstbücher heraus: „Skulptur des 20. Jahrhunderts.“

Sie trug das Tablett aus der Küche, stellte es schweratmend auf dem Tisch ab, sah flüchtig über meine Schulter auf die Abbildung einer massigen weiblichen Bronzefigur, die ich studierte.

„Maillol“, sagte sie, „ich arbeitete ein paar Monate in seinem Atelier in Marly-le-Roi. Es gab kein feines Werkzeug, er hat alles künstlich abgestumpft, weil er fand, er arbeite zu kleinlich, zu sehr in Einzelheiten versponnen. Das hab' ich mir gemerkt. Hab' mich stumpf gemacht. Sah nur noch die großen Zusammenhänge. Hat mir sehr geholfen. Wichtig.“

„Kannten Sie zufällig einen seiner Schüler namens Gurnemantz?“

„Peter? Der fing damals gerade an. Hab' nie wieder was von ihm gesehen. Aber ich erinnere mich. Begabt. Weiß nicht, was aus ihm geworden ist.“

„Früchtebauer.“

„Was?“ Sie lachte, suchte ihre Gauloises und die Brille. „Warum?“

„Hitler.“

„Schade. Der hätte was geschafft. Hat er's ganz aufgegeben?“

„Beinah“, sagte ich. „Damals, als ich ihn kannte, vor dem Krieg, da hat er noch eine Skulptur gemacht, fünf Meter hoch und zwanzig Meter lang.“

„So was gibt's nicht“, knurrte sie verdrossen.

„Doch. Soviel ich weiß, steht sie immer noch. Ein Haus! Er baute sich ein Haus wie eine gewaltige Skulptur. Ein auf der Seite ruhender Körper.“

„Ein Haus — wie eine Skulptur? Haben Sie's gesehen?“

„Wir haben sogar drin gewohnt. Dreimal, drei Sommerferien lang. Es stand auf einem Hügel, nicht weit von Grasse. Lang ausgestreckt, rund geschwungen. Der Bauch war das Wohnzimmer, der Kopf die Bibliothek, zwei Gästezimmer die Schenkel. Um den ‚Bauch‘, wie eine Schürze, eine breite Terrasse. Die Regentonne war das Schwimmbecken, oval wie eine Erdnuß und eiskalt. Das ganze Ding stand mitten unter Olivenbäumen, und Olivenbäume standen mitten im Wohnzimmer. Gurnemantz hatte die Wände um sie herumgebaut."

Die Malerin starrte mich mit offenem Mund an, hechelte leise, wie ein Bluthund.

„Es war sogar praktisch, fiel nicht um, wenn es stürmte, blieb trocken, wenn es goß. War übrigens lächerlich billig gewesen. Das war das Wichtigste. Er hatte Pfirsichbäume gepflanzt, mußte drei Jahre warten, bis sie zum erstenmal trugen. Wir bewohnten einen der Schenkel, halfen mit beim Pflücken. Er konnte sich keine Erntehilfe leisten außer Äskulapius, dem Esel, der die vollen Körbe zum Haus hinauftrug."

Sie streckte sich auf ihrem Sessel aus, sah an die Decke, wie immer, wenn sie sich etwas genau vorstellen wollte.

„Ein Esel trug die Früchte zum Haus", wiederholte sie langsam. „Paradies. Pfirsichpflücken —"

„Erst wenn die Sonne tief am Himmel stand, sonst war's zu heiß. Wir schliefen alle den ganzen Morgen über, Gurnemantz, seine Frau Ursula, ihre Schwester Eva, Jean-Pierre, der kleine Sohn, Jerome und ich."

„Wie pflückt man Pfirsiche? Mit dem Messer? Mit der Gartenschere?"

„Mit der Hand. Gar nicht so einfach. Man muß sie überrumpeln, Pfirsiche sind schlau. Sie wissen ganz genau, daß man nicht stark drücken darf, sondern sie wie Weihnachtskugeln behandeln muß, wegen der Druckstellen. Der Trick ist, sie blitzschnell zu drehen und — ehe sie sich noch an die neue Stellung gewöhnen können — abzuzwicken."

„Abgefeimtes Obst!" sagte sie versonnen. „Es wundert mich nicht. Sie sind so rund und glatt und süß — und was tat der Esel?"

„Wenn zwei Körbe voll waren, pfiff man. Dann erschien er von Gott weiß woher. Ein schönes Tier, hellgrau, hochintelligent. Erst bekam er eine angeknatschte Frucht, dann trabte er bergaufwärts zur Terrasse. Dort warteten Ursula und das Wichtigste: das Aussortieren. Auf der Mauer standen Holzstellagen und plissierte grüne Tüten. Es gab drei verschiedene Sorten. Nummer eins: großer Pfirsich mit roter Backe. Nummer zwei: kleiner Pfirsich mit roter Backe. Äskulapius stand dabei, wenn sortiert wurde. Nummer drei war für ihn. Er nickte, wenn ein mickriger, blasser erschien, und sperrte sein Maul auf."

„Paradies", murmelte die Malerin mit geschlossenen Augen, „und dann?"

„Dann tüteten wir die Früchte, verpackten sie und schrieben den Preis drauf. Verstauten die Stellagen in einem uralten Lieferwagen ..."

„Paradies", sagte sie wieder, kaum hörbar.

„Wir aßen spät, versuchten, so lange wie möglich wach zu bleiben, denn nachts um drei ging's los. Wir schlichen uns aus dem Haus, um das Kind nicht aufzuwecken, drängten uns in den Lieferwagen und ratterten hinunter nach Nizza."

„Nizza!" rief sie und setzte sich auf. „Zum Markt? Da bin ich oft gewesen, Blumen kaufen."

„Wir verkauften unsere Pfirsiche zweimal in der Woche. Um vier Uhr früh."

Sie stand auf, lief rauchend und aufgeregt durch das Atelier.

„Sie haben mitverkauft? Gefeilscht? Gebrüllt?"

Ich lachte. „Ich wollte gern, aber die Männer erlaubten das nicht. ‚Weiber verderben die Preise!' sagten sie. Wir mußten im Wagen sitzen bleiben und zusehen. Aber das war auch aufregend."

„Das glaube ich", rief sie und kämmte ihr schwarzes Zottelhaar heftig mit den Fingern, „ich bin immer zu spät gekommen, so um acht Uhr, da war ja schon alles friedlich und ordentlich, alles vorbei. Aber meine Freunde sind manchmal früh aufgestanden oder spät aufgeblieben. Um vier Uhr früh, sagten sie — da sei es aufregend. Ein Hexensabbat."

„Ja, da brodelte es auf dem Platz. Stellagen quollen in die Höhe, eilig mit Blech oder Planen bedeckt — da, vor unseren Augen, da wuchs eine ganze primitive Siedlung, mit Straßen, mit wohlhabenden und elenden ‚Gebäuden' — und dazu der Lärm! Das Gekreische übertönte noch das Einhämmern der Pflöcke. Jeder brüllte aus voller Kehle, keiner hörte zu — bis dann endlich das Hämmern und Rücken und Schleppen aufhörte, Obst oder Gemüse oder Blumen ordentlich aufgebaut waren — dann sanken alle auf ihre Hocker hinter dem Ladentisch, erschöpft und endlich still. Machten Kaffee und aßen Pfannkuchen."

Die Malerin setzte sich wieder hin und sah mich hingerissen an.

„Das haben Sie alles mitgemacht? Ach Kind! Ich hab's mir hundertmal vorgenommen, ich wollte es auch einmal erleben — aber ich war immer zu besoffen, zu verschlampt. Hab's immer verschlafen."

Ich streichelte ihre harte Malerhand, goß ihr noch einen Kaffee ein.

„Und dann? Haben Sie gewartet, bis die Cafés aufmachten, und gefrühstückt?"

„Nein. Was viel Schöneres. Wenn die Männer zurückkamen mit

den leeren Holzgestellen und vollem Portemonnaie und sanft nach Pernod stanken —"

„Pernod!" rief sie und hatte tatsächlich Tränen in den Augen.

„— da sind wir in dem alten Lieferwagen zum Hotel Negresco gerattert, dort war damals der feinste und teuerste Strand. Um fünf Uhr war kein Mensch zu sehen. Wir fanden immer eine oder zwei offene Badekabinen, zogen unsere Badeanzüge an und rannten ins warme Meer. Eine Stunde später zurück nach Grasse. Im frühen Morgenlicht, so schlaftrunken, daß wir uns am Steuer abwechseln mußten, weil niemand länger als eine Viertelstunde hintereinander wachbleiben konnte."

Sie saß schweigend da. Rauchte, dachte.

„Anabel?" frage sie dann. „Ist Anabel auch mal dabeigewesen?"

„Zweimal sogar."

„Hat sie Pfirsiche gepflückt?"

Ich nickte.

„Im Meer geschwommen?"

Ich nickte wieder.

„Seltsam", sagte sie.

XII

Tagebuch. November '37.
„Katastrophe. Ich saß im Wohnzimmer auf dem Boden, packte Weihnachtsgeschenke. Fing plötzlich an zu heulen. Konnte nicht aufhören. Wie ein Krampf. Saß da, zwischen Bergen von buntem Papier, Tannenzweigen, Bändern – heulte. Weiß nicht, warum gerade in diesem Moment, warum überhaupt, warum zwischen Weihnachtspapier und den Paketen. Weil das Papier so selig-blau war mit goldenen Engeln? Bin neuerdings anfällig, als hätte mir jemand die oberste Haut abgezogen. Kann keine Musik hören – Bill macht mich wahnsinnig. Hab's ihm gesagt. Er hat nicht geantwortet, dirigiert jetzt in seinem Schlafzimmer. Ich ruiniere sein Leben, das ist klar. Mir egal. ‚Was schert mich Bill, was schert mich Kind...' Habe mich ganz und gar verloren, bin mir abhanden gekommen. Vielleicht heule ich deshalb. Ich weiß es nicht. Ich schwöre, ich weiß es nicht, wußte es nicht – als L. plötzlich ins Zimmer trat. Ich hatte die Klingel nicht gehört, niemanden erwartet. Erlaubte mir, in meinem Wohnzimmer zu heulen. Da platzte sie herein. Überfiel mich regelrecht. Katastrophe."

Allerdings. Sie saß am Boden, zwischen den Papierrollen und den Bändern und Paketen. Ich mußte alles zur Seite stoßen, um überhaupt an sie heranzukommen, konnte ja nicht einfach stehenbleiben und zusehen, wie sie da am Boden saß und weinte, mußte mich doch wenigstens neben sie setzen, fragen, ihre Hand nehmen, trösten. Obgleich ich am liebsten geflohen wäre. Wenn Erwachsene weinten, hatte ich mich immer schon verkriechen wollen, aber noch nie so brennend gern wie jetzt. Anabel und Tränen! Es hatte etwas Obszönes. Dabei weinte sie lautlos. Die Tränen liefen ihr in stillen Bächen seitlich am Gesicht entlang, aber das Schluchzen schüttelte den ganzen Körper. Es muß sie plötzlich überfallen haben. Sie hatte nicht einmal ein Taschentuch.

„Sie wollte natürlich ‚wissen'. Ich heulte in ihr Taschentuch, um Zeit zu gewinnen, irgendwas zu erfinden. Es fiel mir ums Verrecken nichts ein. Ich wiederholte immer wieder blöde: ‚Nichts – es ist nichts – wirklich nichts...', aber sie sagte, kein Mensch sitze allein auf dem Boden und weine wegen ‚nichts'. Sie ginge nicht, bis ich es ihr gesagt hätte. ‚Es'. Was? Wenn ich es doch nur wüßte!"

Ich hatte mich gezwungen, neben ihr auf dem Boden zu sitzen, ihr die Arme um die Schultern zu legen. Weiß nicht, warum mir das so schwerfiel. Ihre Schultern zuckten wie im Krampf, als ich sie berührte. Ich streichelte die tränennassen Haare, machte beruhigende Geräusche, wollte meine Liebe beweisen. Fragte endlich, was denn um Gottes willen los sei. Sie schüttelte immer wieder den Kopf, als säßen lästige Fliegen darauf.

„Schließlich gab ich auf. Ließ einfach alles laufen, wie es wollte. Sagte klipp und klar, ich hätte einen Liebhaber. Sie war gar nicht so erstaunt, wie ich geglaubt hatte. Auch nicht schockiert –"

Ich hörte einen Augenblick auf zu lesen. Schockiert? War ich prüde damals?

„Wahrscheinlich hat sie sich immer schon ihr Teil gedacht, was Bill und mich anbelangt –"

Was denn sonst? Nur wußte ich nicht, daß es jemanden gab — —

„Sie wollte natürlich wissen, wer es war. Da kam ich plötzlich zu mir. Hätte mich ohrfeigen können. Wurde von einer Sekunde zur anderen völlig klar im Kopf, hörte auf zu heulen. Erfand alle möglichen Gründe, warum sie nicht wissen sollte, wer es ist – lauter Blödsinn, und sie schluckte es nicht. Da kam ich auf die Idee, dem ‚Liebhaber' einen Namen zu geben, wenigstens einen Vornamen. Hatte gerade Molnar gelesen, also nannte ich ihn ‚Ferencsi'. Ich konnte ihr an der Stirn ablesen, wie sie vergeblich im Kreis herum dachte, ob sie je einen Kerl mit Namen Ferencsi getroffen hatte. Dabei streichelte sie meine Hand, lächelte mir Mut zu. Plötzlich wollte sie mich umarmen. Statt dessen erfand ich lange Geschichten über ‚Ferencsi'. Hoffentlich behalte ich auch, was ich da alles verzapfte. Schreibe es besser auf, damit ich's auswendig lernen kann: Er ist halb Franzose, halb Ungar. Das klingt interessant. Katholisch, verheiratet, zwei Kinder – damit sie mir nicht auf die Nerven geht mit guten Ideen, wie ich mich von Bill scheiden lassen müßte, um mit Ferencsi glücklich zu werden. Er lebt in Paris, ich kenne ihn ‚von früher'. Er kommt nur manchmal nach London, geschäftlich. Damit wird es glaubhafter, daß sie ihm nie begegnet. Die ganze Sache sei eben hoffnungslos. Grund zum Heulen. Sie nickte voller Verständnis, fragte dann doch das Unvermeidliche: ‚Liebt er dich?' Ich antwortete: ‚Ich weiß es nicht. Ich sehe ihn zu selten.' Sie empörte sich, rief: ‚Was will der Mensch von dir? Er betrügt seine Frau, er macht dich unglücklich – was soll das alles? Kannst du dich nicht davon freimachen?'"

Sie hatte mich lange angestarrt, die Augen rot, die Wimpern naß zusammengeklebt. Ich dachte schon, sie würde nie antworten, aber dann flüsterte sie doch endlich: „Ich versuche es. Als du eben hereingekommen bist — da habe ich es versucht.“

*

Damit hatte ich mich zufriedengeben müssen. Mehr wollte sie nicht sagen. Ob Bill was ahnte? Ich sah ihn kaum noch. Er dirigierte jetzt nicht mehr im Wohnzimmer. Und Nina? Vielleicht wußte sie etwas. Vielleicht zog sie deshalb immer die Schultern hoch, als wolle sie sich vor etwas schützen, wenn sie die Mutter sah. Vielleicht kannte sie Ferencsi.

Saß dann vor dem Haus eine Weile in meinem Wagen, ohne abfahren zu können. Schwer erschüttert. Mein Gott. Ich fühlte immer noch die zuckenden Schultern in meinen Armen. „Wie anders, Gretchen — —“ Verschwunden ihre adlige Oberhoheit, ihre unerschütterliche Gelassenheit — ein Häufchen zerbrechliches, zitterndes Elend hatte da zwischen dem Weihnachtspapier gesessen. Ferencsi. Was mochte das für ein Kerl sein, wie sah der aus, wie hatte der es fertiggebracht — —

Ich ließ den Wagen an und fuhr langsam in Richtung Chelsea.

Jerome durfte man nur im Notfall in seinem „Atelier“ bei Simon aufsuchen. Telefon gab es dort nicht. Heute war Not am Mann. Anabel brauchte Hilfe. Sofort. Ich war ja nicht abkömmlich, sieben Uhr spätestens im Theater. Aber Jerome —! Unsentimental, vorurteilslos, verschwiegen, weise, an Verstrickung, Schiffbruch von Kindheit an gewöhnt. Wahrscheinlich würde er nur lächeln, den Kopf schütteln. Der Haken war, daß er sie nicht mochte.

Simon brummte unfreundlich, ohne von seinen Heften aufzusehen, als ich eintrat. Jerome, Pinsel im Mund, Palette in einer Hand, schloß die Tür hinter mir, machte mir ein Zeichen: Pius III. lag im Sterben auf der Fensterbank, sein Nachfolger war noch nicht ernannt. Stille im Atelier, bis auf das wild-aufsurrende Geräusch der Fliegen-Agonie. Simon stand auf, trat ans Fenster und betrachtete die frenetischen Zuckungen der sechs Beine, die es doch noch fertigbrachten, das bereits auf dem Rücken liegende Tier einen Zentimeter weiterzukullern. Aus. Pius lag still, rollte sich sacht zusammen. Simon kehrte stumm hinter seinen Schreibtisch zurück.

Jerome hob fragend die Augenbrauen. Ich winkte ihm, mir in das winzige Badezimmer zu folgen. Schloß die Tür. Berichtete im Flüsterton, etwas zu aufgeregt, was sich eben im Maclean-Haus zugetragen hatte.

Er zeigte kein Erstaunen, nagte nachdenklich an einem Pinsel, schwieg. Ich zögerte, spürte seinen Widerstand: „Jerome — würdest du sie anrufen? Geh doch ins Kino mit ihr — sie braucht es, sie sollte heute nicht allein sein. Sie sagt alle Einladungen ab, will niemanden sehen — sie darf nicht mit Bill und Nina zu Hause sitzen — ich kann euch ja nach der Vorstellung treffen, wenn ihr aus dem Kino kommt. Kümmere dich doch ein bißchen um sie." Er dachte nach. Nickte dann. Er würde sich ein bißchen kümmern. Aber nur diesmal. Kein Dauerkümmern. Sie ginge ihm auf die Nerven.

*

Tagebuch:
„Jetzt ist alles aus. Chance verpaßt. Monatelang von einem Tag auf den anderen verschoben. Dabei wußte ich täglich: es drängt!
Was hat mich gehindert, ihr gestern zu sagen: ‚Ich weine, weil ich mich hasse – ich hasse mich, weil ich dich täglich betrüge, weil ich dich liebe und dich hintergehe. Es hilft auch nichts zu wissen, daß ich dir nichts wegnehme, was du besitzt. Du würdest es nicht verstehen, würdest nur Diebstahl und Betrug sehen. Du kennst nur Weiß und Schwarz und meinst, du kannst zwischen Recht und Unrecht unterscheiden.‘ Ich habe ‚Krebs‘. Habe ihn immer gehabt. Vielleicht hätte man etwas machen können, als Mamma starb. Sie hat mich oft in den Arm genommen und gesagt: ‚Es ist nicht genug, daß wir dich lieben – du *mußt lieben …‘ Sie wußte also, daß da ein paar kranke Zellen in mir saßen. Ein Kind, das nicht lieben kannn, das nichts ‚haben‘ will – es war ihr unheimlich. Dabei liebte ich sie, aber das wußte ich erst, als sie starb. So schnell – ich merkte es kaum. Wie alt war ich damals? Zwölf Jahre. Alt genug. Aber ich kümmerte mich nicht, fragte nicht. Sie hatte auch Krebs. Eine andere Art.*
Ein paar Wochen nach ihrem Tod saß ich im Garten auf der Schaukel, schaukelte wild und so hoch, daß die Pfosten bebten. Aber keine Stimme kam – wie früher – von oben aus dem Fenster: ‚Kind! Anabel! Nicht so hoch! Du wirst dich überschlagen –‘
Ich ließ mich ausschaukeln, Arme und Beine wie abgeschnürt von dem Gefühl der Verlassenheit, das mich überfiel. Wie lästig war die Stimme gewesen! Wie inbrünstig sehnte ich sie herbei …
Endlich stand die Schaukel still, aber ich sprang nicht ab, ich saß da und haßte meine tote Mutter, weil sie mich verlassen hatte.
Gestern, als L. sich neben mich auf den Boden setzte und mich ansah aus ihren Kuhaugen, da hatte ich das Gefühl, ich säße wieder auf der Schaukel und hörte die Stimme aus dem Fenster: ‚Kind! Anabel! Du wirst dich überschlagen!‘

Also heulte ich ein bißchen länger, um Zeit zu gewinnen, ließ mich ausschaukeln – und erfand Ferencsi.
Was wäre gewesen, wenn ich ihr die Wahrheit gesagt hätte? Was wäre mit den großen runden Kuhaugen geschehen? Ich hab' mir's hundertmal vorgestellt. Und nicht ganz ohne Lust. Es ist eine Lust zu wissen, daß man jemanden zerstören kann, besonders, wenn man der Schwächere ist. Denn sie ist die Stärkere. Aber das weiß sie noch nicht.“

XIII

Ich rechnete es Jerome hoch an, daß er von nun an jede Woche ein-, zweimal abends mit Anabel ausging, während ich auf der Bühne stand. Er war etwas ruhelos zu dieser Zeit. Vielleicht waren das bereits die ersten Anzeichen der Gelbsucht, die ihn kurz darauf für sechs Wochen lahmlegte. Nicht nur Anabel, auch ich ging ihm auf die Nerven. Nur einmal. Aber es hatte mich noch Tage danach aufgeregt und verwirrt.

Er lag gelb und verschwollen in unserer Wohnung im Bett. Ich pflegte ihn und saß bei ihm, wenn ich nicht im Theater war. An Matinee-Tagen hätte ich gern Anabel an sein Bett gerufen, aber er wollte das nicht. Sie schickte durch ihren Chauffeur täglich Diätkost, Obst, Blumen, Zeitschriften, blieb aber fern.

Die Wohnung hatte zwei Zimmer, Bad und Küche. Nur das Schlafzimmer war „eingerichtet", Bett, Nachttische und zwei Stühle. Der Schrank war eingebaut. Das zweite Zimmer diente als Atelier, wenn Simon widerspenstig wurde. Außerdem war es Lagerraum für Jeromes fertige Bilder. Simon hätte sie unter Umständen versetzt. „Wenn ich doch nur ein paar davon rahmenlassen könnte", sagte Jerome, „gerahmt sehen sie ganz anders aus. Dann könnte ich sie auch mal einer Galerie zeigen —"

Ich hatte mich als Modell für Nachthemden und Nylonstrümpfe — damals neu — fotografieren lassen und fünfzig Pfund kassiert. Der Augenblick war günstig. Während Jerome schlief, schlich ich mich mit drei Leinwänden in ein Rahmengeschäft.

„Welche Art Rahmen wünschen Sie?"

Welche „Art"? Zu Hause hatten alle Bilder in verschnörkelten goldenen Rahmen gesteckt. Aber Jerome haßte Verschnörkeltes. Ratlos starrte ich auf Hunderte von Modellen in Reih und Glied, mit schmalen und breiten Leisten, in allen Farben, Materialien, Profilen.

„Etwas Einfaches", sagte ich zögernd, dachte an die Galeriebesitzer und fügte schnell hinzu: „Aber doch — Imposantes."

Der Verkäufer sah mich an. „Ah so", sagte er und holte ein Modell. Einfach war es, imposant auch. Es war nämlich aus Eisen. So schwer, daß ich es kaum anheben konnte. Ich kaufte drei davon, brauchte eine halbe Stunde, um jedes einzeln die Treppen hinaufzuzerren und sie heimlich im Atelier aufzustellen.

Dann setzte ich mich, schwitzend und aufgeregt, an Jeromes Bett und beichtete. Er war sehr gerührt. Und gespannt. Ich solle sie doch gleich mal hereinbringen. Ich keuchte mit dem ersten, „Zigeunermutter und Kind", ins Schlafzimmer. Sprachlos starrte er es an, während ich das zweite, „Fremdenlegionär", durch die Tür schleppte, um gleich darauf mit dem dritten, „Olivenbäume in Grasse", zurückzukehren. Da standen sie nun alle drei, Zigeuner, Legionär und Oliven, in eiserner Umarmung am Fuße des Bettes. Einfach, aber imposant.

Jeromes Schweigen dauerte mir zu lange.

„Gefallen sie dir etwa nicht?" fragte ich kampflustig. „Sie haben fünfundvierzig Pfund gekostet —"

„Fünfundvierzig Pfund?" schrie er, dunkelrot im gelbsuchtblassen, verschwollenen Gesicht. „Bist du wahnsinnig? Was geht in deinem Kopf vor! Das sind keine Rahmen, das sind Hufeisen!"

Ich heulte bereits, hörte nichts mehr. Außer seinem Befehl, die Dinger sofort abzumachen, seine Leinwände zu befreien, sie könnten ja nicht mehr atmen.

„Siehst du denn nicht, daß sie nicht gerahmt sind, sondern erschlagen?"

Schluchzend zerrte ich die Dinger wieder die Treppe hinunter — eins fiel mir auf den Daumen und quetschte ihn —, fuhr ins Rahmengeschäft zurück und war froh, daß man mir zwanzig Pfund zurückgab, wohl wegen meines verheulten Gesichts und des geschwollenen Daumens.

*

Warum hatte er so geschrien? Er war doch sonst so geduldig während der langen, trübsinnigen Krankheit. Als ob es schon lange in ihm gebrodelt hatte, als ob plötzlich etwas in ihm geplatzt war.

Ich fand ihn bei meiner Rückkehr vom Rahmengeschäft flach auf dem Rücken liegend vor, an die Decke starrend, ohne Radio-Musik, ohne Buch. Sein Fieber war gestiegen, ich wollte den Arzt rufen, aber er erlaubte es nicht. Hielt meine Hand auf dem Telefon fest, sagte nichts, legte sie sich über die Augen.

Das war das einzige Mal gewesen, da war ich ganz sicher. Sonst umfingen mich seine Arme, sowie wir allein waren, sein Arm war immer um meine Schulter, Rechte geltend machend und beschützend. Daß andere Mädchen ihn sofort forschend ansahen, wenn wir irgendwo auftauchten, störte mich nicht. Er sah nur mich, malte mich, sooft ich Zeit hatte, zärtlich und verschönernd. „Das bin ich nicht", sagte ich jedesmal — und wartete auf sein „Doch! Das bist du. Wenigstens für mich."

*

Eines Nachmittags holte ich ihn von Simon ab. Die Gelbsucht war abgeklungen, aber er war noch dünn und anfällig.

Als ich ihm in den Mantel half, klopfte es laut und gebieterisch an die Tür. Eine weibliche Stimme rief fortissimo:

„Mach auf, Simon — oder bist du nicht allein!“

Simon wandte sich seinem Sohn zu, sagte vorwurfsvoll: „Deine Mutter!“, brummte er: „Warte!“ und ging auf Fliegensuche. Garibalda rief durchs Schlüsselloch:

„Laß doch deine verdammten Fliegen, Mäuse, Frösche oder was du gerade züchtest — wir frieren hier.“

Simon hatte seine Fliege ausfindig gemacht und war auf dem Weg zur Tür.

„Wir?“ rief er empört und zerrte Garibalda und einen großen dünnen Herrn in Tweed mit rotkarierter Weste über die Türschwelle. „Wer ist denn das?“

Garibalda tat, als hätte sie den unwürdigen Auftritt nicht mitgemacht und stellte mit der Gebärde der Turandot vor.

„Mein Ex-Gatte, mein Ex-Sohn, seine Freundin — Lord Springwell.“

„How do you do“, sagte der Dünne und neigte den Kopf leicht in die entsprechenden Richtungen.

„Setz dich“, fuhr sie fort und nahm Platz auf Jeromes Sessel. Der Lord ließ sich vorsichtig auf einen Hocker nieder und scheuchte die Fliege fort, die sich gerade mit ihm anfreunden wollte.

„Nicht nach ihr schlagen“, warnte Simon, „das ist Clemens II., erst einen Tag alt und noch etwas nervös.“

„How do you do“, sagte Springwell.

Simon ergriff eine kleine Wasserschüssel und näherte sich.

„Komm, Clemens, komm — hierher! So ist's brav. Unglaublich, was?“

Damit trug er Schüssel und die daraufsitzende kleine Schwarze triumphierend zum Fensterbrett.

„Garibalda, du siehst blühend aus, was gibt mir das Vergnügen —“

„Hugh und ich wollen heiraten, ich möchte, daß ihr euch kennenlernt.“

Ich sah Jerome fragend an. Der Pilot war offensichtlich davongeflogen — aber was war mit dem treuen Schotten? Statt einer Antwort drückte mich Jerome sanft bodenwärts. Niemand beachtete uns. Aber wir hatten Parkettplätze.

„Tja“, meinte Simon, der sich hinter seinen Schreibtisch zurückgezogen hatte, „das sind ja sehr angenehme Nachrichten — unter Umständen —“

„Frag ihn nur“, sagte Garibalda und zündete sich eine Zigarette an. Sie war eine der wenigen Sängerinnen, die rauchte. Sogar auf der Bühne. Ich hatte sie gesehen, wie sie als Carmen „Draußen am Wall von Sevilla..." sang, während ihr eine Zigarette aus dem Mundwinkel hing. Durch den Zuschauerraum war ein Raunen gegangen wie sanftes Windgesäusel. Jeder hatte seinem Nachbarn zugeflüstert: „Angezündet!"

„Frag ihn nur", wiederholte sie, „er ist auf alles vorbereitet."

„Tja", meinte Simon bedächtig, „— woher beziehen Sie Ihre Westen?"

„Fisher and Clogwell", sagte der Dünne, „13, Hannover Square, zweiter Stock links, Mr. Whittle."

„Whittle", notierte sich Simon auf seinem Notizblock. Er haßte Westen.

„Aber passen Sie auf das Rückenstück auf, das ist nie lang genug für meinem Geschmack."

„Rückenstück", buchstabierte Simon, „gut, daß Sie mich drauf aufmerksam machen. Zahlen Sie in bar?"

„Unter keinen Umständen", sagte Springwell befremdet, „er schickt Jahresrechnungen."

„Und — zahlen Sie pünktlich?"

Springwell stutzte, sah verstört drein. Garibalda hatte ihn sicher auf Fliegen vorbereitet, nicht aber auf Mangel an Kinderstube.

„Das würde ihn erschrecken", sagte er eisig, „man zahlt nur, wenn man den Schneider wechselt."

Simon nahm den Tadel nicht zur Kenntnis, nickte beifällig.

„Garibalda — du bist einem Gentleman in die Hände gefallen. Haben Sie Angehörige?"

„Eine Tochter aus erster Ehe."

„Hübsch?"

„Keineswegs."

„Dann wird sie Geld brauchen."

„Keine Sorge, Garibalda wird gut versorgt sein."

„Wie gut?"

„Fünfzigtausend."

Simon sah grüblerisch in die Ferne.

„Nicht gut genug. Sagen wir fünfundsiebzigtausend, und ich gebe meine Einwilligung."

Pause. Garibalda inhalierte, spitzte den Mund und hauchte ein kunstgerechtes O durch den Raum.

„Einverstanden", knarrte Springwell.

„Wo werdet ihr leben?"

„In Kanada."

„Was Sie nicht sagen! Garibalda — du singst nicht mehr?"

„Nur noch für mich, in der Badewanne“, rief der Dünne und brach in überraschend fröhliches Gelächter aus.

Garibalda schwieg, zog an ihrer Zigarette.

„Ausgezeichnet“, sagte Simon und stand auf, „hiermit wünsche ich Segen auf das glückliche Paar. Eh — Jerome, hast du vielleicht — hol doch eine Flasche aus deinem Eisschrank —“

„Sehr liebenswürdig“, sagte der Lord gerührt, „trinken wir einen.“

„Da sei Gott davor“, rief Garibalda und zog ihren Zukünftigen in die Höhe, „du kennst seinen Wein nicht, den würdest du nicht überleben. Jetzt seid ihr Freunde — mehr wollte ich nicht. Simon, wir gehen.“

„Moment!“ rief Simon. Dann: „Alles in Ordnung, er sitzt noch auf der Schüssel. Also schnell: viel Glück und gute Reise —“

„Auf Wiedersehen, Mr. Lorrimer, es war mir ein Vergnügen —“, rief Springwell, während Garibalda ihn zur Tür lenkte. Sie winkte in unsere Richtung, warf Simon eine Kußhand zu und zog den sanft Widerstrebenden über die Schwelle. Exit.

„Man kann nicht gerade sagen, daß ihr beide, deine Mutter und du, mit Affenliebe aneinander hängt“, meinte Simon in unsere Richtung. „Kannst du nicht vergeben und vergessen?“

„Ich möchte sie gern vergessen, aber sie gerät mir immer wieder ins Blickfeld. Und was ‚vergeben‘ anbelangt — du hast gut reden, du hattest sie nur ein paar Jahre.“

„Soweit ich mich erinnere, hat sie dich ziemlich früh bei anderen Leuten abgestellt.“

„Das war noch das Beste, was mir passieren konnte“, sagte Jerome und schloß seinen Eisschrank auf, um eine Flasche Rotwein herauszuholen. Eiskalt, aber „besser eiskalt als ausgetrunken“.

Simon sah begehrlich wie ein Kind zu ihm hinüber, und Jerome füllte zwei Gläser. „Schwierig wurde es erst, als sie plötzlich auftauchte und Ansprüche stellte. Wenn sie zum Beispiel ‚Aida‘ singt, muß ich auch jetzt noch antreten und ihr die Achseln rasieren. ‚Wozu bist du ein Maler‘, sagt sie dann und droht mit dem Rasiermesser.“

Simon lachte und ließ sein Doppelkinn schwabbeln.

„Sie wollte dich von Anfang an nicht. Du warst ein Verkehrsunfall. Prost.“

„Prost.“

„Sie saß in der Patsche, wollte weder Ehemann noch Kind.“ Zu mir gewandt fügte er hinzu: „Kann man es ihr übelnehmen, daß wir ihr beide unsympathisch sind?“

„Du bist jetzt milde gestimmt, weil sie dir deine Pension erhöhen wird“, sagte Jerome. Und zu mir: „Sie hat zwar vom Papst bescheinigt bekommen, daß ihre Ehe niemals bestanden hat, aber sie weiß es besser als der Papst, denn sie ist eine sardinische Bäuerin. Simon ist und bleibt ihr Ehemann, und wenn sie wieder heiraten will, dann fühlt sie, daß *er* es ihr großmütig erlauben muß."

„Und du?" fragte ich. „Wo ist dein Platz in ihrem Leben?"

„Ich habe keinen Platz, ich gehöre nicht in die Vorstellung. Ich stehe irgendwo seitlich hinter den Kulissen, darf manchmal dabeisein und applaudieren. Ich werde älter, und sie wird jünger. Aber heute abend wird irgendwann das Telefon läuten und mich in ihre Wohnung bestellen. Dort wird sie mich umarmen, eine Stunde lang ‚Mamma' sein. Das ist am schwersten zu ertragen."

Simon sah seinen Sohn starr an, aber bevor er etwas sagen konnte, klopfte es einmal kurz, dann dreimal schnell. Fliegenrituell.

„Los jetzt!" rief Simon, öffnete seine Schreibtischschublade und holte eine riesige, fleckige Serviette heraus, die er sich unter seinem Doppelkinn in den Kragen stopfte.

Die Tür wurde mit dem Fuß aufgestoßen, und ein Bub, rotnasig vor Kälte, erschien hinter einem Tablett. Er keuchte vor Anstrengung, balancierte eine Schüssel, die auf einem Messingwärmer dampfte.

„Lobster Thermidor", sagte Simon, „Jerome, hast du vielleicht —"

Jerome fand in seiner Tasche einen Sixpence für den Buben, der blitzschnell verschwand. Auch wir hatten die Hand auf der Türklinke.

„Lebt wohl, liebe Kinder", rief Simon, „— und bedauert mich!"

„Warum?" fragte ich und blieb erstaunt stehen.

„Weil ich zu meinem Hummer eiskalten Rotwein trinken muß", sagte Simon und winkte uns aus dem Zimmer.

*

Tagebuch. Januar '38.

„Ich sehe furchtbar aus. Habe fünf Pfund abgenommen. Mein Haar ist wie Stroh; fällt aus, mein Gesicht so dünn, ich könnte eine Ziege zwischen die Hörner küssen. Mein Körper abgeschabt wie ein altes Stück Seife. J. haßt Knochengerüste. ‚Dünn bin ich selber', sagte er, ‚ich möchte mich gern an etwas festhalten. Mein Traum wäre eine Frau, die über mir zusammenschlagen könnte – wie eine Welle. Iß!' Das war gestern nachmittag. Er lag im Bett, rauchte, was er eigentlich noch nicht darf nach der Gelbsucht, aber ich wollte ihm nichts verbieten. Nach sechs endlosen Wochen endlich wieder mit ihm allein. Hatte Großreinemachen in der Wohnung – nicht, daß er so was merkt! –, eine neue Putzfrau, Mrs. Cook, eine dicke Alte, kurz-

atmig, aber gründlich. Und frech. Als sie J. gestern auf der Treppe begegnete, klopfte sie ihm mit dem Handrücken auf den Arm und sagte im Vorbeigehen: ‚Amüsier'n Se sich, mein Sohn.'
Hinterher sprachen wir über L. Sonst tabu. ‚Ich bin kein treuer Mensch', sagte er, ‚auch kein treuer Freund oder Sohn. Mein Vater hält Treue für Bequemlichkeit oder Mangel an Phantasie. Treusein ist Stursein, hat er immer gesagt, Treue bedeutet Scheuklappen. Sei ein Renaissance-Mensch, predigte er mir schon als Kind, halt die Augen offen, laß dir nichts entgehen, versäum nichts, erwäge nie die Konsequenzen. Tu's einfach. Irgendwer wird immer hinter dir aufwischen.'
Ich lag ganz still neben ihm. Es kam selten vor, daß er über sich sprach. Vielleicht gab's doch irgendwo einen Schlupfwinkel in seiner Zitadelle, der für mich bestimmt war –
‚Aber –' sagte er und machte eine lange Pause. Mein Herz klopfte so wild in meinem Hals, daß ich dachte, er könnte es fühlen, wir lagen ja so dicht beieinander. ‚Aber?' fragte ich endlich. Er drehte sich zu mir, sah mich an, als wache er auf und fände eine Fremde an seiner Seite. Dann lächelte er sofort wieder, dieses hinterhältige, sanfte Verschwörer-Lächeln – und küßte mich. ‚Aber?' fragte ich noch einmal, dringlicher. Er streichelte meinen Kopf, blickte nachdenklich in meine Augen. ‚Aber – ich möchte mit L. alt werden, möchte in ihren Armen sterben. Wie mache ich das?' Er fragte mich *das! Wollte eine Antwort, einen guten Rat von* mir *haben! Mit L. alt werden. Der Satz klapperte in meinem Gehirn herum, fand keine Bleibe. Mit L. alt werden – vernichtende Kritik oder Liebe?"*

Beides, würde ich sagen.

„Dann konnte ich nicht mehr an mir halten, sonst wäre ich erstickt. ‚Und ich? Wo ist mein Platz in deiner Biographie?' – ‚Du? Du hast einen sehr wichtigen Platz. Du bist genau das, was mir nicht gefällt – und das gefällt mir an mir, *verstehst du, was ich meine? Wärst du ein gemütlich-molliger Rubens mit vier Brüsten – wie der im Louvre, den ich so liebe – statt des elektrisch geladenen Zitterrochens, der du bist, dann wäre ja alles ganz natürlich: Wunschtraumerfüllung. Daß ich aber hier neben* dir *liege – das ist ein Triumph für dich. Außerdem bist du mein Schutzengel, mein dürrer Schutzengel. Ich brauche dich, das weißt du doch.'*
Es klapperte wieder in meinem Gehirn, als ob ein ganzes Porzellangeschirr durcheinandergeriete – ‚ich brauche dich!' *Das einzige, was hängenbleiben durfte. Laut sagte ich: ‚Schutzengel stimmt. Ich schütze* dich *vor anderen Weibern. Und ich schütze L.' – ‚Wovor?'*

fragte er erstaunt. ‚Vor dir', sagte ich. Er streckte sich wieder aus und legte die Arme um mich."

Schutzengel. Brauchte ich einen Schutzengel? Ich brauchte eine Brille!

Meine Mutter, ohne Brille, sah was. Eines Tages stand sie im Garten unseres Hauses in Hampstead und begoß den Goldlack, den ich gepflanzt hatte, um den Zaun zu verdecken.

„Was ist los mit deiner Freundin Anabel?" fragte sie und hielt mir die leere Gießkanne hin.

„Wie meinst du das?"

Ich trabte zur Wasserleitung.

„Irgend etwas stimmt da nicht", rief sie hinter mir her. „Siehst du nicht, wie schlecht sie aussieht?"

„Sie ist — dünn", sagte ich und ließ das Wasser überlaufen.

„Sie ist dünn, weil ein Mann sie dünn macht", sagte meine Mutter mit ruhiger Überzeugung.

Ich schleppte die volle Gießkanne zum Blumenbeet, bewunderte ihren Instinkt. Hielt ihr die volle Kanne hin, aber sie nahm sie nicht.

„Ich weiß auch, wer es ist", sagte sie und verschränkte die Arme über der Brust. Die Kanne wog plötzlich einen Zentner. Ich mußte sie absetzen. Meine Mutter kannte Ferencsi?

„Kannst du dir's nicht denken?" fragte sie und blickte mich fest an. Ich sah auf meine Uhr, hob die Kanne auf, wedelte sie wild über dem Goldlack hin und her, bis sie leichter wurde.

„Du irrst dich", sagte ich und drückte sie ihr eilig in die Hand, „glaube mir, du irrst dich. Ich muß jetzt gehen, sonst komm' ich zu spät ins Theater."

„Fahr vorsichtig", sagte sie und begann, den Goldlack zu gießen.

*

Auch Bill merkte was. Wir waren nach meiner Vorstellung zu viert in den Nachtklub „400" am Leicester Square gegangen. Er hatte mich zum Tanzen aufgefordert, was selten geschah. Er tanzte gut, aber immer nur mit Anabel.

„Weißt du vielleicht, warum meine Frau so traurig ist?" fragte er, während wir auf der überfüllten winzigen Tanzfläche hin und her wippten.

„Ist sie das?"

„Sieh doch selbst", sagte er und deutete mit dem Kinn zu unserem Tisch. Jerome und Anabel saßen stumm nebeneinander, Jerome abwesend, Zigarette im Mund, Anabel, den Kopf auf die Hand gestützt, mit Augen, die nichts sahen, über die Köpfe der Tanzenden hinwegstarrend.

„Ist sie krank? Mir sagt sie nichts. Sagt sie dir etwas?"

„Vielleicht ist sie müde", sagte ich, „vielleicht braucht sie Ferien. Sie sollte mit uns nach Grasse kommen zu unseren Freunden Gurnemantz auf die Pfirsichfarm. Das wäre mal was anderes für sie — ein gesundes Leben — im Garten arbeiten — im Meer schwimmen —"

*

Anabel mit uns zu Gurnemantz! Irgendwie würden wir Bill woanders beschäftigen, Nina wollte ihre Ferien sowieso bei Freunden verbringen. Jerome war nicht begeistert. „Sie paßt da nicht hin", sagte er. „Kannst du sie dir vorstellen, wie sie Pfirsiche sortiert, und dann nachts auf dem Marktplatz — Anabel?"

„Du unterschätzt sie", sagte ich, „sie ist keine Treibhauspflanze. Ich glaube, du kennst sie gar nicht."

Im Sommer '38 begleitete sie uns nach Grasse, wurde von Peter ohne viel Umstände „eingeteilt", pflückte Pfirsiche, tütete, saß mit uns im Lieferwagen, schwamm nachts im Meer.

Es war sogar wichtig, daß sie da war. Im Gurnemantz-Haushalt brodelte es. Äußerlich war alles beim alten, aber Peter baute an einer Garage (Wofür? Für den alten Lieferwagen?) wie besessen, bis spät in die Nacht, Ursula lag mit geschlossenen Augen unter einem Olivenbaum. Aber sie schlief nicht. Sie blinzelte unter halbgeschlossenen Lidern hin und wieder zu der Pfirsichplantage hinüber, wo Eva ganz allein pflückte. Tagsüber? In der heißen Sonne?

Wir, in den Gästeschenkeln, rieten herum. Es „war" etwas — aber was? Rätselhaft, weil es keine Zwietracht gab. Alle drei legten sich eher öfter als sonst den Arm um die Schulter, machten liebevolle Geräusche.

Bis Ursula eine Woche nach unserer Ankunft alle zu einem „Konzil" zusammenrief. Noch am gleichen Abend, nach dem Essen. Sollte Anabel dabeisein? Ja.

Feierlich trugen wir Kaffee, Pernod und frische Mandeln auf die Terrasse, streckten uns auf den Liegematratzen am Boden aus. Ursula löschte auch die Windlichter. Ihre lange Silhouette hockte auf der Terrassenmauer, schwarz gegen den sternenbestückten Nachthimmel.

Wir warteten. Lagen flach auf dem Rücken, sahen so lange aufwärts in das flimmernde Hell-Dunkel der Sommernacht, bis Spannung und Aufmerksamkeit zerrannen. Wir dösten. Stille. Weiche, schwarze Stille. Ich schlief ein.

Merkte plötzlich, daß jemand vorsichtig meinen Ellbogen rüttelte. Anabel. Hörte Ursulas Stimme aus weiter Ferne.

„... habt euch gewundert, warum ich so faul herumliege, nicht wahr? Muß leider. Der Doktor in Nizza sagt, vielleicht noch ein ganzes Jahr. Stellt euch vor. Dann hat er noch was gesagt —" Sie brach ab, sagte ins Dunkel hinein: „Mein Glas ist leer."

Ein mächtiger schwarzer Umriß — Peter — erhob sich, Gluckern der Pernodflasche, sank wieder auf die Matratze.

Nach einer kurzen Pause wieder Ursulas Stimme, trocken, sachlich: „Ich darf jetzt keine ‚ehelichen Freuden' haben, so hat er sich ausgedrückt, der alte Knacker. Ich solle mich ruhig verhalten. Rester tranquille. ‚Sind Sie wahnsinnig?' hab' ich gesagt. ‚Okay, ich bin tranquille, aber was ist mit meinem Mann? Soll der ein Jahr lang auch tranquille bleiben?' Das war ihm peinlich. Er sei nicht zuständig — allerdings, es gäbe da ein gewisses Quartier in Nizza für so was. ‚Vous comprenez?' — ‚Danke, Herr Doktor, wieviel bin ich schuldig?' Das war ihm gar nicht peinlich. Dafür war er zuständig. Na ja. Peter hat es versucht mit dem Quartier. Frühmorgens, nach dem Markt, hat er uns am Negresco abgesetzt — und ist weitergefahren. Zu einem anderen Markt... Eine Stunde später hat er uns am Strand abgeholt. Wir waren alle grimmig auf dem Heimweg, und Peter sprang erst mal in die Regentonne." Sie machte eine Pause. Keiner sagte etwas. „Da habe ich an Eva gedacht. Es ist wichtig, daß ihr euch merkt: *Ich* habe an Eva gedacht, niemand anders. Sie hat immer zu uns gehört, von Anfang an, hat alles geteilt mit uns — bis auf das. Warum also nicht die Lücke schließen? Es wird sich wenig ändern. Peter ist einverstanden. Sag's ihnen, Peter."

Aus dem Dunkel die tiefe Stimme: „Einverstanden."

„Es ist mir wichtig, daß ihr das hört, damit später nicht —" Sie brach ab, hatte die Sachlichkeit vergessen, klang auf einmal wehrlos, beschwörend. Fuhr dann wieder gelassen und karg fort: „Eva hat gewisse Bedenken. Sag's ihnen, Eva."

Aus der entferntesten Ecke der Terrasse kam Evas Stimme, prompt, etwas piepsig — sie hatte gerade ihren 20. Geburtstag gefeiert —, erfreut, Brennpunkt des allgemeinen Interesses zu sein.

„Ich habe Bedenken, weil es unmoralisch ist."

„Warum?" Das war Jerome, sichtlich interessiert.

„Weil — weil Peter der Mann meiner Schwester ist. Sonst hätte ich nichts dagegen. Ich bin keine Jungfrau. Ich habe Erfahrung."

Jerome räusperte sich.

„Bei den alten Juden", sagte Ursula streng, „war das nicht nur nicht unmoralisch, sondern das Gesetz gab dem Ehemann sogar eine Option auf die jüngere Schwester —"

„Wenn die Ehefrau tot ist!" rief Eva heftig.

„Ich bin tot", sagte Ursula ruhig, „ein Jahr lang bin ich tot. Dann werde ich wiederauferstehen." Schweigen. „Ich habe euch zum Konzil gebeten. Ihr zwei kennt uns, das ist ein Vorteil. Anabel kennt uns nicht. Das ist auch ein Vorteil. Also: Was sagt ihr zu meinem Vorschlag?"

Jeromes Stimme als erste durch die Finsternis.

„Wichtig ist, daß Peter nicht mehr in die Regentonne springt. Jede Situation erfordert ihre eigene Moral. Warum gaben die alten Juden dem Witwer eine Option auf die Schwester? Weil Schwestern sich oft gleichen, die gleiche Haut haben, ähnliche Haare, ähnliches Aroma. Und wenn der Mann auf die erste Schwester eingespielt war, dann gab's bei der zweiten kein Problem —"

„Unsinn", sagte Ursula, „weil die Mitgift in der Familie bleiben sollte."

„Beides", brummte Peter, „beides gute Gründe."

„Sagt mal", rief ich und setzte mich auf, konnte nicht mehr liegenbleiben. „Seid ihr des Teufels? Was soll später werden, wenn Ursula wieder gesund ist? Wie wollt ihr das wieder rückgängig machen?"

„Rückgängig?" sagte Jerome und versuchte vergeblich, mich wieder auf die Matratze herunterzuziehen. „Warum rückgängig? Das sind alles Erfahrungen, Bereicherungen —"

„Gefährlich!" rief ich zu laut. Das Dunkel verstärkte jeden Ton.

„Und soll man immer auf Nummer Sicher gehen?"

Schweigen. Geräusche, als ob auch andere sich aufsetzten. Die Pernodflasche gluckerte wieder. Auch der hockende Schattenriß auf der Mauer bewegte sich.

„Und was sagt unser Gast?"

Anabel, neben mir, war liegengeblieben. Ohne Zögern, ohne Befangenheit sagte sie leise: „Nummer Sicher lohnt sich nie. ‚Später' wird seine eigene Lösung bringen. Das Problem heißt ‚jetzt'. Mir scheint — das Ausschlaggebende ist, daß die Idee von Ursula stammt. Ihr drei werdet euch nicht verlieren."

„Prost!" sagte Peter.

Ursula stieg von der Mauer herunter, streckte sich an seiner Seite aus. Er legte seinen Arm um sie, gab ihr einen Schluck Pernod aus seinem Glas.

Konzil beendet.

XIV

Sie hatte das Tagebuch natürlich nicht mit nach Grasse genommen. Zu gefährlich. Schrieb erst wieder nach unserer Rückkehr.

Erste Eintragung, September ’38.

„Spielte sechs Wochen lang ‚Bauer‘. Bodenständig. Nase voller Blattgeruch, Fingernägel voller Dreck, Gehirn mit Baumharz verklebt. Habe fünf Pfund zugenommen. ‚Erntete‘. Stundenlang. Bis das dämliche Vieh neben mir stand, mit seinen Eselsaugen vorwurfsvoll glotzte. Steckte ihm den besten Pfirsich ins Maul. Dann trottete er weiter, und ich konnte mich hinsetzen und zu Jerome hinübersehen, weit weg, durch Zweigknäuel durch. Nur hin und wieder mal seine schwarzen Haare oder seine Hand, braungebrannt – war schon viel. Fühlen, daß er in der Nähe war, ihm bei den Mahlzeiten gegenübersitzen. Besser als zu Hause heulen, wie voriges Jahr. Nicht ein einziges Mal ist er allein in meine Nähe gekommen. Suchte sich entfernte Baumreihen aus. L. kam mich oft ‚besuchen‘ beim Pflücken. Half mir, damit die verdammten Körbe voll wurden. Zeigte mir immer wieder, wie man die Dinger abmachte. Sagte: ‚Fühl doch mal, wie heiß sie sind. Man kann die Sonne riechen.‘

Das Gurnemantz-Dreigespann – gar nicht uninteressant. Besonders die Mädchen. Die Ältere – Elektra. Die Trauer steht ihr. Klassisch-griechisch, kuhäugig. Sonst beileibe keine Kuh. Wittert alles, weiß sofort Bescheid. Ich mußte aufpassen. Hatte das Gefühl, sie schnupperte zweimal – und wußte. War deshalb extra vorsichtig mit J. Die Jüngere platzt aus den Nähten vor Gesundheit. Iphigenie. Auch wenn sie stolz darauf ist, daß sie keine Jungfrau ist. Wird trotzdem geopfert werden. Erst mal dem lieben Schwager. Später – Erdbeben. Sie werden sich hassen. Alle drei. Laut sagte ich natürlich das Gegenteil, verkündete als delphisches Orakel: ‚Ihr drei werden euch nicht verlieren …‘ Dabei rieche ich, daß sie bereits auf dem Wege sind. Bald werden sie zu knurren beginnen. Es gibt keine Kleeblattharmonie, nicht im hellen Tageslicht, wie sie es sich so tapfer erträumen – und auch nicht im Verborgenen, wie L. und J. und ich.

Jetzt endlich, endlich wieder zurück in London im alten Geleise. Wohnung blitzsauber. Frau Cook eine Perle. Drückt sich gern gewählt aus. Fragte: ‚Na, haben Sie’s sich im Meer bequem gemacht?‘

L. probt ein neues Stück, Übersetzung aus dem Deutschen. Voller Hoffnung, wie immer. Diesmal vielleicht berechtigt. Ein ‚long run‘ wäre eine Himmelsgabe. Für sie und für uns.“

Es wurde eine Himmelsgabe. Mein erster durchschlagender Erfolg. Das Stück hieß „Little Ladyship", in Deutschland „Die unentschuldigte Stunde". Es gab mir eine Paraderolle — und eine ausgerenkte Schulter. In Edinburgh, während der Tournee vor der Londoner Premiere, auf offener Bühne. Ich lief eine Treppe hinunter, rutschte aus, schlug mit dem Ellbogen aufs Treppengeländer, fiel aber nicht hin, stand steif auf meiner Stufe. Der rechte Arm baumelte einsam seitlich-rückwärts, gehorchte keiner Aufforderung, sich mir wieder anzuschließen, hatte sich selbständig gemacht. Diese Feststellung war mein letzter Gedanke, bevor mich kreisende Dunkelheit auslöschte. Als ich dann in meiner Garderobe wieder zu mir kam — unter heftigem Geschrei —, schnitt man mir gerade das Kleid vom Körper, während ein fremder Herr sich über mich beugte. Auf den ängstlichen Ruf des Inspizienten vor dem eilig gefallenen Vorhang: „Is there a doctor in the house?" hatten sich gleich drei gemeldet. Man schaffte mich ins Krankenhaus, chloroformierte mich und renkte die Schulter wieder ein.

Manchmal sprang sie heraus — und wieder hinein. Ich kannte den Trick. Einmal, im Atelier, als ich auf einem Stuhl stand, um der Malerin eine Flasche Malmittel vom Regal zu holen, fiel ich samt Stuhl und Flasche um, rollte mich zu ihrem Erstaunen jaulend auf den Bauch und drückte die rechte Schulter heftig zu Boden. Glitsch — sie war wieder drin.

*

Sonderbare Wochen. Beinah täglich derselbe Stundenplan. Wie in der Schule. Ein paar Stunden bei der Malerin, aufpassen, daß sie ihre Medizin nahm, einkaufen für sie, aufpassen, daß sie aß. Der Arzt verlangte das. Sie war die einzige Patientin, die ihm Spaß machte. Eigentlich war sie wieder gesund, aber er erfand immer wieder neue Gründe, um sie zu besuchen. Ohne ihr etwas zu berechnen. Sie durchschaute seine „Fürsorge", spielte mit, schenkte ihm eine Skizze.

Allabendlich griff ich dann zum Tagebuch. Auch wenn ich noch so spät ins Hotel zurückkam, was selten geschah. Konnte nicht mehr einschlafen, ohne mindestens eine Eintragung gelesen zu haben. Jetzt ließ es mich nicht mehr los, zwang mich, verpflichtete mich, meine Erinnerungen an diese Jahre noch einmal zu durchleben, kopfnikkend, kopfschüttelnd, durchschauend, mitfühlend, empört — immer versklavt. Ich führte ein Doppelleben in diesen Wochen, das tägliche — und das frühere, vom Tagebuch wieder ans Licht gezerrte, verzerrte, verrenkte, wieder eingefügte. Wie meine Schulter. Und, wie bei meiner Schulter, war das erste Mal eine gewaltige Erschütterung gewesen, hatte etwas wie eine Narkose gebraucht, um es überhaupt ertragen zu können. Allmählich hatte ich mich daran gewöhnt — und jetzt brauchte ich es.

Hin und wieder gab es noch mal eine Quetschung. Dann klappte ich das Tagebuch zu, drehte das Licht aus, haderte mit Anabel, haderte mit Jerome, haderte mit mir.

*

Die Malerin saß vor der Staffelei und studierte mein Portrait, als ich mit meiner Tragetasche eintrat.

„Ich kann noch nicht", sagte sie, ohne sich umzudrehen, „weiß nicht, warum. Bin ganz gesund, aber es fällt mir nichts ein."

Ich zog meinen Mantel aus.

„Soll ich die Pose halten? Vielleicht kommt's dann."

„Glaube nicht. Ich sehe einfach nichts, nur Farben und Linien, ohne Zusammenhang."

„Mozart?" — „Hängt mir zum Halse raus."

Ich holte den Suppentopf aus der Tragetasche, setzte ihn ab, griff nach meinem Mantel. Sie drehte sich um.

„Ich mach' Kaffee."

Das hieß: Ich möchte nicht allein sein.

Die Küche war jetzt sauber, das Schlafzimmer wieder geheizt und das Bettzeug zurück im Bett. Ich hatte eine Putzfrau engagiert, eine Spanierin, die täglich zwei Stunden kam und sich das Knurren der Malerin ungerührt gefallen ließ. Ihre Polemiken verstand sie sowieso nicht. Nur das Atelier durfte sie nicht anrühren. Der Staub häufte sich auf den Leinwänden. „Macht nichts, das gibt Patina", sagte die Malerin.

Während sie die Suppe aufwärmte, holte ich eine halbe Flasche Rotwein, Korkenzieher und Serviette aus der Tasche, fand im Badezimmer ihr Zahnputzglas, wusch es aus, baute alles auf dem Tisch auf. Heute brauchte sie Wein, egal, was der Doktor sagte.

Sie trug das Tablett mit Suppenteller und Thermoskanne herein, blieb erstaunt stehen, als sie die Flasche sah, setzte sich. Ich breitete die Serviette mit Gewalt auf ihrem Schoß aus, zog den Korken aus der Flasche.

„Serviette!" sagte sie verächtlich. „Wie früher. Die verdammte Ordnung. Ich war ‚Kind im Hause'. Das klebt. Man kann's nicht loswerden. Wie eine Krankheit — wie eine Droge. Ich machte eine radikale Entziehungskur. Dann war ich endlich geheilt. Meine Leinwände fingen an zu knistern."

„Essen Sie, sonst wird's kalt." Ich setzte mich auf meinen Hocker in der Ecke.

Sie löffelte.

„Es ist schwer zu verlottern, wenn man aus einem anständigen Haus kommt. Bei uns war alles so — richtig, so gründlich. Kein falsches Spiel, kein Trick, keine Fassade. Alles war echt. Mein Vater, meine Mutter — alles echt."

„Waren Sie das einzige Kind?"

„Ja. Das war ja der Jammer."

Sie löffelte schweigend, trank den Wein, grunzte zufrieden.

„Haben Sie noch mehr? Eigentlich darf ich nicht —"

Ich holte die Flasche. Sie goß das Glas voll, trank es langsam aus.

„Aus Ihnen wird nie was, wenn Sie nicht endlich lernen, unvernünftig zu sein", sagte sie, „ich rieche das bei Ihnen. Sie sind vernünftig. Das ist der Tod. Der Tod für alles, was mit der Kunst zu tun hat. Sie sind doch Künstlerin."

„Ich weiß es nicht. Ich muß mir alles erarbeiten."

„Das ist nicht schlecht." Sie goß sich den Rest ein. „Arbeit ist immer gut, auch wenn man ein Genie ist. Genie ist überhaupt nur Arbeit, wissen Sie das? Besessene Arbeit. Sind Sie besessen?"

„Manchmal."

„Nicht genug. Seien Sie *immer* besessen."

Der Wein hatte schnell gewirkt. Wahrscheinlich war sie nach den vielen Medikamenten geschwächt.

„Ich werde mir Mühe geben", sagte ich, stand auf, um ihren Teller in die Küche zu tragen. „Abgegessene Teller stinken."

„Ach Sie!" sagte sie heftig. „Sie sind schon wieder ordentlich. Wie meine Mutter. Meine Mutter hat noch auf dem Totenbett — fünf Minuten vorm Sterben —, da hat sie sich noch die Zähne putzen wollen."

Ich ließ den Teller los, holte meinen Hocker und stellte ihn so nah wie möglich an ihren Stuhl heran. Sie lehnte sich weit zurück, nahm die Brille ab. Jetzt konnte ich mir genau vorstellen, wie sie ausgesehen hatte, als sie zum erstenmal in Paris ankam, jung, stämmig, aber dünnhäutig, einsam. Sie tastete mit einer Hand nach den sonst immer nahebei liegenden Gauloises, erinnerte sich, daß sie noch nicht rauchen durfte, zuckte mit den Fingern hin und her, faltete sie schließlich, um sie zur Ruhe zu bringen.

Ich wartete, bis ihr Blick auf mich fiel, und sah ihr in die Augen.

„Wie war das bei Ihnen? Veranlagung? Haben Sie schon als Kind keine Buben gemocht?"

„Doch. Sehr sogar."

„Wann hat sich das geändert? Paris?"

„Nein. Lange vorher. In Rouen. Ich ging noch zur Schule." Schweigen. „Ich kann's natürlich nicht mit Sicherheit behaupten", sagte sie nach einer Weile, mehr zu sich selbst als zu mir. „Wer kann wissen, was geworden wäre, wenn das damals nicht passiert wäre!"

„Was?"

Sie rutschte noch tiefer in den Stuhl hinein, starrte, mehr liegend als sitzend, unbeweglich an die Zimmerdecke. Ich fragte noch einmal:

„Was?"

„Ich war gerade konfirmiert worden. Da saß er auf der Bank im Stadtpark."

„Wer?"

„Er. Das war das erste Mal, daß ich ihn sah. Am Tag nach der Konfirmation, auf dem Weg von der Schule nach Hause. Da war ein kleiner See, Enten und Trauerweiden. Eine Bank. Meistens leer, es war so feucht da. Ich kannte sie aber, hatte dort manchmal Frösche gefangen. Da saß er und fütterte die Enten. Die watschelten aus dem See heraus und quakten um die Bank herum. Er sprach mit ihnen und versuchte, die eine oder die andere zu streicheln. Dann quietschten sie und liefen davon. Kamen aber gleich wieder zurückgewatschelt. Zwei Mädchen und ich, wir standen still und sahen zu. Wir gingen immer ein Stück zusammen auf dem Heimweg. Am nächsten Tag saß er wieder da und fütterte die Enten. Winkte uns zu. Am Tag darauf war er nicht da. Aber in der Woche danach sahen wir ihn schon von weitem — und rannten. Er war sehr groß, etwas weiß an den Schläfen. In der Klasse sprachen wir nur über ihn, kämmten uns die Haare vor dem Heimweg. Wir durften uns neben ihn auf die Bank setzen. Er sprach mit uns, sagte ‚Sie' und ‚kleines Fräulein', fragte nach unseren Eltern, nach der Schule, wollte wissen, was wir arbeiteten, wie alt wir seien. Ich war die Älteste, beinah sechzehn, die andern ein paar Monate jünger. Zu mir war er besonders nett. Die andern merkten das. Eines Tages erklärten sie, sie gingen nicht mehr durch den Park, ich könnte ihn ganz für mich allein haben. Von da ab ging ich allein nach Hause. Betete jeden Tag, daß er auf der Bank sitzen würde. Zwei-, dreimal die Woche kam er auch, und ich hatte ihn dann zehn Minuten für mich allein. Mehr nicht, das wäre zu Hause aufgefallen. Er erzählte mir, er sei Offizier a. D. So sah er auch aus, so elegant und etwas zackig in seinen Bewegungen, so höflich und reserviert. Meinen Eltern hatte ich nichts von ihm erzählt, und mit meinen Freundinnen war ich jetzt verkracht. Mir war das recht. Das ging so einen Monat lang. Dann erzählte ich ihm eines Tages, daß ich morgen sechzehn Jahre werden würde, ein großer Tag, offiziell erwachsen. Meine Eltern hätten eine kleine Feier geplant für unsere Familie und Freunde. ‚Um wieviel Uhr?' wollte er wissen. ‚Nachmittags um sechs — wieso?' Wollte er vielleicht auch kommen? Nein. Er hatte einen anderen Plan. Er wollte mir auch eine Geburtstagsfeier machen, seine Mutter würde mir einen Kuchen backen — es gäbe auch eine extra Überraschung. Er schrieb mir seine Adresse auf. Ich kannte das Haus, nicht weit weg von uns. Dort lebe er mit seiner Mutter. Um fünf Uhr nachmittags würden sie mich zum Geburtstagskaffee erwarten."

Sie stand plötzlich auf und suchte nach ihren Gauloises. Ich wagte nicht zu protestieren, denn sie sah aus, als brauchte sie eine. Sie inhalierte tief, streckte sich wieder auf dem Sessel aus, starrte an die Decke.

„Das war eine Nacht! Die Nacht vorher. So kann man sich doch nur entzünden, wenn man noch ein Kind ist. Julias Alter. Shakespeare hat ja auch über andere Liebende geschrieben, aber keine war vierzehn Jahre alt wie Julia. Er hat genau gewußt, warum. Allerdings war ich keine Italienerin, war wirklich noch ein Kind. Mein ganzer Traum war, neben ihm sitzen zu dürfen und ihn anzusehen. Vielleicht seine Hand halten. Vielleicht — vielleicht ihn küssen. Aber das ging beinah schon zu weit. Daß ich seine Mutter kennenlernen würde, sein Haus, sein Wohnzimmer betreten durfte — das hielt mich die halbe Nacht wach.

Am nächsten Morgen: Geburtstagsfeier, bevor ich in die Schule ging. Mein Vater hielt eine kleine Rede, hatte Tränen in den Augen, als er mir eine Perlenkette meiner Urgroßmutter um den Hals legte. Meine Mutter hielt ihr Geschenk über dem Arm: ein weißes Kleid aus Batist und Spitzen, wie man's damals hatte, mit weißen Schleifen. Wie eine Seifenblase, so zerbrechlich. In der Schule sang die Klasse: ‚Hoch soll sie leben —', und ich versöhnte mich zur Feier des Tages mit meinen zwei ehemaligen Freundinnen. Heute, so beschlossen wir, würden wir alle drei wie früher durch den Park gehen und ‚ihn' begrüßen. Aber die Bank war leer. Wir standen eine Weile davor, so enttäuscht wie die Enten, die umsonst um uns herumschnatterten. Ich sagte kein Wort von der Einladung.

Punkt fünf Uhr stand ich vor dem Haus, eines der alten in der Stadt, aus dem 17. Jahrhundert. Ich hatte das neue Kleid an, hatte mich zu Hause nicht hingesetzt, damit es nicht zerdrückt war. Weiße Strümpfe und Schuhe. Den Eltern hatte ich etwas von einem Geburtstagskaffee bei einer Freundin erzählt, ich würde später zur Familienfeier wieder zu Hause sein.

Ich wartete zwei Minuten — Manieren! —, dann klingelte ich, hörte es drinnen läuten. Stille. Er hatte doch nicht etwa vergessen! Dann endlich — Schritte. Ich atmete wieder. Die schwere alte Tür öffnete sich — da stand er und lächelte mich an. Gab mir einen Handkuß ‚zum 16. Geburtstag!‘, ging mir voran durch die Diele, öffnete eine Tür und führte mich ins Wohnzimmer. Ein großer dunkler Raum voll schwerer Eichenmöbel, nur undeutlich zu erkennen, denn die Vorhänge waren zugezogen, obgleich es noch hell war draußen. ‚Damit wir besser feiern können!‘ antwortete er auf meine Frage und zeigte auf den Tisch — und da stand tatsächlich ein Kuchen mit sechzehn Kerzen, die einzige Beleuchtung im Zimmer.

‚Wie lieb von Ihrer Mutter‘, rief ich, ‚wo ist sie? Ich muß ihr doch danken ...‘

‚Mamma wird gleich hier sein‘, sagte er, ‚sie macht gerade den Kaffee in der Küche. Die Köchin hat Ausgang. Kommen Sie — wünschen Sie sich etwas. Dann müssen Sie alle sechzehn Kerzen auf einmal ausblasen, damit der Wunsch in Erfüllung geht.‘ Er nahm meine Hand und führte mich zum Tisch. Wünschen! Was? In diesem Augenblick völliger Wunschlosigkeit? Undeutlich formulierte mein Gehirn etwas wie: ‚So glücklich bleiben wie jetzt ...‘ Dann holte ich tief Atem — und blies alle Kerzen aus. Mit einem Schlag war es stockdunkel. ‚Licht!‘ rief ich. ‚Wo sind Sie denn?‘ — ‚Hier‘, sagte er, aber seine Stimme klang ganz anders als sonst. — ‚Geben Sie mir Ihre Hand ...‘ Ich tastete blind in seine Richtung — und fühlte meine Hand von seiner umklammert. Mit einem einzigen Ruck warf er mich zu Boden. Ich schrie laut auf vor Schreck, dachte, es sei ein Versehen, versuchte aufzustehen — aber da war er schon über mir und drückte meine Schultern mit seinem Gewicht flach auf den Boden. ‚Mein Kleid‘, dachte ich, ‚mein Kleid! Auf dem schmutzigen Boden!‘ — ‚Was machen Sie denn?‘ rief ich. ‚Lassen Sie mich doch aufstehen — lassen Sie mich los!‘ Und dann wußte ich's, denn ich fühlte, wie seine Hände an meinem Rock rissen. ‚Hilfe!‘ schrie ich. ‚Mutter! Mutter!‘ Damit meinte ich seine Mutter ebenso wie meine.

Und dann geschah etwas Fürchterliches. Er ließ einen Augenblick von mir ab, ich fühlte seinen Atem über meinem Gesicht und hörte seine Stimme ganz dicht an meinem Ohr, rauh und grob, wie noch niemand zu mir gesprochen hatte: ‚Halts Maul, du dumme Sau. Hier gibt's keine Mutter.‘

Von da ab lag ich ohne jeden Widerstand, wie gelähmt. Und schrie. Ich weiß nicht, wie lange. Plötzlich war er verschwunden, aber ich kann mich nicht erinnern, daß ich ihn weggehen hörte. Ich war allein im Stockdunkeln. Dann bin ich langsam auf die Füße gekommen, fiel aber wieder um, stieß mich an einem Möbelstück, gab keinen Laut von mir aus Angst, er würde zurückkommen. Ich tastete herum, fand endlich eine Wand, dann eine Tür. Die Halle war schwach beleuchtet. Ich sah einen großen Spiegel, drehte den Kopf weg, konnte nicht ertragen, wie zerzaust mein Haar war und mein weißes Kleid verdrückt und zerrissen. Nur fort, nur fort aus dem Haus, bevor er mich wieder einfangen konnte —.

Die schwere Haustür ließ sich nur langsam öffnen. Kein Laut im Innern des Hauses — dann stand ich draußen im hellen Sonnenlicht. Zum Glück waren nicht viele Menschen auf der Straße. Ich lief, drückte mich an Häusermauern entlang. Bis zur Straßenecke. Hörte jemanden hinter mir herrufen: ‚Was ist denn mit dir, mein Kind?' Lief noch schneller, über die Straße, knapp an einer Trambahn vorbei, hörte wieder eine Stimme: ‚Aber Kind, was ist denn geschehen?' Lief, lief — und da war endlich unser Haus.

Ich benutzte nicht den Fahrstuhl, stieg die drei Treppen zu unserer Wohnung Stufe für Stufe hinauf — jeder Schritt tat weh —, stand vor unserer Wohnungstür, hörte durch die Tür hindurch Stimmen und Lachen und Tellerklirren. Wartete. Innen schloß sich eine Tür, und die Stimmen erklangen nur noch gedämpft. Ich klingelte. Einen Schlüssel besaß ich noch nicht. Da fiel mir ein, daß unser Mädchen sicher drinnen bediente, daß meine Mutter die Tür selbst öffnen würde... Zu spät. Da stand sie schon. Mit Augen voll lachendem Willkommen, den Mund geöffnet, um zu sagen: ‚Na, da bist du ja endlich, wir warten schon alle...'

Dann sah sie mich. Ihr Gesicht wurde weiß.

‚Um Gottes willen', flüsterte sie.

Ich ging an ihr vorbei, erreichte die Tür zu meinem Zimmer, hoffte, ich würde es bis zu meinem Bett schaffen — aber der Teppich hob sich mir entgegen...

Es können nur ein paar Minuten gewesen sein, denn als ich wieder zu mir kam, kniete meine Mutter neben mir auf dem Teppich, hielt eine Schüssel kaltes Wasser — stammelte mit weit aufgerissenen Augen: ‚Bist du überfahren worden?' Ich versuchte mich aufzurichten. Sie öffnete die Knöpfe an meinem Kleid, schrie plötzlich ganz laut. Sie sah die Blutflecken."

*

Die Stimme war immer rauchiger geworden. Ich konnte nicht alles verstehen, was sie sagte. Plötzlich stand sie auf, streckte beide Arme weit auseinander wie bei der Morgengymnastik und gähnte laut.

„Sind Sie noch wach?" fragte sie, dehnte und schüttelte sich. „Ich hab' mich selbst beinah in den Schlaf geredet."

Ich sagte, ich sei hellwach, müsse unbedingt wissen, was mit dem Kerl geschehen sei. Gefängnis?

„Keine Rede“, sagte sie, suchte nach ihrem Hals-Spray, sperrte den Mund weit auf und sprühte. „Grrrrr. Ich war ja dem Gesetz nach an meinem Geburtstag volljährig. Darauf hatte er gewartet. Grrrr — Grrrrrr. Mein Vater wollte ihn trotzdem umbringen. Gut, daß er nicht aufzufinden war. Das Haus gehörte ihm natürlich nicht. Er war dort Hauswart und hatte die Schlüssel, wenn die Eigentümer auf Ferien waren. Grrrr — —“ Sie schüttelte den Spray. „Nichts mehr drin.“

„Hat es lange gedauert, bis Sie — wieder normal waren?“

„Normal? Manche Leute würden Ihnen sagen, daß ich's heute noch nicht bin. Meine Eltern nahmen mich mit auf eine lange Reise, Italien, Griechenland. Alle, die ‚wußten‘, sprachen behutsam mit mir, als ob ich auseinanderbrechen könnte. Aber ich kam eigentlich in recht guter Verfassung wieder nach Rouen zurück. Konnte wieder lachen, hatte sogar zugenommen. Aber so drei, vier Jahre später — mein Vater war bereits gestorben —, als meine Freundinnen ihre ersten Liebesgeschichten erlebten oder heirateten, da konnte ich einfach nicht mitmachen. Wollte das unglückliche Gesicht meiner Mutter nicht mehr täglich vor Augen haben, gab mein Medizinstudium auf und dampfte ab nach Paris. Anderen Leuten ist Schlimmeres passiert. So ist nun mal mein Leben. Ich bin ganz zufrieden damit. Morgen arbeiten wir wieder. Punkt zwölf.“

XV

Seit drei Wochen die erste Portraitsitzung. Die Malerin hatte nicht mal guten Tag gesagt vor Aufregung. Saß wie ein Klotz vor ihrer Staffelei, starrte und starrte, sprang auf, legte einen Mozart auf, starrte wieder, drehte sich mir zu. Die Augen, hilfeflehend, sahen mich nicht, verkrallten sich nur in ihr Modell. Sie hatte Angst, sie „könnte es nicht mehr". Vor jeder neuen Leinwand die gleiche Angst.

Ich saß ganz still, wollte helfen, mich auf etwas „Bestimmtes" konzentrieren. Das war jetzt leicht. So viele Bilder kamen aus der Vergangenheit angeschwommen, ungerufen, mußten eher verscheucht werden. Jerome und ich, zum Beispiel, eines Morgens, während wir in unserer winzigen Küche Frühstück machten. Ich häufte Teller und Tassen auf ein Tablett, meine Gedanken bei Anabel. Seit ich sie weinend auf dem Boden hatte sitzen sehen, war alles verändert. Jetzt war sie es, die meinen Schutz und meine Fürsorge brauchte. Schutz gegen Einmischung oder Verdächtigung, Fürsorge um ihre Gemütsverfassung.

„Er quält sie", dachte ich laut, „der Kerl hat ein schlechtes Gewissen wegen seiner Frau, wegen der Kinder, läßt das an Anabel aus. Ich habe das Gefühl, das ist ein Mann, der quälen muß."

„Vielleicht hat sie das gern", meinte Jerome und trug das Tablett ins Atelier. Dort standen jetzt, seit meinem Erfolg in „Little Ladyship", ein Tisch und zwei Stühle.

„Jetzt ist er gerade in London, sagt sie. Am liebsten möchte ich mit dem Mann reden —"

„Was willst du ihm sagen?" Er bestrich sein Brötchen mit Butter und Honig.

„Daß er sie in Ruhe lassen soll. Daß er sich darüber klar sein muß, daß er ihr Leben ruiniert —"

„Tut er das? War sie glücklicher, bevor sie ihn kannte?"

Ich dachte tief in meine Kaffeetasse hinein. Glücklicher? Mit Bill und Nina? Jerome zündete sich eine Zigarette an, behielt mich im Blick, lächelte nicht. Die schmalen schwarzen Augen saßen tief unter den dichten Brauen. Die Backenknochen streng gemeißelt. Darunter ein Hohlraum, dunkel, unrasiert. So, dachte ich, wird er einmal aussehen, wenn er alt ist. Nicht wie sein Vater, „fett wie eine Wamme", sondern wie ein Nomade, undurchdringlich, schattenhaft, ohne Lächeln. — „Nun?" fragte er. „War sie glücklicher — vorher?"

„Wahrscheinlich nicht. Trotzdem — ich möchte mal mit ihm reden. Er muß sie ja nicht so quälen, er könnte doch — netter zu ihr sein —"

„Wie Bill, zum Beispiel?"

Ich häufte die Teller wieder auf das Tablett, trug es in die Küche zurück. Rief durch die offene Tür: „Vielleicht gehe ich ihr mal heimlich nach..."

Jerome erschien im Türrahmen, Zigarette im Mund, sah mir zu, wie ich abwusch. Ergriff ein Handtuch und trocknete ab, was ich gewaschen hatte.

„Tu das nicht", sagte er ruhig. „Man soll anderen Leuten nicht in ihr Geheimnis pfuschen."

„Auch wenn es eine Freundin ist, die man liebt?"

„Gerade dann nicht."

*

„Pause", sagte die Malerin, stieß einen tiefen Seufzer aus, stand auf, wischte sich die feuchte Stirn mit dem Ärmel ab. „Es ging", murmelte sie auf dem Weg zur Küche, „es ging — ganz ordentlich."

Ich streckte mich. Hatte nicht gemerkt, daß fünfzehn Minuten vergangen waren. Stand noch immer in unserer kleinen Küche von damals, gab Jerome die nassen Teller...

Die Malerin brachte den Kaffee, holte die Gauloises, sah mich beinah zärtlich an.

„Bin wieder da. Bin wieder drin. Es geht wieder." Sie goß sich ein, hielt die Tasse hoch, betrachtete ihre zitternde Hand mit den farbbefleckten Fingern. „Genug für heute. Hab' Angst, ich werd's ruinieren. Ich *kann* noch — das wollte ich nur wissen. Morgen wieder um zwölf, ja?"

*

Tagebuch. 23. März.

„L. dreht einen Film tagsüber. Abends spielt sie. Ist so müde, daß sie lieber bei der Mutter schläft, in ihrem alten Zimmer. Das Kinderzimmer nenne ich es. Sie sagt, die Mutter sorge für sie. Stellt ihr abends Apfelmus ans Bett, macht ihr Frühstück um sechs Uhr früh. Das könnte sie von J. nicht verlangen. Richtig. Bei J. ist nichts zu verlangen. Er gibt, was er für richtig hält. Was aber noch nicht heißt, daß es das ist, was man braucht. L. weiß das. Verlangt nichts von ihm. Klug. Ich verlange. Ich will, daß er in unsere Wohnung kommt, auch wenn's ihm nicht paßt. Weil ich *es brauche. Das versteht er nicht. Ist taub. Heute, zum Beispiel. Heute wollte ich in unserer Wohnung mit ihm allein sein, neben ihm liegen, Arme um mich, Arme um ihn. Heute haben wir Geburtstag. Heute vor zwei Jahren*

– am Bootshaus im Regent's Park. Zwei Jahre. Wenn ich alle Stunden zusammenrechne, die wir allein verbracht haben, komme ich höchstens auf fünfhundert. Knapp 24 Tage. Nicht mal einen einzigen Monat habe ich ihn für mich gehabt. Kann man so leben?
Ich rief ihn an. Sagte: ‚Happy birthday – –'. Ich solle ihn nicht mit solchem Unsinn bei der Arbeit stören, sagte er. Ich legte auf. Nina kam gerade ins Zimmer. Fragte nichts, sah mich nur an, ging wieder hinaus. Egal.
Mußte etwas tun. Irgend etwas unternehmen zur Feier des Tages. Etwas Verrücktes. Habe Simon besucht –."

Was? Ich las den Satz noch einmal:

„Habe Simon besucht."

Sie hat Simon gekannt. Das wußte ich nicht. Das erklärt vieles...

„Bin einfach hingegangen, wußte ja, daß er zu Hause sein würde. Wollte etwas ansehen, das zu J. gehört. Außerdem wollte ich ihn schon lange kennenlernen, J. hatte es immer verhindert. Klopfte vorsichtig an die Tür und wartete. Die Fliegensache. Aber er rief sofort: ‚Herein', hatte gerade keine Fliegen. Dafür ein Tier namens Axolotl, wie eine rosa Eidechse, der man auf den Kopf getreten ist. Lebt in einem Wasserglas.
Als ich meinen Namen nannte, war er erst erstaunt, dann entzückt. Er wüßte alles. J. hätte alles erzählt. Was mich wundert. Warum wohl? Er sagt doch immer, man könnte Simon nicht trauen. Wahrscheinlich hat er gar nichts gesagt. Simon hat sich's nur zusammengereimt. Ich hatte eine Flasche Cognac mitgebracht. Er stürzte sich darauf. Ich hielt eine Weile mit. Brauchte Mut. Oder Auftrieb, irgendwas, was mich hindert, mich immer wieder wie ein Kreisel um mich selbst zu drehen. Er hat sofort verstanden, warum ich da war. Ich mußte nichts erklären. Für L. hat er wenig übrig. Sie sei nicht sein Typ. Er müsse sich über seinen Sohn wundern. L. gehöre nicht in die Familie. Aber sie sei nützlich. Sie solle nützlich bleiben. Auch ihre Matineen seien nützlich – ‚nicht wahr, Anabel? Ich darf dich doch Anabel nennen?' Sah plötzlich aus wie ein Krokodil. ‚Nein', sagte ich, ‚das dürfen Sie nicht.' Da lachte er, so offen und herzlich wie ein lieber kleiner Junge, griff nach meiner Hand, küßte sie ehrerbietig. Ich wußte überhaupt nicht mehr, woran ich mit ihm war. Er goß sich und mir wieder ein. Ich trank, ich Idiot. Schlug plötzlich mit der Faust auf seinen Schreibtisch und sagte: ‚Hören Sie auf, Unheil zu stiften zwischen L. und Jerome!' Da lachte er wieder, bis

er sich verschluckte und ihm die Augen voller Wasser standen. ,Na, und du?' sagte er. ,Was stiftest du?' Ich stand auf, lehnte mich über den Tisch, bis ich sein Gesicht ganz nahe vor mir hatte. Wollte ihm eigentlich ins Gesicht spucken. Konnte nicht, hatte einen ganz trockenen Mund. Merkte, ich würde gleich anfangen zu heulen. Sprach deshalb so laut wie möglich, ganz gleich, was, lange Rede. Ich wüßte genau, daß ich J. nichts bedeute, daß es bald aus sein werde, daß es heute zwei Jahre her sei – – daß ich nie versucht hätte, ihn von L. wegzubringen, im Gegenteil. Ich wüßte, ich bin genau das, was J. braucht, um mit L. glücklich zu sein. Wenn es mich nicht gäbe, dann stünde es schlecht um die beiden. Das brüllte ich. Setzte mich wieder hin.

Der Dicke glotzte mich an. Sein Doppelkinn schwabbelte vor Wonne. ,Du bist die einzige Frau, die mir je begegnet ist', sagte er, ,die weiß, wo sie steht. Ich, zum Beispiel, bin ein Nichtsnutz. Ich weiß es, und ich genieße es. Ich bin ein durch und durch aufrichtiger Mensch, lehne jede Verantwortung ab, die nicht in meinen Tagesablauf paßt. Die Fliegen passen, Eintagsfliegen, höchstens Vier-, Fünftagefliegen. Aber Ehestand, Vaterschaft, Freundschaft, Hab und Gut – alles Lasten. Alles mit Verpflichtungen verbunden. Die gibt es nicht für mich. Andere Leute reißen sich darum, ,verantwortlich' zu sein. Nur dann fühlen sie sich erwachsen. Was täten alle diese Leute, wenn es mich nicht gäbe? Ich erlaube ihnen, sich um mich zu kümmern, sich an mir moralisch emporzuranken. Ich kann einer ganzen Heilsarmee als Daseinsberechtigung dienen.'

,Sie triefen vor Nächstenliebe', sagte ich und stand auf. – ,Ach, geh doch nicht schon wieder!' rief er. – ,Hören Sie auf, mich zu duzen!'

Er tat, als hörte er nicht. ,Mein Sohn weiß nicht, was er an dir hat! Ist ja nur ein grünes Früchtchen ohne Rückgrat, ohne Linie – –' Damit versuchte er, mich auf das Sofa zu drängen. Ein Riesenkoloß, und ich nicht mehr ganz sicher auf den Beinen. Aber doch schneller als er. Griff nach der Tischlampe. Da lachte er – erinnerte mich plötzlich an J., zum erstenmal! –, zog sich hinter seinen Schreibtisch zurück. Es sei doch nur ein Scherz gewesen. Dann erst stellte ich die Lampe wieder hin. Muß ziemlich voll gewesen sein, erinnere mich, daß ich ihn fragte, wann er zum letztenmal geweint hätte. Er dachte ganz ernstlich nach, konnte sich nicht erinnern, meinte dann, er müsse etwa zehn Jahre alt gewesen sein, da hätte er seine Uhr verloren – –

Ich nahm meinen Mantel, blieb vor der Glaskugel mit dem Axolotl stehen. Der hing unbeweglich im Wasser, schwebte halbwegs zwischen Oberfläche und Boden, rosa Hände, wie Menschenhände, ausgespreizt, glotzte mich aus runden Augen an. Ein Kranz von roten

Zacken um den kahlen Schädel, wie eine Krone. Ich sagte: ‚Der sieht aus, als ob er schon lange tot ist.‘ Da humpelte Simon eilig heran, rief entzückt: ‚Nicht wahr? Das liebe ich so an ihm. Vielleicht ist er tot – vielleicht pudelmunter. Ich füttere ihn regelmäßig, das heißt, ich wedle ein winziges Stück Fleisch vor seinem Kopf hin und her, als sei es lebendig – aber er schnappt nicht danach, läßt es ruhig zu Boden sinken. Manchmal verfängt es sich in seiner Krone – er nimmt es nicht zur Kenntnis. Frißt nie in meiner Gegenwart. Entweder ist er zu vornehm – oder er ist tot.‘
Habe eine gewisse Ähnlichkeit mit dem Axolotl. Bin ich zu vornehm?“

Das war die letzte Eintragung bis Mai ’39. Sechs Monate lang hatte sie nicht mehr geschrieben. Am 25. Mai plötzlich:

„Um Gottes willen. Das ist doch nicht wahr!“

Am 1. Juni:

„Es ist wahr.“

*

Es war also Anfang Juni gewesen, daß sie in meiner Theatergarderobe saß, zwischen Matinee und Abendvorstellung. Das tat sie jetzt manchmal, denn ich war zu müde, um zu ihr zu fahren, wie ich es früher so gern getan hatte. Ich drehte schon wieder einen Film. Das hieß, daß ich beinahe jeden Tag im Atelier stand — außer an Matinee-Tagen — und abends spielte. Ich raste hin und her, zog mich manchmal im Auto um, riß Perücken herunter, sah ununterbrochen auf die Uhr, kam überall in letzter Minute an, wurde von allen vorwurfsvoll angesehen. Ich hatte keine Wahl. „Schmiede deinen Nächsten, solange er warm ist“, hatten wir in der Schule gesagt. Mein „Nächster“ war endlich, endlich warm. Erfolg. Mußte geschmiedet werden, keine Müdigkeit vorschützen. Nur noch einen Monat — dann Ferien, Gurnemantz-Ferien, mit Jerome und Anabel. Hatte während der letzten Monate auch die Menschen, die ich liebte, kaum gesehen. Unsere Sonntagsfahrten mit Anabel hatten völlig aufgehört. Ich schlief den ganzen Sonntag über. Ging manchmal mit Jerome ins Maclean-Haus zum Essen. Fand Anabel weiß und dünn, auch Bill dünn. Selbst Nina dünner. Vielleicht war das meine Einbildung. Oder ein Sehfehler. Wie bei El Greco.
Da saß sie nun in meiner Garderobe auf dem „Besucherstuhl“,

beobachtete schweigend, wie Maudie, meine Garderobiere, mein Kostüm auszog, den alten Schminkmantel um mich legte, mir das Tablett mit Sandwiches und Orangensaft vor die Nase setzte. „Schlafen!“ sagte sie bedeutsam und wackelte mit dem Zeigefinger in Anabels Richtung, bevor sie die Garderobe verließ.

„Ich gehe schon“, sagte Anabel, stand auf und machte das Licht aus. Ich hielt sie nicht zurück. Mußte einfach schlafen vor der Abendvorstellung. „Bye-bye, darling“, sagte ich gähnend und drehte mich zur Wand. Stille. Kein Türgeräusch. Ich drehte mich wieder um, versuchte, etwas in der Dunkelheit zu erkennen. Sah undeutlich eine Hand auf der Lehne des Besucherstuhls. Sie hing wie leblos herunter.

„Was ist denn?“ rief ich, setzte mich auf und tastete nach dem Lichtschalter. Sie sah grün aus. Schweiß auf der Stirn, Augen geschlossen, atmete konvulsiv.

„Anabel! Was hast du denn?“

„Mir ist übel“, flüsterte sie.

„Willst du ein Glas Wasser?“

Sie schüttelte den Kopf.

„Mir ist — wirklich übel. Gestern auch. Und vorgestern.“

Ich war auf einmal hellwach, kniete neben ihrem Stuhl.

„Hast du was gegessen? Denk mal nach. Hast du Schmerzen in der Magengegend?“

Sie öffnete die Augen, verzog das Gesicht zu einem schwachen Lächeln.

„Ach, du Doktorstochter — du verstehst aber auch gar nichts.“

Ich verstand und zog unwillkürlich meine Hand zurück.

„Ferencsi?“

Es war ihr keine Antwort wert.

„Um Gottes willen“, sagte ich. „Willst du es haben?“

Die Rabenaugen drehten sich langsam mir zu. So unselig schwarz hatte ich sie noch nie gesehen.

„Wollen?“ Die Augen suchten mein Gesicht ab, als könnten sie darin eine Lösung finden. Ich sah sie hilflos an, versuchte, ermutigend zu lächeln, sie zu bestärken, in was es auch sei. Die Augen erloschen, als hätte sie das Licht abgedreht.

„Wollen?“ wiederholte sie noch einmal. „Darauf kommt's nicht an.“

Ich schwieg. Brauchte nicht zu fragen, worauf es ankam. Ferencsi war katholisch verheiratet, eine Scheidung kam nicht in Frage, das hatte sie mir gleich zu Anfang erklärt. Sollte sie Bill und Nina verlassen, um irgendwo heimlich Ferencsis Kind zu haben? Und dann? Als ob sie meine Gedanken beantworten wollte, sagte sie: „Er weiß natürlich nichts davon. Wenn er es wüßte, würde er mich nie wiedersehen. Ich habe sowieso das Gefühl, daß es nur eine Frage der Zeit ist — —“

„Also — wirst du es loswerden?“

„Gestern war ich bei Mildman, unserem Doktor. Er hat es mir bestätigt. Hat mir außerdem bestätigt, daß er nicht das leiseste Verständnis für meine Situation hat.“

„Woher weiß er —“

„Daß es nicht Bills Kind ist? Er weiß, daß ich seit Jahren nicht mehr mit Bill schlafe. Bill hat ihn mal um Rat gefragt. Sie sind zusammen in die Schule gegangen.“

Ich stand auf. — „Geht's dir besser? Kannst du gehen?“

Sie zog sich am Schminktisch in die Höhe, sah immer noch schneeweiß aus.

„Wir fahren jetzt zu *meinem* Doktor. Ehemaliger Deutscher, aus Berlin. Behandelte dort die Frauen der englischen Botschaft. Er kannte noch meinen Vater, ist aber jünger. Ich glaube — ich kann's nicht versprechen, aber ich glaube, er wird dir helfen. Erstens kennt er dich nicht. Du wirst dich ihm als Fräulein Sowieso vorstellen und sagen, du hättest kein Geld, könntest kein Kind aufziehen, würdest deinen Job verlieren. Zweitens hat er Humor. Ich ging einmal zu ihm, erzählte ihm von Jerome, und er fragte mich väterlich, ob ich auch ‚beim Verkehr' vorsichtig sei. ‚Ach Gott', sagte ich, ‚man muß sich eben daran gewöhnen, daß man hier in England auf der linken Seite fährt.' Woraufhin er eine Weile vor Lachen nicht sprechen konnte, mir immer wieder nur den Kopf tätschelte. Seitdem habe ich bei ihm einen Stein im Brett. Komm, wir fahren gleich mal hin. Vielleicht ist er noch in der Sprechstunde — —“

*

Doktor Lauters Wartezimmer in der Harley Street war noch voll, aber seine Sprechstundenhilfe gab mir Vorrang, weil ich „nur eine Frage stellen wollte“ und ins Theater zurück mußte. Anabel wartete draußen im Taxi.

Lauter empfing mich händewaschend mit der üblichen Frage, wie es mit dem englischen Linksverkehr stünde. Anabel zuliebe lachte ich noch einmal herzlich, kam dann zur Sache. Ich hätte eine Freundin. Meine einzige. Ein armes Mädchen. Ich würde die Kosten tragen. Diese Idee kam mir spontan, während ich sprach. So klang alles noch echter, sympathischer. Der Doktor hörte auf zu lachen, setzte sich hinter seinen Schreibtisch, stützte den Kopf auf die Hand, seufzte.

„Daß *Sie* mir jetzt auch solche Sachen bringen! So was wird mir doch jeden Tag angetragen. Und ich lehne ab! Auf das entschiedenste. Jeden Tag aufs neue. Warum sollte ich meine Existenz aufs Spiel setzen, bloß weil eine dumme Gans beim Verkehr — —" Er unterbrach sich, sah mich an, mußte lächeln, sein Zorn verflog.

„Unverheiratet, sagen Sie? Und der Mann natürlich — na ja. Die übliche Sache. Noch dazu arm."

„Sie ist — Kindergärtnerin."

„Auch noch. Und Sie sind edel und wollen das bezahlen? Kommt gar nicht in Frage. Sie haben ja selbst kein Geld. (Ich fühlte mich nicht mehr sympathisch.) Also — *wenn* ich es überhaupt tue, ich sage *wenn,* dann nicht im Krankenhaus, sondern hier in der Sprechstunde. Nach sechs Uhr. Dann muß sie im Taxi nach Hause. Kein Zuckerlecken, das sage ich Ihnen. Rufen Sie morgen abend an. Zu Hause, bei mir. Ich will's mir überlegen."

Er stand auf. Ich stand auf.

„Herr Doktor — danke."

„Noch ist nichts zu danken", schnarrte er, „noch habe ich nichts versprochen."

Ich ging zur Tür.

„Wie geht's Ihrem Boy-friend — wie hieß er doch gleich?"

„Jerome. Es geht ihm gut, danke."

Er hatte einmal zufällig im Kino neben uns gesessen und sich hinterher noch lange mit Jerome unterhalten.

Der Zorn blitzte noch einmal auf hinter den Brillengläsern.

„Eines kann ich Ihnen sagen — und da brauchen Sie sich gar nicht erst herzubemühen —, Ihr Kredit bei mir ist jetzt erschöpft. Ein Kind von Ihrem Jerome würde ich nie abtreiben, verstanden?"

*

Am Abend rief ich Doktor Lauter vom Theater aus an. Würde „Miß Shelling" nach der Sprechstunde kommen dürfen? „Erst mal zur Untersuchung", raunzte es aus dem Telefon. Dann — eventuell — nächsten Freitag. Und im Falle, daß — müßte ich draußen im Wartezimmer warten und „Miß S." nach Hause begleiten. Allein könnte sie nicht fahren.

„Aber Herr Doktor — ich muß doch um sieben Uhr im Theater sein —"

„Dann kommen Sie eben mal zu spät!" brüllte er und legte auf.

Er wußte ganz genau, man *kam* nicht zu spät ins Theater. Allerdings — im Vergleich zu der ewig lauernden klinischen Katastrophe war der Begriff „Vorhang auf" eine Lappalie. Und das Stück fing auch noch mit mir an, im Bett liegend, allein auf der Bühne! Ich beschloß, am Vorabend meine Theaterschminke mit nach Hause zu nehmen und bereits fertig geschminkt in Lauters Vorzimmer zu warten. Dadurch würde ich eine halbe Stunde gewinnen. Der Vorhang ging um acht Uhr auf. Vorher mußte ich aber Anabel im Taxi nach Hause bringen. Alles hing davon ab, wie lange „Miß S." im Sprechstundenzimmer „zu tun" hatte.

Anabel war einsilbig gewesen, als ich ihr freudestrahlend Lauters Zusage überbrachte, schien weder dankbar noch erleichtert zu sein.

„Hast du dir's anders überlegt? Willst du es vielleicht doch haben? Oder wenigstens erst mit Ferencsi sprechen?"

„Nein. Auf keinen Fall."

XVI

Tagebuch. Juni '39.

„Sie fragte, ob ich das Kind ‚vielleicht doch' haben wollte. Vielleicht doch! Nichts auf der Welt habe ich so leidenschaftlich haben wollen. Habe bisher überhaupt noch nie Leidenschaft verspürt, wenn es um ‚haben' ging. (Außer bei Jerome. Habe aber sofort verstanden, daß er nicht zu ‚haben' war.) Nur wenn ich etwas nicht *haben wollte, dann kochte es in mir. ‚Berserker!' schrie die liebe Stiefmutter immer, bevor sie zuschlug.*

Jetzt will ich dieses Kind haben. *Falte nachts die Hände über meinem Bauch, rede mir ein, ich könnte es spüren.*

Das Groteske ist, daß ich das Gefühl habe, es gehört mir gar nicht – oder nur leihweise. Ich bin der Stellvertreter. L.'s Stellvertreter. Sie sagte neulich, sie sähe nie in einen Kinderwagen, weil sie der Neid packt, weil sie weiß, daß ‚all so was' nicht in ihr Leben gehören darf. Jetzt jedenfalls nicht. Vielleicht später. Vielleicht nie. Sie wüßte, J. wolle kein Kind. Er hätte Angst davor. Er wisse, er sei kein Vater. Zu mir hat er mal Ähnliches gesagt. ‚Was werden wohl meine ‚Fliegen' sein, wenn ich mal alt bin?'

Liege nachts wach, streichle meinen Bauch, male mir aus, wie es sein würde, wenn ich es austragen – und L. in die Arme legen dürfte. ‚Es ist unser *Kind', würde ich sagen, ‚deins und meins. Du brauchst nie mehr zu arbeiten, du bekommst all mein Geld.' Ich glaube – ich glaube wirklich –, ich könnte dann ohne J. leben, brauchte ihn nie wiederzusehen, weil wir ja das Kind haben, sie und ich... Schwangere sind manchmal geistesgestört. Ich weiß. Ich weiß."*

Am Freitag um 6.15 Uhr hatte ich im Wartezimmer gesessen. „Miß S." war im Sprechzimmer verschwunden, nachdem sie angeklopft hatte und ein barsches „Herein" ertönt war. Lauter hatte mir nicht einmal guten Tag sagen wollen.

Jetzt saß ich schon zwanzig Minuten. Beinahe dreiviertel sieben. Ich ging ans Fenster. Wie lange dauerte so was? Mußten da erst Vorbereitungen getroffen werden? Spritzen? Äthermaske?

Zu Hause war es auch nicht einfach gewesen. Meine Mutter war ins Zimmer gekommen.

„Ist das nicht Anabel da draußen im Wagen —" Sie unterbrach sich, sah, daß ich mir dicke Bühnenschminke aufs Gesicht malte. „Warum schminkst du dich zu Hause?"

Ich starrte angestrengt in den Schminkspiegel. Keine einzige „Erklärung" zur Hand. Meine Mutter setzte sich hin und brach ihr ehernes Gesetz, sich niemals ungefragt in die Angelegenheiten ihrer Töchter einzumischen.

„Was ist los? Was hast du vor?“

„Frag mich nicht, ich kann’s dir nicht sagen.“

Ich griff nach der Puderquaste, warf die Dose um, eine weiße Puderwolke dampfte über dem Tisch, ließ sich auf den Spiegel nieder, deckte mein Gesicht zu.

„Ich will dir was erzählen“, sagte meine Mutter, „ich hoffte, ich käme drum herum — aber jetzt mußt du’s doch wissen.“

„Was denn — was denn?“ rief ich und polierte den Spiegel.

„Als ihr neulich alle im Garten Kaffee getrunken habt, da bist du ins Haus gegangen, irgendwas holen — ich sah zufällig aus dem Fenster oben — —“

„Und?“

„Jerome hat sich vorgebeugt und Anabel die Hand aufs Knie gelegt und ihr etwas gesagt, was, konnte ich nicht hören —“

„Und?“

„Sie hat nichts geantwortet, aber sie hatte einen Ausdruck im Gesicht — —“

Ich drehte mich um, sah ihr in die Augen.

„Ich habe Jerome gebeten — aus bestimmten Gründen — ich habe ihn gebeten, er solle sich um sie kümmern —“

„Glaub mir“, unterbrach sie mich, „er kümmert sich.“

„Ach, du lieber Gott!“ rief ich, mußte laut lachen vor Verzweiflung, drehte mich wieder meinem Schminkzeug zu. „Wenn du wüßtest, wie sehr du auf dem Holzweg bist!“

Sie saß noch einen Augenblick da, sah mir zu, wie ich mir hastig die Wimpern klebte, Lippenstift suchte, stand wortlos auf und ging.

*

Anabel saß vor unserer Haustür im gemieteten Wagen mit Chauffeur. Ihren eigenen wollte sie nicht benutzen. Sie saß zusammengekrümmt in der äußersten Ecke, als ich die Wagentür öffnete.

„Hast du Schmerzen?“

Sie richtete sich auf, schüttelte den Kopf. Der Wagen fuhr an. Ich sah aus dem Fenster.

Auf einmal merkte ich, daß sie weinte, lautlos, genau wie damals zwischen dem Weihnachtspapier. Ich nahm ihre Hand, schlaff und eiskalt. Plötzlich griff sie nach mir, umarmte mich, klammerte sich an mich, als sei sie am Ertrinken. Ich befreite meinen Arm und streichelte ihren Kopf, den sie in stummer Verzweiflung hin und her warf, streichelte ihr Gesicht, benäßt von Tränenbächen. Da begann sie, diese meine Hand zu küssen wie eine Liebende. Ich versuchte, sie ihr zu entziehen, aber sie ließ sie nicht los, vergrub ihr Gesicht hinein, küßte sie wieder und wieder.

Allmählich beruhigte sie sich. Die Tränen versiegten, das stumme Schluchzen kam seltener. Ich hatte das Gefühl, sie war eingeschlafen, so reglos saß sie da, das Gesicht in meine Hand vergraben.

Harley Street. Wir saßen noch ein paar Minuten im Auto, während sie sich die Haare kämmte, Puder und Lippenstift hervorkramte. Unzugänglich, teilnahmslos stieg sie dann neben mir die Treppen hinauf. Der Wagen wartete vor der Tür.

Das war vor fünfundvierzig Minuten gewesen. Die Uhr tickte eifrig und betulich auf dem Kaminsims. Sieben Uhr schlug sie gerade. Nur noch eine Stunde bis zum Aufgehen des Vorhangs. Draußen regnete es. Was, wenn es da drinnen Komplikationen gab? Was, wenn sie nicht aus der Narkose aufwachte? So was gab es. Narkoseschock. Die Tür würde aufgehen — Doktor Lauter würde auf der Schwelle stehen und mit heiserer Stimme sagen: „Miß Shelling ist tot — —“

Die Tür ging auf — der Doktor stand im Türrahmen. „So. Jetzt können Sie sie holen. Sie soll aber noch zehn Minuten hier sitzen bleiben, bevor sie die Treppe runtergeht. Und dann machen Sie, daß Sie hier rauskommen, alle beide.“

Im Wagen lag sie in der Ecke und schlief. Schmerzen habe sie keine, hatte sie versichert. Wie sollte ich sie in ihr Schlafzimmer schmuggeln, ohne gesehen zu werden? Vielleicht war Bill bereits zu Hause — Nina mit Sicherheit — —

„Anabel — hörst du mich? Wenn wir Bill oder Nina treffen, dann sagen wir, du hättest in meiner Garderobe gesessen — plötzlich hättest du eine Migräne bekommen — — deshalb hätte ich dich selbst nach Hause gebracht. Hörst du mich?“

„Ja.“

Ich kramte in ihrer Tasche, fand zwei verschiedene Hausschlüssel.

„Anabel — ist das dein Hausschlüssel? Oder dieser hier?“

Sie öffnete die Augen, sah mich verstört an, dann die Schlüssel, die ich hochhielt — riß mir einen aus der Hand und stopfte ihn wieder zurück in die Tasche.

„Also dieser“, sagte ich und öffnete die Wagentür. Der Chauffeur half mir, sie durch den Vorgarten zur Haustür zu bringen. Die Diele war dunkel. Gott sei Dank! Ich flüsterte dem Chauffeur zu, den Motor laufen zu lassen, ich würde gleich wieder herauskommen. Meine Uhr zeigte 7.35. Großer Gott. Aber ich konnte sie ja nicht einfach in der dunklen Diele auf den Boden setzen. Ich tastete mich, ohne Licht zu machen, an der Wand entlang zu ihrem Schlafzimmer. Halb lag sie auf mir, halb schob ich sie vor mir her. Aus der Bibliothek erklang Musik — Bill war zu Hause. Ich öffnete die Schlafzimmertür. Sie fiel mir aus dem Arm quer über das Bett. Ich knipste die Nachttischlampe an — hörte ein Geräusch. In der offenen Tür stand Nina. Eine Sekunde lang sah sie ihre Mutter an, dann mich, fragend, ohne Anteilnahme.

„Kümmere dich um deine Mutter, Nina", sagte ich hastig, „sie hatte eine Migräne in meiner Garderobe — bring sie ins Bett — mach ihr eine Wärmflasche — —"

„Wärmflasche? Gegen Kopfschmerzen?"

„Ja doch, für die Füße. Komm schnell, Nina — ich muß ins Theater — hilf mir doch!"

„Dir helfe ich immer", sagte Nina und begann, ihre Mutter auszuziehen. Das letzte, was ich sah, war Anabels weißes Gesicht, die Augen geschlossen. Ich lief aus dem Haus.

Der Wagen raste durch die nassen Straßen. Ein rotes Verkehrslicht — noch eins — meine Zähne klapperten. „Bitte, fahren Sie schnell. Ich schaff's sonst nicht!" Zehn Minuten vor acht — sechs Minuten — drei Minuten — — dann hielt das Auto vor dem Bühneneingang. Inspizient, Maudie, der Portier — alle drei standen im Regen mitten auf der Straße, winkten aufgeregt. „Gott sei Dank", flüsterte Maudie, lief neben mir den Gang entlang und die Treppe hinunter, riß mir gleichzeitig den Reißverschluß am Rücken auf. Überall standen Garderobentüren offen. Eine Welle von „Gott sei Dank" und „Was war denn los?" und „Du bist ja schon geschminkt!" brandete hinter mir her. Maudie stülpte mir das Nachthemd über, ich schüttelte die Schuhe von den Füßen, wand mich aus den Strümpfen und rannte wieder den Gang entlang, der Bühne zu. Maudie mit Kamm und Bürste hinterher. Das Bett war bereits aufgeschlagen. Ich sprang hinein, zischte: „Scher dich zum Teufel, Maudie, darling." Es wurde dunkel auf der Bühne. Ich kroch vorschriftsmäßig unter die Bettdecke. Dann kam das allabendliche, immer wieder aufregende Sausen: Der Vorhang war aufgegangen.

XVII

Am nächsten Morgen lief ich in einer Drehpause zum Telefon. Mußte wissen, wie es ihr ging. Ich durfte die Dekoration nicht verlassen, versuchte, trotz Getöse und Hämmern um mich herum herauszuhören, ob sie die Wahrheit sprach, als sie sagte, sie läge zwar noch im Bett, sei aber ganz in Ordnung.

„Jetzt ist alles vorbei“, schrie ich und strengte mich an, Hoffnungsfreude zu übertragen.

Ihre Stimme kam wie durch einen Filter: „Was sagst du?“

„Alles vorbei!“ brüllte ich.

„Alles vorbei“, wiederholte sie kaum hörbar. Vielleicht hatte sie doch Schmerzen.

„Ich komme dich besuchen — auf dem Weg ins Theater. Nur auf ein paar Minuten —“

*

Sie lag flach auf dem Rücken, als ich eintrat. Alles war weiß, Gesicht, Nachthemd, Kissen, die einsamen Hände. Nur die Haare und die Augen, die Rabenaugen, scharfumrissene Schatten.

Ich setzte mich im Mantel aufs Bett, drehte die Uhr auf dem Nachttisch zu mir herum. Zehn Minuten. Schnell das Wichtigste: Schmerzen? Keine. Hatte Bill was gemerkt? Nein. Und Nina? Nichts. Sie hatte nicht gefragt, eine Wärmflasche gebracht, war wieder gegangen.

Pause. Was konnte ich noch fragen? Es fiel mir nichts mehr ein. Aber die plötzliche Dürre in meinem Gehirn kam von ihr, von ihren leeren Augen, von ihrer kargen Stimme. Es war ihr alles ganz egal.

Auf einmal entspannte sich das Gesicht, hielt einen Gedanken fest, die Augen füllten sich wieder. Sie faltete die Hände über der Bettdecke, weiß auf weiß.

„Hör mir zu“, sagte sie langsam, „unterbrich mich nicht. Ich kann nicht mit euch zu Gurnemantz’ kommen —“

Sie sprach leise, eisern, endgültig. Trotzdem stürmte ich verbissen gegen die Mauer: „Anabel — ich bitte dich — wir haben doch schon die Schlafwagenbilletts — du brauchst jetzt Erholung mehr denn je — denk doch mal an das Schwimmen im warmen Meer —“ Die schwarzen Augen starrten hartnäckig auf die Bettdecke. „Weißt du noch — die Pfirsiche? Äskulapius? Unser Abendessen auf der Terrasse? Du hast doch gesagt, du hättest noch nie so schöne Ferien gehabt. — Warum kannst du nicht?“

„Weil Ferencsi kommt. Er wird einen ganzen Monat hierbleiben."

Das war etwas anderes. Trotzdem — ich konnte die bittere Pille nicht einfach runterschlucken, hätte beinah, wie so oft als Kind, wenn ein schöner Plan in die Brüche ging, laut geheult: „Aber ich hab mich so darauf gefreut!" Worauf immer dieselbe ungerührte Antwort aus der Erwachsenen-Welt gekommen war: „Dann mußt du dich eben wieder abfreuen."

Ich begann mich abzufreuen. Stand auf, ging zur Tür — mußte noch ein letztes Mal aufmucken: „Ich hasse den Kerl. Er bringt dir nur Unglück."

„Nicht nur. Manchmal —"

„Was bedeutet manchmal? Ist das ein Leben?"

„Besser als nichts."

Ich murmelte: „O Gott" und ging.

*

Tagebuch. Juni '39.

„Eben bin ich sie losgeworden. War gar nicht einfach. Aber darauf war ich gefaßt gewesen. Ferencsi zog die Karre aus dem Dreck. Sie sagte: ‚O Gott' und ging.

Ich hatte ja keine Ahnung, damals, zwischen dem Weihnachtspapier, als ich ‚Ferencsi' erfand, daß ich mir eine Schutzwaffe in die Hand gedrückt hatte: Ein Dauer-Alibi, Vorwand, Rechtfertigung, hundertprozentige Immunität.

Lustig, wie er mit der Zeit immer leibhaftiger wurde. Ich erfand ihm auch seine Frau, Französin, rothaarig, etwas kurzbeinig. So geht das vielleicht bei Schriftstellern. Die ‚Fabrik' wird immer größer. Nur nach den Kindern hat L. nie gefragt. Aber ich war auch darauf vorbereitet, war auf alles vorbereitet – nur nicht auf J.'s Kind.

Gestern nacht hörte ich jeden Stundenschlag. Man sagt das so leicht. Aber ist es wirklich wahr? Ich zählte mit. Wollte gar nicht schlafen. Hätte ja das Zeug nehmen können, das mir dieser Doktor Lauter gab, damit ich ‚durchschlafe'. Er hat die ganze Sache natürlich durchschaut. Nicht eine Sekunde an ‚Miß Shelling', die Kindergärtnerin, geglaubt. Als ich ins Zimmer kam, stand er am Fenster, sah auf die Straße. ‚Ist das Ihr Wagen?' fragte er. Ich nickte. ‚Gut', meinte er, ‚dann kommen Sie wenigstens anständig nach Hause.'

Ich hatte das Gefühl, ich müßte ihm irgend etwas sagen. Wenn nicht erklären, dann wenigstens danken. ‚Herr Doktor –', fing ich an. Er hob beide Hände. ‚Erzählen Sie mir nichts. Beichten Sie mir nichts. Ich werde es tun. Es ist nicht das erste Mal. Aber ich kann die Beichten nicht mehr hören.'

Der Mann gefiel mir. Leider senkte sich die Äthermaske auf meine Nase und wischte ihn weg. Was hinterher geschah, weiß ich nur noch schattenhaft. Kam erst viel später wieder zu mir. Im Bett. Dunkel. Allein. Wärmflasche. Ich zählte elf Schläge vom Kirchturm. Freute mich. Zeit und Ruhe, alles auseinanderzuklauben.
Es war ein Boxkampf. Ich stand in einer Ecke – und zu gleicher Zeit in der anderen. Der Gong ertönte – und ich stürzte mich auf mich. Schlug auf mich ein, versetzte mir gleich einen Kinnhaken: J. aufgeben! Fiel durch die Seile. Kletterte wieder zurück in den Ring. Ging zur Verteidigung über, tanzte umher: Wieso J. aufgeben? Er weiß ja nichts. L. weiß nichts. Was hat sich geändert? Da traf mich sofort ein Hieb an den Kopf: Glaubst du, du kannst jetzt wieder wie früher in der Wohnung warten – horchen, ob sich der Schlüssel im Schloß dreht – –
Der Schlüssel! Irgendwas war mit dem Schlüssel gewesen – was? Da hing er, vor meinen Augen – er hing von L.'s Hand! Ich hab' das nicht geträumt – sie hat unseren Hausschlüssel in der Hand gehalten – – Beinahe k.o. Der Gong rettete mich. Gute Worte massierten mich. Sie hat ja nichts gemerkt. Es ist ja gar nichts geschehen. Ruhe. Zweite Runde. Ein gewaltiger Schlag mitten ins Gesicht: Du wirst die Wohnung kündigen! Nein, schrie ich und schlug wie besessen um mich – schlug ins Leere – lag am Boden. Der Schiedsrichter beugte sich über mich, rief: ‚Eins: Gurnemantz-Ferien absagen. Zwei: Wohnung kündigen. Drei: Weit weggehen, Weltreise machen. Vier: J. aufgeben. Fünf: L. aufgeben – –‘
Aufgeben – aufgeben – ich gab auf – k.o.“

*

Am nächsten Tag schrieb sie:

„Es ist – gerade wollte ich schreiben: ‚Es ist zum Wahnsinnigwerden‘ –, aber da kommt mir der Gedanke: Nein, es ist gut so. Es hilft sogar. Es wird *helfen, auch wenn es im Augenblick wie Feuer brennt und ich das Gefühl habe, ich ersticke.*
Er rief an, ganz früh am Morgen. Ich lag ja wach. Am Boden. Machte Pläne für die Weltreise. Mit Bill natürlich. Vielleicht Nina mitnehmen. Monate wegbleiben. Nach der Rückkehr J. und L. nicht *wiedersehen – – da klingelte das Telefon.*
Er weiß natürlich nicht, was gestern geschah. L. hat bestimmt dichtgehalten, sie hat's mir geschworen. Aber er spürt etwas, irgendeine Spannung, er wittert, was um ihn vor sich geht. Jedenfalls drückt er sich. Typisch. Er kennt ja nur einen Ausweg: fort. Ich verstehe nur

zu gut, bin selbst kein Held. Er sprach hastig, wie sonst nie. Er führe ab. Noch heute. Nach Paris. Er könnte es nicht mehr aushalten. Würde dort auf uns warten. ‚Uns', L. und mich. Dann könnten wir zusammen zu Gurnemantz' fahren. Ich sagte nichts. L. soll ihm beibringen, daß ich nicht mitkäme. Vielleicht ist es ihm sogar recht – der Gedanke schnürte mir die Kehle ab. Ich konnte kaum sprechen, kaum das Nötigste antworten. Habe das Gefühl, daß ein Luftzug genügen würde, mich auszublasen."

2. Teil

XVIII

Schon drei Fünfzehn-Minuten-Posen heute früh. Die Malerin sprach auch in den Kaffeepausen kein Wort, um aufgespeichert zu bleiben. Darin war sie knickrig. Ihr Treibstoff war begrenzt, nur für die Leinwand reserviert. „Ich bin kurzatmig geworden", sagte sie und meinte die Funken, die aus ihrem Pinsel sprangen.

Sie kam zum drittenmal an diesem Morgen aus der Küche. Auf dem Tablett eine Schüssel mit etwas Warmem, zwei Teller, eine Geflügelschere.

„Große Pause", sagte sie und stellte einen Teller vor mich hin. „Ich habe ein Huhn gekauft. Fertig gebraten."

Sie schnitt es mittendurch, begann, ihren Teil appetitlich mit den Fingern zu essen. Ich zögerte.

„Es fliegt", sagte sie mit vollem Mund, „alles, was fliegt, darf mit den Fingern gegessen werden."

Wir aßen schweigend. Von Zeit zu Zeit wischte sie sich die Hände an ihrem Malkittel ab. Ich benutzte meinen Poncho. Plötzlich, einen Hühnerknochen kampflustig in der Luft, fixierte sie mich mit scharfem Blick, als sei ihr gerade etwas Wichtiges eingefallen.

„Wie ist das zu Ende gegangen zwischen Ihrem Jerome und Anabel?"

„Es kam jemand dazwischen."

„Anabels Mann?"

„Nein. Eine andere Frau."

Sie legte den Knochen zurück auf den Teller, abgenagt wie von einem Hund. Nachdenklich hob sie ihn wieder auf und klopfte sich an die Zähne.

„Eine andere Frau?"

„Jerome traf eine andere Frau. In Paris. Wir wollten wieder Ferien machen, unten im Süden, bei Gurnemantz' — Pfirsiche pflücken. Er war vorausgefahren, wollte in Paris auf mich warten. Ich spielte ein Stück in London. Es lief noch zwei Wochen länger —"

„Und Anabel?"

„Blieb in London. Sie war krank."

„Krank."

Sie spielte mit ihrem Hühnerknochen, sah begehrlich auf meinen Teller. Ich hatte alles Braune gegessen, das Weiße, Wattige, liegen lassen.

„Essen Sie das nicht?"

„Nein, danke. Es schmeckt nach nichts."

Sie schob ihren Teller zur Seite, holte sich meinen.

„Sie sind nie richtig hungrig gewesen, was?“

„Richtig — nicht. Aber in nächster Nähe.“

„Das zählt nicht.“

„Ich weiß.“

„Hätte Ihnen gutgetan.“

„Ich weiß.“

„Aber sonst haben Sie wenig ausgelassen, wie es scheint. Nun erzählen Sie schon. Sie speisen einen mit Stichworten ab. Warum ist Ihr Jerome allein abgefahren? Hatte er Anabel satt?“

„Er hatte alles satt. Kein einziges Bild verkauft in zwei Jahren, nur hier und da mal eine Zeichnung. Ernährte sich von Buchumschlägen. Da verdiente er ganz gut, aber es machte ihn krank —“

Sie wischte sich den Mund am Ärmel ab, tastete, ohne hinzusehen, nach den Gauloises, nickte.

„Ich habe mal Weihnachtskarten malen müssen.“

„Eines Tages explodierte er: ‚Ich fahre heute nach Paris. Muß dort eine Ausstellung bekommen, irgendwo, und wenn's auf dem Flohmarkt ist.‘ Er nahm ein halbes Dutzend Leinwände mit und zeigte sie herum. Da traf er sie, die andere Frau.“

„Malerin?“

„Nein. Ihr Mann war Galeriebesitzer.“

„Galeriebesitzer? Wer war das? Ich kenne jeden Galeriebesitzer in Paris.“

„Dujardin. In der Rue St. Honoré.“

Sie lehnte sich über den Tisch, zwang mich, sie anzusehen.

„Jeannine Dujardin?“

Ich atmete einmal tief. Sie kannte Anabel — sie kannte alle — Sie ließ sich wieder zurückfallen, lächelte vor sich hin.

„Ich hab' sie nie gesehen. So was hab' ich mir nicht angesehen. Aber eine große Zahl Pariser Maler haben sie sich angesehen. Sie hat ja als Modell angefangen. Ich kannte nur ihren Mann, Dujardin, hatte zweimal bei ihm eine Ausstellung. Bevor er Jeannine heiratete. Der — war schon etwas. Habe nie verstanden, wie so ein Mann und dieses — dieses Ding zusammengekommen sind. Und Ihr Jerome ist ihr auch auf den Leim gegangen! Wie hat sie das angestellt?“

„Ich weiß es nicht. War ja nicht da.“

Ich wußte genau. Babs hatte es mir in allen Einzelheiten erzählt.

Die Malerin runzelte die Stirn. Für den Preis des halben Huhns hatte sie sich mehr versprochen. Sie sah auf ihre Uhr.

„Können wir noch mal.“ Keine Frage. Eine Feststellung.

Sie drehte sich um, hatte bereits Farben, Linien, Formen in den Augen, trottete, ohne meine Antwort abzuwarten, zu ihrem Stuhl vor der Staffelei, saß wie eingepflanzt.

Ich hielt die Pose. Dachte an den Eingang zur Dujardin-Galerie in der Rue St. Honoré. Einmal, hinterher, war ich dagewesen. Ein spanisches Portal mit altem, geschmiedetem Schloß. Durch diese Tür hatte Jerome seine sechs Leinwände geschleppt, früh am Morgen, in der Hoffnung, mit Dujardin zu reden, bevor Klienten und Besucher anrückten. Aber er war nicht da. Verreist, sagte der Sekretär, wohin, wüßte er nicht. Wann er wiederkäme? Keine Ahnung. Jerome beharrte: „Irgend jemand muß es doch wissen. Hat er keine Frau oder so was?" Eine Stimme aus dem Nebenzimmer: „Er hat eine Frau oder so was, aber die weiß es auch nicht."

Babs hat es mir genau geschildert, sie kannte sie gut. Jeannine erschien also im Türrahmen zum Privatbüro und betrachtete Jerome, der seine Leinwände auspackte. Der Sekretär wollte ihn daran hindern. „Madame, vergessen Sie nicht, wir sind bis zum nächsten Frühjahr ausgebucht —" Aber sie sagte, sie sei immer an neuen Talenten interessiert, Jerome solle die Bilder ins Büro bringen.

Ich war in diesem Büro. Später. Habe es mir genau angesehen. Das Büro ihres Mannes natürlich, ein Männer-Arbeitszimmer. Holzwände, ein großer Schreibtisch — und ein schwarzer Liege-Sessel aus Leder. Auf diesem, dachte ich, hat sie sicher gesessen. Gelegen. À la Madame Récamier. Während Jerome die Bilder nebeneinander an der Wand aufbaute. Dann hat sie ihm einen Sherry angeboten. Dann haben sie gemeinsam die Leinwände betrachtet. Jeannine hatte sich Zeit genommen, hatte sogar fachmännisch die Hand ausgestreckt, ein Auge zusammengekniffen und mit Hilfe ihres Daumens „Proportionen nachgeprüft". Sie war ja „vom Fach". Hatte so oft neben Leinwänden gestanden und neben Malern gelegen, daß sie glaubte, sie verstünde was.

Jerome sei, so sagte sie, ein außerordentlich begabter junger Maler. Leider käme es aber nicht nur darauf an. Man müsse eine Masche haben, einen Dreh, einen Gimmick, irgend etwas, woran man ein Bild schon von weitem erkennen kann. Sie habe zum Beispiel einen jungen Maler entdeckt, der nur einen schwarzen Strich über die Leinwand zöge, oder auch zwei rote. Den schwarzen nannte er „Moses" und die roten „Abraham Lincoln". Es gab auch blaue und graue Streifen, und so was verkaufe sich „wie heiße Brötchen".

Wahrscheinlich hat sie ihm auf den ersten Blick gefallen. Babs sagte, sie sei „ein Herrenartikel". Oder aber — die Ausstellung. Die muß ihm wohl gewinkt haben, trotz „Moses" und „Lincoln". Und zu dieser Zeit — das darf man nicht vergessen — war Jerome zu allem bereit. Später ist sie ihm dann unter die Haut gegangen, mehr als ihm lieb war.

Jedenfalls haben sie bereits am selben Tag zusammen Mittag

gegessen in einem Bistro am linken Seine-Ufer, einem alten Lieblingsplatz von Jerome. Billig. Von Taxichauffeuren besucht. Die verstehen etwas von gutem Essen in Paris. Als sie das gehört habe, sagte Babs, da habe sie gewußt, hier bahnt sich etwas Gefährliches an, denn Jeannine mied „verstunkene Buden“ wie die Pest. Die hatten in ihrer Vergangenheit eine zu große Rolle gespielt. Nach dem Essen sei sie ins Hôtel de la Muette gegangen —

*

„Schluß für heute“, sagte die Malerin. „Nein, gehen Sie noch nicht. Ich mache Kaffee.“

Ich ging ins Badezimmer. Es roch wie früher nach Terpentin. Sie hatte die brave spanische Putzfrau wieder an die Luft gesetzt. Ich zog meinen Poncho aus, hängte ihn an der Tür auf, betrachtete die Hühnerfettflecken.

„Fertig!“ rief es aus dem Atelier.

Wir tranken schweigend, wie immer. Sie war jedesmal wie ausgelaugt, schüttete den Kaffee mit geschlossenen Augen hinunter, wartete auf sofortige Wirkung. Sie brauchte etwas, was sie wieder in Gang brachte, das Getriebe schmierte. Warum kein Drink? Es gab keinen Alkohol im Atelier, nicht einmal eine Flasche Rum.

Langsam öffnete sie die Augen.

„Wie alt waren Sie damals?“

„Anfang zwanzig. Damalige zwanzig, also jünger.“

„Und Ihr Jerome?“ — „Ein paar Jahre älter.“

„Kinder.“

Ich stand auf, wanderte zum Fenster. Das Atelier lag im sechsten Stock, sah weit über die Stadt hinweg. Keine schöne Aussicht, aber vertraut. London-Dächer, London-Schornsteine. Ich sah mein Gesicht, dunkel, in vagen Umrissen im Fensterglas, dahinter und dazwischen weißlich-blauer Himmel, beinah sonnig. Damals hatte die Sonne viel öfter geschienen, damals, in den ersten Londoner Jahren. Ich hatte nie einen Mantel anziehen wollen. Kinder hassen Mäntel, warmes Unterzeug. „Nimm deinen Mantel mit!“ rief meine Mutter immer hinter mir her. Ich lachte nur, winkte ihr zu und lief zum Bus. Lief. Lief immer. Konnte sogar essen, während ich lief. Kirschen, zum Beispiel, und die Kerne im Vorbeilaufen gegen die Baumstämme am Straßenrand spucken. Die Malerin hatte recht. Kinder. Ich dachte immer, ich sei die Jüngste auf der Straße. Aber erwachsen. Die jüngste Erwachsene.

„Ich weiß, was Sie denken“, sagte ich und entdeckte in weiter Ferne grüne Baumwipfel. Unser Hyde Park.

Die Malerin schwieg.

„Es ist ja auch seltsam", sagte ich, „das heißt — für mich nicht. Für mich konnte es gar nicht anders sein. Aber von außen gesehen ist es seltsam, daß ich — betrogen wurde. Anscheinend dauernd betrogen wurde. Vielleicht fragen Sie sich: Warum hat *sie* sich nicht einmal jemand anderen angesehen —"

„Ich stelle mir keine dämlichen Fragen", sagte sie, goß die zweite Tasse ein und tastete nach den Gauloises. „Außerdem ist es sonnenklar."

„Nicht aus Tugend. ‚Tugend ist, wenn keiner kommt', sagte Maudie, meine Garderobiere. Ich hatte einfach keine Zeit — ich sah immer auf die Uhr — ich lief — ich raste —"

„Getrieben", meinte sie ruhig und betrachtete aufmerksam ihre Finger, griff nach der Dose Lanolincreme, die immer bereitstand, und strich sie sich über die Hände, wiederholte, ohne sich nach mir umzusehen: „Getrieben. Von innen und von außen. Klarer Fall. Aber machen Sie sich nichts vor — wenn Sie gewollt hätten, dann wäre auch Zeit vorhanden gewesen. Zwischen Tür und Angel, wenn nötig."

„Ich wollte aber nicht. Stört es Sie, wenn ich das Fenster aufmache?" Sie schüttelte den Kopf, knöpfte den obersten Knopf des Kittels am Hals zu. Ich stieß das Schiebefenster hoch und atmete die kalte stille Luft. Fettiger Bratengeruch, Terpentin und Rauchschwaden zogen an mir vorüber ins Freie.

„Warum hätte ich so etwas gewollt? Um mir etwas zu beweisen? Was? Ich hatte doch Jerome. Das war Beweis genug. Ich glaubte, ich hätte ihn. Darauf kommt's an. Drei Jahre lang glaubte ich das. Bin froh, daß ich nichts wußte."

„Vogel Strauß. Der weise Vogel. Glücklich, während er den Kopf in den Sand steckt. Wie war denn das, als Sie ihn herauszogen? Wie haben Sie die Sache mit Jeannine entdeckt?"

„Ich kam in Paris an — Jerome war nicht am Bahnhof. Ich fuhr in unser Hotel, Hôtel de la Muette, am Bois. Wollte mich, wie sonst, als seine Frau eintragen. Da hieß es, er hätte bereits eine. Der Portier — ich kannte ihn noch von früher, er sah aus wie ein Seehund mit Glatze und Borsten —, der sagte, sie wohne nicht im Hotel, käme aber täglich. Zeigte mir den Zimmerzettel: M. et Madame Lorrimer."

Die Malerin massierte das Lanolin heftig in ihre Finger.

„Was haben Sie gemacht?"

„Ich setzte mich in die Halle neben meinen Koffer und wartete. Er kam dann auch bald. Allein. Sah mich dasitzen und stand still. Ich sah es ihm an, er hatte vergessen. Hatte meine Ankunft vergessen, hatte mich vergessen. Der Seehund hinter seinem Klapptisch sah uns interessiert zu. Ich stand auf und sagte: ‚Ich möchte ein Einzelzimmer.' Unterschrieb mit meinem Namen. Jerome stand neben mir, sagte nichts. Der Seehund sah ihn vielsagend an. Ich fuhr allein im Fahrstuhl nach oben. Man brachte meinen Koffer. Dann kam Jerome."

„Hat er ausgepackt?" — „Ja."

„Wie haben Sie es aufgenommen?"

Jetzt war es zu kalt geworden. Ich schob das Fenster wieder nach unten, kehrte zu meinem Stuhl zurück, streckte zögernd die Hand nach ihren Gauloises aus.

„Aber Sie rauchen doch nicht!"

„Ich möcht's mal versuchen."

Sie gab mir Feuer. Ich mußte oft beruflich rauchen, manchmal auf der Bühne, täglich zu bestimmter Stunde. Hatte nie etwas daran finden können. Vielleicht steckte in den Gauloises etwas Besonderes.

„Ich frage Sie — wie haben Sie es aufgenommen?"

„Ich hab' Sie schon beim erstenmal gehört. Weiß nur keine vernünftige Antwort. Wenn ich es beschreiben wollte — durchweinte Nächte, schwarze Tage —, das bringt nichts davon zurück, was damals war. Aber wenn ich an den Taxichauffeur denke, dann weiß ich's wieder. Dann fühl' ich's wieder."

Sie betrachtete mich aufmerksam, drückte sogar die Zigarette aus.

„Ich fuhr allein im Taxi am Tag darauf, fuhr irgendwohin, weiß nicht mehr, weshalb. Vor mir der mächtige, formlose Rücken des Taxichauffeurs, ein dicker Nacken mit Querfalte, darüber ein sauber geschorener grauer Haarschnitt unter einer Mütze. Er sprach nicht mit mir. Er fuhr. Bald würde er Mittagspause machen. Vielleicht mit Kollegen in der Stammkneipe. Oder er fuhr nach Hause zu seiner Frau. Auf einmal beneidete ich diesen Taxifahrer mit einer so giftig brennenden Wut, wie ich sie noch nie an mir gekannt hatte, sehnte mich danach, mit ihm zu tauschen, ganz egal, ob er in dieser dröhnenden, tobenden Stadt zehn Stunden am Tag hinter dem Steuerrad saß, ganz egal, ob er am Ende seines Lebens stand und ich am Anfang. *Er wußte, wo er hingehörte.* Ich nicht. *Er hatte Boden unter den Füßen.* Ich hing in der Luft. *Er atmete ruhig, würdig.* Ich mußte alle paar Minuten tief Luft holen, weil ich das Gefühl hatte, meine Lunge sei leer, würde zusammenfallen. Ich wünschte mir so verzehrend, mich in diesen Mann zu verwandeln, daß ich ernstlich meinte, ich könnte es schaffen bis zum Ende der Fahrt — wenn ich mich nur stark genug konzentrierte. Dann hielt er plötzlich. Ich stieg aus, zahlte, gab ihm die Hand. Er gab mir seine, erstaunt — ich hielt sie fest, solange ich es wagte. Als er dann abfuhr, überfiel mich der Schmerz von hinten. Ich hatte es nicht geschafft."

Die Malerin stand auf, ging zu einem alten Schreibtisch, der verstaubt in der äußersten Ecke stand und durch die Leinwände, die ihn von allen Seiten bedrängten, so gut wie unsichtbar war. Sie zog das oberste Fach heraus und kramte darin. Kehrte mit einem Zeitungsausschnitt zurück.

„Das habe ich ausgeschnitten. Dachte zu Anfang, es würde mir ein paar Anhaltspunkte über ihr Gesicht geben, wenn Sie mir nicht sitzen. Aber es gab mir keine. Haben Sie wirklich damals so ausgesehen?“

Ich betrachtete das Studioportrait. Mußte lachen. Ein flaches, glattes Kuchengesicht, hilflose, runde Augen unter dünnen Bleistiftaugenbrauen, ein steriles, diensteifriges Lächeln um den Mund.

„Ja, so habe ich ausgesehen. Ich erinnere mich sogar an das Foto. Fand es damals wunderschön.“

Sie nahm es mir aus der Hand, sah erst mich, dann das Stück Papier an, schüttelte den Kopf.

„Wenn Ihr Name nicht daruntergestanden hätte — ich hätte Sie nicht erkannt. Es gibt keine Fährte von Ihrem Gesicht heute zu diesem Foto. Ein anderer Mensch. Sie haben heute sicher auch eine andere Stimme.“

„Ich weiß es nicht. Meine Stimme versetzt mir immer einen Schock, wenn ich sie im Film höre. Ich stelle sie mir anders vor. Ich stelle mir ‚mich selbst‘ anders vor als das, was ich auf der Leinwand sehe. Auch das ist immer ein Schock — zu Anfang des Films. Nachher gewöhnt man sich daran. Man gewöhnt sich an sich selbst.“

Ich beugte mich vor und berührte den Zeitungsausschnitt mit meiner Zigarette. Er flammte sofort auf — die Malerin warf ihn schnell in den Aschenbecher.

Dann stand ich auf. „Ich möchte jetzt nach Hause gehen. Ich bin müde.“

*

Ich war nicht müde, aber ich wollte nach Hause gehen. Erst noch einen Umweg machen. Zu den Baumwipfeln hin, die ich vom Fenster aus gesehen hatte. Der Himmel war noch hell. Es war kalt, aber die Luft trocken und windstill. Nach dem langen Sitzen tat es gut, durch die Straßen zu gehen. Ich ging schnell. Ich lief nicht mehr wie früher, aber ich konnte noch immer nicht schlendern.

Die Oxford Street hinunter bis zum Marble Arch. Der stand noch, hatte im Krieg nichts abbekommen. Aber Lyons Corner House, das Café, in dem ich Jerome zum erstenmal gesehen hatte, das stand nicht mehr. An seiner Stelle gab es ein Riesenkino. Ich überquerte die Straße, wie damals, ging durch denselben Eingang in den Hyde Park. Steuerte dieselbe Ecke an, in der wir die Liegestühle gefunden hatten — die, die nicht einmal Sixpence kosteten. Die gab es jetzt nicht, jetzt im Winter.

Das war der Anfang gewesen, hier unter diesen Bäumen. Und in Paris hatte das Ende begonnen, im Hôtel de la Muette. Am Tag darauf, bei Babs, hatte es Fortschritte gemacht.

Jerome hatte mir nicht gesagt, wie „Madame Lorrimer" hieß. Ich wußte nur, daß ihr Mann eine Galerie besaß. Es war ja egal, welche. Bei Babs saß ein Mädchen in leuchtend gelbem Sommerkleid. „Madame Dujardin", sagte Babs. Das Mädchen lächelte freundlich in meine Richtung. Zu Jerome sagte sie: „Ça va, aujourd'hui?" und nickte ihm zu. Babs setzte sich neben sie auf das Sofa und erklärte: „Madame Dujardins Mann hat die Galerie in der Rue St. Honoré —"

Ach so. „Ça va aujourd'hui?" — „Wie geht's heute?" Heute wußte sie noch nicht, wie es ihm ging. Gestern hatte sie es gewußt.

Sie war vielleicht ein, zwei Jahre älter als ich, nicht mehr. Eine herausfordernde, fröhlich aufgestülpte Nase, sehr schöne gelbgrünliche Augen, helles Haar. So, wie sie dort auf dem Sofa saß, kam sie mir wie ein Zitronenfalter vor. Sie studierte mich lässig und keineswegs boshaft, wollte wissen, ob ich gut gereist sei, ob ich müde sei, sie wisse von Jerome, ich hätte gerade aufgehört zu spielen. Niemand nahm sich die Mühe, mir zu erklären, daß und warum sich Jerome und dieses Mädchen kannten.

Wenn Jerome wußte, daß sie nachmittags bei Babs zugegen sein würde, so zeigte er es nicht. Er war weder überrascht noch erfreut. Saß neben mir und unterhielt sich mit Robert ‚Oppele' Siodmak. Ließ sich von dessen neuem Film berichten, antwortete ziemlich einsilbig. Sprach nicht mit Jeannine, auch nicht mit mir.

Die beiden Frauen auf dem Sofa, schwarz-weiß und quittegelb, redeten am meisten. Sie waren anscheinend sehr befreundet, es gab viel zu erzählen und zu lachen. Auf französisch. Ich bildete mir ein, daß sie mich meinten, wenn sie lachten, obwohl ich hörte, daß sie über andere Leute sprachen. Fragten sie sich, ob ich „wußte"? Daß Babs „wußte", sah ich.

Ich hielt einen Drink mit viel Eis in der Hand. Meine Finger waren eisig kalt, und die Kälte zog langsam die Hand und den Arm hinauf.

„Du hast ja Gänsehaut", sagte Robert und betrachtete meinen nackten Arm. „Ist dir kalt? Bei der Hitze?"

Er „wußte" nichts, das war mir klar. Die Kälte drang immer weiter in meinen Körper ein. Gleich würde ich mit den Zähnen klappern — Hilfe!

Hilfe? Warum hatte ich nicht schon gestern daran gedacht?

Warum hatte ich einen ganzen fürchterlichen Tag verstreichen lassen, warum war ich in diesen dumpfen, ohnmächtigen Schlamm versunken, anstatt mich aufs Trockene zu retten, ans Telefon zu laufen und zu rufen: „Anabel! Hilfe!“

*

Ich stand schon zu lange auf demselben Fleck unter den Bäumen, auf dem damals unsere Liegestühle gestanden hatten. In der Sonne, damals. Hunde, die vorbeiliefen, gab es auch jetzt noch und deren Herren und Nannies mit Kinderwagen, aber alle marschierten stramm, denn es wurde langsam dunkel. Ich fand ein Taxi und fuhr ins Hotel zurück.

XIX

Tagebuch. 2. Juli '39.
„Als ich nach Hause kam, lag ein Zettel auf meinem Nachttisch: L. hatte angerufen. Ich solle sofort zurückrufen. Hôtel de la Muette. Es war spät, zwei Uhr früh. Wir waren im Konzert gewesen, hinterher essen. Allein. Zum erstenmal, nach langer Zeit. Versuchte, mich mit Bill zu unterhalten. Schwerer denn je. Aber ich gab mir Mühe. Mag L. nicht anrufen. Wenn J. antwortet – –
Jetzt weiß er ja, daß ich nicht mit zu Gurnemantz' komme. Das schreibe ich so hin, als ob es nichts wäre. Dabei krümme ich mich, ich krümme mich wie ein Wurm, während ich das schreibe. Aber ich muß *festbleiben. Werde* nicht *zurückrufen. Es ist ja doch nur ein letzter Versuch, mich umzustimmen. Wenn sie wüßte, wie leicht das wäre! Ein Wort von J. – und ich rase zum Bahnhof."*

*

Das also war der Grund gewesen!
Ich war so schnell wie möglich von den Siodmaks ins Hotel zurückgefahren. Gab als Erklärung, ich sei erkältet. Jerome blieb noch dort — es machte mir nichts aus. Rettung war auf dem Weg. Anabel. Sie würde wissen, was zu tun war. Sie würde es mir sagen. Ich lachte plötzlich im Taxi — ich hörte mich lachen! —, weil ich an Popeye, den Seemann, denken mußte und den Spinat. Anabel, mein Spinat...
Saß dann in meinem Einzelzimmer und wartete. Nina war am Telefon gewesen. „Nina, ich muß dringend mit deiner Mutter sprechen —" Sie sei im Konzert. Gut. Ich würde warten, bis sie nach Hause kam.
Ich wartete. Bis Mitternacht, dann bis eins — bis zwei Uhr morgens — drei — — Fragte den Nachtportier, ob er ein Schlafmittel hätte. Er brachte mir eine weiße Pille. Ich hatte noch nie ein Schlafmittel genommen. Schlief ein, zwanzig Minuten später, versank leblos und traumlos.
Wachte erst spät auf. Griff sofort nach dem Telefon. Anabel. Sie sei ausgegangen, sagte das Mädchen. Ich hinterließ noch einmal, sie möge mich anrufen. Dringend.
Wartete. Wahrscheinlich hatte sie sich schon am frühen Morgen mit Ferencsi getroffen. Versuchte, mich zu freuen — für sie. Saß den ganzen Tag über im Zimmer.
Stille.

Unter der Türschwelle hatte ein Zettel von Jerome gelegen. Er hätte zu tun, würde mit einem Galeriebesitzer (?) zu Mittag essen. Nachmittags sei er wieder im Hotel, um zu packen. Unser Zug nach Marseille ginge abends um acht.

Um sechs steckte er den Kopf zur Tür herein. Ich stand am Fenster, hatte nicht gewagt, mich auf den Balkon zu setzen, aus Angst, das Telefon zu überhören. Er fragte nicht, was ich den ganzen Tag über gemacht hätte, war wortkarg und gereizt, denn ich hörte ihn laut mit dem Zimmermädchen schimpfen, was er noch niemals getan hatte.

Schweigend fuhren wir zum Bahnhof.

Wir hatten uns einen Schlafwagen zweiter Klasse geleistet, mit zwei Betten. Voriges Jahr hatte Anabel unser Abteil dritter Klasse geteilt. Drei Betten. Jerome hatte oben geschlafen, ich in der Mitte, Anabel unten. Erst hatten wir im Speisewagen Abendbrot gegessen, die beiden hatten eine Flasche Rotwein ausgetrunken, dann hatten wir uns den langen Weg zurück durch die vielen Waggons vom Rasen des Zuges wie von unserem Gelächter und Gejauchze hin und her schleudern lassen — bis wir endlich selig-erschöpft in unserem Abteil ankamen und auf Anabels Bett sanken, bevor wir genug Kräfte gesammelt hatten, uns — einer nach dem anderen — dezent in der Waschnische auszuziehen. Jerome war als letzter die Leiter zu seinem Bett hinaufgeklettert, hatte das Licht ausgedreht. Im Dunkeln hatten wir um die Wette gerufen: „Schlaft schön — — gute Nacht — — schlaft schön — —“

Die Erinnerung überfiel mich unvorbereitet, und als Jerome erklärte, er sei müde und wolle kein Abendessen, drehte ich schnell mein Bettlicht aus, um die Tränen zu verbergen. So lag ich, angezogen, auf der Wolldecke, bis ich mich so weit beruhigt hatte, daß ich aufstehen, im schwachen Licht der vorbeirasenden Häuserfenster mein Nachthemd auspacken und die Zähne putzen konnte. Jerome, oben, schnarchte leise.

XX

Der Zug schlängelte sich dröhnend um sieben Uhr früh in den Bahnhof von Marseille. Langsam glitt er an Hunderten von Menschen entlang, die trotz der frühen Stunde auf dem Bahnsteig standen, dichtgedrängt, alle mit dem gleichen Ausdruck des eifrigen Forschens im Gesicht, dem gleichen hochgereckten Hals, um vielleicht schon am Abteilfenster das Ziel ihrer morgendlichen Pilgerfahrt zu entdecken.

Jerome schleifte unsere Koffer den Gang entlang, während ich vom Fenster aus nach dem Dreigespann der Gurnemantz' Ausschau hielt. Da waren sie — aber nur ein Zweigespann. Ursula fehlte. Peter und Eva, braungebrannt, lachend und winkend, zwängten sich durch die Menge, Peter fing die Koffer auf, die Jerome ihm zuwarf, Eva stand unter meinem Fenster, strahlte zu mir herauf, stellte die üblichen Bahnhofsfragen, die keine Beantwortung verlangen außer Kopfnicken: Ja, wir waren gut gereist, ja, wir hatten gut gefrühstückt, ja, es war ein herrlicher Tag.

„Wo ist Ursula?"

„Zu Hause. Von Grasse nach Marseille — gute drei Stunden — und der Wagen wird auch nicht jünger —"

Davon konnten wir uns gleich darauf überzeugen, als Peter die Handkurbel benutzte, um das alte Ding in Gang zu bringen.

Ursula war also immer noch nicht gesund. Das ging doch jetzt bereits über ein Jahr — ob es was Bösartiges war? Wir wechselten nie Briefe mit den Gurnemantz' in den zehn Monaten unserer jährlichen Trennung. „Wenn was los ist, werdet ihr's schon früh genug erfahren", sagten wir jedesmal, wenn wir uns zum Abschied umarmten. Trotzdem hatte ich zu Weihnachten einen Brief geschrieben und um Auskunft über Ursulas Gesundheitszustand gebeten. Als Antwort kam aber nur eine Karte mit einer Zeichnung von Äskulapius, einen Weihnachtsbaum auf dem Rücken, darunter die ganze Familie, Pfirsiche in den Armen. „Joyeux Noël! Peter, Ursula, Eva, Jean-Pierre." Fröhliche Weihnachten.

*

Ursula und Jean-Pierre standen am Gartentor und winkten, als wir heranrasselten. Jean-Pierre, jetzt zehn Jahre alt, mit kurzgeschorenem, blondem Stoppelkopf, sonnengebraten, nackt bis auf die Badehose. Seine Mutter, neben ihm, sah keineswegs krank aus, im Gegenteil, sie hatte zugenommen, das sommersprossige Gesicht war zum erstenmal gerundet, die starken Arme muskulös wie bei einem Mann.

„Es ist wieder was los", sagte ich zu Jerome, als wir allein im Zimmer waren. Er nickte: „Armer Peter."

Er war nicht nur mit mir wortkarg. Später sah ich durchs Fenster, wie er neben Gurnemantz auf der Terrassenmauer saß. Beide schwiegen, sahen über die Berge, beide mit dem gleichen konzentriert in sich hineinhorchenden Hundeausdruck im Gesicht.

Während des Mittagessens machten alle wie auf Verabredung eine sichtliche Anstrengung. Manchmal fingen drei zu gleicher Zeit einen Satz an, um Pausen zu vermeiden. Eva, die neben Jean-Pierre saß, füllte ihm den Teller, band ihm eine Serviette um, korrigierte die Kinderfinger, die das Messer zu tief umklammterten. Ursula sah zu.

Gurnemantz und Eva, die bei Morgengrauen aufgestanden waren, um uns abzuholen, verzichteten auf den Kaffee, um sich schlafen zu legen. Jerome erklärte, er brauche keine Siesta, er würde einen Spaziergang machen. Als das Kind eifrig anbot, ihn zu begleiten, lehnte er ab. Das würde — leider — seine Konzentration stören, denn er suche nach „Motiven". Ich erinnerte mich zur rechten Zeit, daß ich ein zusammensetzbares Flugzeug mitgebracht hatte. Getröstetes Kind verschwand mit dem Kasten in Richtung Kinderzimmer. Ursula und ich blieben allein auf der Terrasse und sahen den Wespen zu, die sich über die Reste des Mittagessens hermachten. „Ach, laß doch", sagte Ursula, als ich aufstand, um das Geschirr in die Küche zu tragen.

Wir streckten uns nebeneinander unter einer alten Pinie aus. Peter hatte die Terrasse so angelegt, daß der Baum zur Mittagsstunde die Hälfte der Plattform beschattete. Er schützte uns vor den brennenden Sonnenstrahlen, aber nicht vor der brütenden Glut, der nur Äskulapius, grau und unangefochten, aufrecht widerstehen konnte. Alle Hunde lagen japsend an kühlen Mauern ausgestreckt und verzichteten auf Bellen, Schwanzwedeln oder sonstige Lebenszeichen.

Ich hätte auch gern verzichtet und die Augen geschlossen, aber Ursula, an meiner Seite, summte mit falschen Tönen und ohne Text immer wieder den Refrain desselben Liedes. Ich setzte mich auf und betrachtete sie, wie sie da in ihrem alten Küchenkittel lag, die sommersprossigen Arme hinter dem Kopf, die überlangen Beine mit den Schuljungen-Knien, die eckigen Füße, wie immer, in Sandalen, damit sie nicht größer als Peter wirkte.

„Du bist wieder ganz gesund, nicht wahr?"

„Ich könnte Bäume ausreißen. Pfirsichbäume", sagte sie und

lachte laut in den dunklen Schirm der Pinienzweige hinauf. Drehte den Kopf mit den kurzen, krausen braunen Haaren zu mir und fügte hinzu: „Du siehst schlecht aus. War das Stück so anstrengend?“

„Acht Vorstellungen die Woche.“

„Geh schlafen“, sagte sie, „ich wecke dich um sechs Uhr zum Pflücken.“

Ich ging gern. Wollte nicht wissen, warum ihr Lachen so unfröhlich geklungen hatte. Mag sein, daß sie spürte, daß ich nicht „wie sonst“ war. Mag sein, daß sie der Teilnahme an anderer Leute Kummer nicht gewachsen war. Wie ich.

*

Um sechs Uhr stellte sich alles zum Pflücken ein. An der oberen Gartenpforte der Plantage. Peter und Eva kamen hintereinander aus Richtung Schlafzimmer, Eva laut gähnend. Jean-Pierre schnallte Äskulapius die Körbe um. Jerome erschien von irgendwoher. Ich spritzte mir im Vorbeigehen kaltes Wasser aus der Regentonne aufs Gesicht. Jeder teilte sich ein, wie es ihm paßte. Jerome wählte eine der untersten Baumreihen und stieg mit seinen zwei Körben die steilen Grasterrassen hinab. Peter und Eva suchten sich eine in der Mitte. Äskulapius setzte sich in Gang — oben wartete Jean-Pierre auf die vollen Körbe — der Geruch von heißer Baumrinde, Blättern und Früchten lullte einen so tröstlich-betäubend wie immer ein, alles wie immer — aber alles ganz anders. Ursula, zwei Reihen unter mir, sang tonlos ihr Lied — ich hörte Eva laut lachen. Manchmal Peters tiefen Baß. Von Zeit zu Zeit ertönte der alte Pfiff nach Äskulapius — aber es war alles anders.

Ich war nicht fleißig, die Arme taten mir weh. Ich wechselte immer wieder meinen Platz, um Jerome beobachten zu können, der einen halben Kilometer unter uns arbeitete. Manchmal sah ich seine Hand oder ein Büschel seiner schwarzen Mähne; manchmal erkannte ich nur an der Bewegung der Zweige, an welchem Baum er gerade pflückte.

Plötzlich sah ich weder Kopf noch Hand, und die Bäume der untersten Reihe standen still. Ich schwang mich auf den stärksten Ast — er bog sich unter meinem Gewicht — stützte mich hoch — sah gerade noch Jeromes blaues Hemd unter den Oliven verschwinden, die den Fuß des Hügels säumten.

Der Ast unter mir begann drohend zu ächzen. Ich sprang eilig herab und untersuchte den Schaden: ein Riß in der Zweiggabel. Schuldbewußt klemmte ich ein Blatt hinein — Peter machte jeden Abend Inspektionsrundgang — und schlich mich zum nächsten

Baum. Wo war Jerome hingegangen? Die untere Gartenpforte führte nur zu den Olivenbäumen. Von dort aus konnte man nicht zur Straße gelangen. Der kleine Olivenwald diente als Grenze zum Nachbargrundstück. Langweilte ihn das Pflücken? War er wieder auf Motivsuche? Um sieben Uhr abends? Ich füllte meinen Korb mit Pfirsichen, merkte, daß ich keinen einzigen vorher auf Tauglichkeit geprüft hatte, fand eine Anzahl harter, warf sie hastig die Böschung hinunter. Einer kullerte vor Ursula, die ihn erstaunt aufhob.

„Der ist doch noch unreif!"

„Aus Versehen abgebrochen — entschuldige."

Sie sah einen Augenblick zu mir herauf, pflückte weiter.

Ich ließ die Oliven nicht aus den Augen. Eine halbe Stunde lang rührte sich nichts. Dann blitzte das blaue Hemd wieder auf. Ein paar Minuten später tobten die Zweige der untersten Pfirsichbäume, als schüttele sie ein Wirbelsturm. Es sah aus, als ob da unten ein Zweikampf ausgefochten würde zwischen dem Pflücker und den widerspenstigen Früchten. Kurz darauf pfiff es aus dieser Richtung extra laut und fröhlich. Was hatte ihn plötzlich in so gute Laune versetzt, daß er den Esel auf die Schnauze küßte?

*

Abends Essen auf der Terrasse, hinterher Pernod und Mandeln — alles wie immer. Die Erinnerung an letztes Jahr und Anabel ging mir im Kopf herum. Warum hatte sie nicht zurückgerufen?

Plötzlich wußte ich's.

Es war etwas mit Ferencsi passiert. Das war die Erklärung.

Mußte sie schleunigst anrufen.

„Habt ihr inzwischen euer Telefon schon bekommen?"

„Nein", sagte Peter, „und wir werden es auch nie bekommen. Ich hab's aufgegeben, es geht auch so. Wenn es dringend ist, gehen wir nebenan zu Madame Raquin. Die hat eins."

Morgen früh also: Madame Raquin.

*

Später die alte Routine: Die Mädchen schliefen angezogen auf den Betten, wurden aufgeweckt und taumelten schlaftrunken in der Dunkelheit zum Lieferwagen.

Auf einmal erklang eine hellwache Kinderstimme durch ein offenes Fenster: „Ich hör' euch! Nächstes Jahr darf ich mitkommen!"

Ursula, ein paar Schritte vor mir, blieb stehen.

„Wer hat dir das gesagt?“

„Eva hat's mir versprochen.“

Was dann geschah, kann ich nicht beschwören, denn ich tappte im Stockdunkeln wie die anderen an der Hauswand entlang, aber es gab ein plötzliches Scharren von Füßen, einen Knall wie einen Schlag — und Evas unterdrückten Schrei: „Bist du verrückt?“ Dann wieder Stille, außer dem Geräusch der Schritte. Gleich darauf flammten die Scheinwerfer des Wagens auf, und wir kletterten hinein, Eva neben Peter, dem Chauffeur, dann Jerome, dann ich, dann Ursula, die als letzte hineinsprang, nachdem sie das große Gartentor heftig zugeschlagen hatte.

*

Als ich aufwachte, war das Bett neben mir bereits leer. Jerome mußte sich lautlos angezogen haben — oder ich hatte zu tief geschlafen. Es war sechs Uhr früh gewesen, als wir nach unserem Morgenbad in Nizza endlich wieder zu Hause ankamen. Ich hatte der allgemeinen Sicherheit wegen ablehnen müssen, meinen Fünfzehnminutendienst am Steuer zu absolvieren, hatte statt dessen schamlos den ganzen Rückweg über entweder links auf Jeromes Schulter oder rechts auf Ursulas geschlafen. Konnte mich nicht erinnern, wie ich in mein Nachthemd und ins Bett gelangt war.

Ein Uhr mittags. Madame Raquin! Ich sprang in meine Kleider und drückte mich vorsichtig aus der Haustür, um Jean-Pierre zu entgehen. Nach Nizzamarkt-Nächten verhielt sich der Junge den ganzen Morgen über ruhig, um uns schlafen zu lassen, aber so gegen Mittag hatte er sein Spielzeug satt und lauerte auf Mitmenschen und Ansprache. Ich sah den hellen Stoppelkopf vor der Garage über das neue Flugzeug gebeugt und schlich auf Zehenspitzen zum Plantagentor. Umsonst. Kinderohren sind scharf. „Ich komme mit!“ rief er und war mit ein paar Sprüngen neben mir.

„Ich gehe nur zu Madame Raquin telefonieren —“

„Du auch? Jerome ist gerade hingegangen. Er hat mich nicht mitgenommen —“

Ich stand mit der Hand an der offenen Gartentür, drückte die Klinke rauf und runter, sah in die blauen Augen, die mich fragend und erwartungsvoll betrachteten. Jerome war telefonieren gegangen — mit dem „Galeriebesitzer“ in Paris — —

„Aber mit dir darf ich doch mitkommen!“ Er merkte wohl, daß ich nicht zuhörte, legte mir kurzentschlossen die Hand auf den Arm und schüttelte ihn. Sprach — aus Instinkt? — das Zauberwort: „Ich weiß eine Abkürzung — aber du mußt durch den Bach waten.“

Er lief barfuß die erste Baumreihe entlang, ohne sich umzusehen, wußte, daß ich folgen würde, sprang wie ein Hase auf die nächste Terrasse hinunter. Ich schlidderte hinterher, hielt mich an Stämmen, Zweigen fest, sah ihn sich unter Büsche ducken, ein, zwei weitere Terrassen hinunterspringen, segnete meine Espadrilles, die mich vor dem Ausrutschen bewahrten, fiel in den Herdeninstinkt und die blitzschnell funktionierende Koordination meiner Wandervogeltage zurück — und schaffte es.

Plötzlich peilte er seitlich bergab und blieb, am Fuß des Hügels angekommen, an einer Stelle des hohen Zaunes stehen, der die Plantage dichtmaschig einfaßte. Ich keuchte heran. Er kniete sich auf die Erde, zeigte triumphierend auf einen Punkt, wo sich der Zaun so weit hochheben ließ, daß man sich auf die andere Seite hindurchwälzen konnte, lupfte das Gitter und schlängelte sich wie ein Hund unten durch. Betrachtete mich von der anderen Seite verständnislos, wie ich dastand und mich am Zaun festhielt, um meinen pfeifenden Atem zu beruhigen. Er wußte nicht, warum ich so schnell zu Madame Raquin gelangen wollte, aber das war ja gleichgültig. Das Ganze war ein Spiel, ein Wettrennen: Jerome sollte geschlagen werden — und da stand diese dumme Person und verlor kostbare Zeit. — „Nun komm schon!"

Gehorsam legte ich mich flach auf den Bauch und ringelte die Füße durch die etwa zwanzig Zentimeter hohe Öffnung. Jean-Pierre packte sie und zerrte und zog mit allen Kräften. Bauch, Brust und Schultern wurden schonungslos gequetscht — aber wie sollte ich den Kopf durchzwängen? Die Aluminiummaschen drangen in meinen Nacken ein — wie das Messer der Guillotine, dachte ich, während ich die Nase in die Erde bohrte.

„Mach die Augen zu und hol tief Atem. Jetzt!" kommandierte der Junge, stützte beide Hände auf meinen Hinterkopf — ich erstickte — und zog mich gleich darauf an den Haaren unten durch. Lachte schallend, als ich mich aufsetzte, Erde spuckte und blind tastend Nase und Augenlider von Sand und kleinen Steinen befreite.

„Du hast aber einen dicken Kopf", meinte er, „da unten ist der Bach. Da kannst du dir das Gesicht waschen."

Er sprang auf und verschwand unter Oleanderbüschen. Ich humpelte mühsam durch, lechzte nach dem versprochenen Quellwasser. Er wartete, bis zu den Knien im Wasser, bot an, mich zu bespritzen.

„Untersteh dich!"

Worauf er ans andere Ufer kletterte und hinter der Böschung verschwand.

Ich hielt mein Gesicht so lange ich konnte unters Wasser, holte erstaunliche Mengen Sand aus meinen Ohren und entdeckte ansehnliche Kratzer am Hals. Konnte auf einmal nicht mehr stehen und sank auf einen Stein. Sammelte mich. Wozu die Eile? Ich wußte ja nun, warum Jerome von Zeit zu Zeit „Motive" suchte. Was lag schon daran, *vor* ihm bei Madame Raquin anzukommen.

Das Kind erschien wieder am Ufer.

„Du hast verloren", schrie er über das Wasser, „Jerome ist schon da. Gibst du auf?"

„Ja. Aber ich muß trotzdem telefonieren."

„Ich zeige dir den Weg", rief er großmütig, „nachher warte ich auf dich, sonst findest du nicht zurück."

„Du glaubst, daß ich wieder durch das Loch zurückkrieche?"

„Na klar!" Er sah mein Gesicht. „Ach — du hast ja keinen Mumm!"

Madame Raquins Haus lag zwei Bachwindungen weiter unter hohen Weiden. Jean-Pierre, dessen Marschtempo sich auch ohne „Wettrennen" nicht dem meinen anpassen konnte, war vorausgelaufen und kam mit der Botschaft zurück, daß Madame Raquin mich zu einem Glas einlade, *ihres* Weines natürlich, dem „besten in der Provinz".

Die letzten paar hundert Meter ging ich durch Weinberge, sorgfältig manikürt, die Trauben weißlich gespritzt. Jean-Pierre lief noch zweimal von mir zum Haus und wieder zurück. Er habe mich, so flüsterte er mir zu, als Schauspielerin angekündigt, Madame Raquin hätte noch nie eine zu Gesicht bekommen. Allerdings — er betrachtete mich kritisch von der Seite — würde sie wahrscheinlich enttäuscht sein „so, wie du aussiehst". Er fischte sein Taschentuch aus der Hose. „Spuck mal." Ich spuckte, und er rieb mir unerwartet sanft die letzten Erdkrusten aus dem Haaransatz.

Das Haus war ein zweistöckiger Würfel, gelb angestrichen, mit braunen Fensterläden. Es hatte keinen Balkon, keine Terrasse, dafür aber neben der Haustür einen anderen, niedrigeren Würfel, eine Laube aus Weinreben. Das Halbdutzend Pfosten, an denen sie sich vor vielen Jahren einmal vorsichtig emporgerankt hatten, waren längst verdeckt. Armdicke Stämme umschlangen sich liebend, wanden und flochten sich wie Zöpfe zu einem quadratischen Dach zusammen, dessen grüne Blätter und unreife Weintrauben Menschen und Gegenstände sanft grünlich anstrahlten.

Hand in Hand betraten wir die Laube. Wenn Madame Raquin bei meinem Anblick enttäuscht war, so zeigte sie es nicht, sondern hob sich zur Begrüßung ein paar Zentimeter von ihrem Stuhl, auf dem sie hinter dem Gartentisch einsam thronte, eine Flasche Wein und ein halbvolles Glas in Reichweite. Weiße Haare — hellgrün im Laubenlicht — umrahmten das breite Gesicht wie zerzauste Strickwolle, kleine, schlaue Fuchsäuglein lächelten mich freundlich zwischen Fettpolstern an. Ein Satz gelber Zähne, großzügig gefletscht, unterstützte noch den Eindruck nachbarlichen Willkommens.

„Bonjour, Mademoiselle —“

„Bonjour, Madame Raquin. Ich hoffe, ich störe Sie nicht —“

„Im Gegenteil, ich freue mich über jeden Besuch. Jean-Pierre, hol zwei Gläser —“

„Zwei?“ Weitaufgerissene blaue Augen sahen sie ungläubig an, wagten nicht zu hoffen.

„Ja, eins für dich.“ Er verschwand vom Erdboden. „Man kann Kinder nicht früh genug an den guten Wein gewöhnen. Dann sind sie später nicht betrunken.“

Ich dachte an Monsieur Raquin, von dem man erzählte, daß er sich mit seinem eigenen Wein ins frühe Grab getrunken hatte. Hatte man ihn zu spät daran gewöhnt? Ob Jerome immer noch mit Paris sprach? Mitten im Jammer plötzlich ein prosaischer Einspruch: Soviel Geld hatten wir doch nicht!

„Madame — dürfte ich Ihr Telefon benutzen?“

„Mais oui, sobald der junge Mann fertig ist. Der spricht ja immer lange. Kennen Sie ihn? Er wohnt doch auch bei Gurnemantz’.“ (Sie sagte „Gürman“.)

Jean-Pierre erschien mit zwei Gläsern.

„Schenk ein“, sagte Madame, „wer trinkt, muß einschenken können. Faß die Flasche am Ende an — vorsichtig! Keinen Tropfen vergießen!“

Das Kind umklammerte die Flasche mit beiden Händen, kniff die Lippen vor Anstrengung und Aufregung zusammen. Der Wein gluckerte langsam in die Gläser. Schwer atmend stellte er die Flasche ab.

„Bravo“, sagte Madame, „also dann: Prost!“

Wir stießen an und schluckten.

„Herrlich“, sagte ich. Jean-Pierre wollte auch was sagen, rang statt dessen nach Luft, bis ihm das Wasser in den Augen stand. Sein erster Schluck Wein — Peter hatte es immer streng verboten — er hatte sich wohl etwas anderes vorgestellt als dieses scharfe, säuerliche Getränk.

„Madame!“ Jeromes Stimme aus dem Innern des Hauses.

„Kommen Sie doch, Monsieur“, rief die Alte über die Schulter, „trinken wir ein Glas — ich hab’ Besuch!“

Ich saß wie ein Stein. Wußte nicht, was er sagen würde, wußte nicht, was *ich* sagen würde, wußte nicht, warum ich so blindlings hergestürzt war. Was hatte ich hier tun wollen? Ihm den Hörer aus der Hand reißen?

„Keine Zeit, Madame —“, ich konnte ihn undeutlich durch die dichte Blattmauer in der Haustür stehen sehen, „man wartet oben mit dem Mittagessen. Ich komme heute abend wieder — dann trinken wir einen. Würden Sie anfragen, was ich schuldig bin?“

„Ich komme.“ Sie stemmte sich aus dem Stuhl und watschelte auf unförmigen Beinen aus der Laube und durch die offene Haustür.

Gerettet.

Jean-Pierre hob sein Glas und stieß noch einmal an meins.

„Prost!“ Das Wasser trat sofort wieder in die blauen Augen, während er tapfer schluckte. „Sie ist dick, nicht wahr?“ Er beugte sich vor und flüsterte mir ins Ohr: „Aber sie kriegt kein Kind.“

„Sicher?“

Er nickte beruhigend.

„Sie ist immer so dick. Sie hatte mal Kinder, vor langer Zeit, zwei auf einmal —“

„Zwillinge?“

„Der eine besorgt den Wein hier auf dem Grundstück, der andere ist —“ Er tippte sich an die Stirn.

„Verrückt?“

„Er kann nicht allein essen. Sie füttert ihn. Weißt du was? Vielleicht hat sie doch noch eins im Bauch. Ich hab' sie gefragt, sie sagt nein. Sie will's nicht zugeben, weil das sicher auch so ist“ — er tippte wieder an die Stirn — „wenn es schon so lange da drin sitzt. Was meinst du?“

„Möglich.“

„Weißt du, warum sie so schnauft?“ Er flüsterte wieder. „Sie hat Amsta.“

„Amsta? Was ist das?“

Er keuchte wie eine Lokomotive. „Das nennt man Amsta, weißt du.“

„Asthma?“

Er sah mich verwirrt an — wurde durch den Eintritt von Madame dem Dilemma enthoben.

„So, jetzt können Sie telefonieren. Haben Sie ausgetrunken?“

Ich beeilte mich, es zu tun, hinderte aber das Kind an einem letzten Schluck.

„Lauf schnell nach Hause. Sag deiner Mutter, ich käme gleich. Bedank dich für den Wein!“

„Merci, Madame.“ Er machte eine kleine Verbeugung und fügte mit Kennermiene hinzu: „Ein ausgezeichneter Wein.“

Madame Raquin lachte und wackelte mir voran ins Haus. Das Telefon, ein altmodischer Kastenapparat, hing im Eßzimmer an der Wand. Durch ein Fenster in der Diele konnte ich rechts Jeromes blaues Hemd dem Olivenwald zustreben sehen, während Jean-Pierres blonde Stoppeln links durch die Reben glitten.

Es war angenehm kühl und dunkel im Eßzimmer, denn die Fensterläden waren geschlossen und Madame machte keine Anstalten, das Deckenlicht anzuknipsen. Sie tastete sich an der Wand entlang, nahm den Hörer ab und drehte heftig an der Kurbel.

„Welche Nummer?"

„England, bitte."

„Mit Voranmeldung?"

„Nicht nötig."

Madame kurbelte noch einmal.

„Die hat jetzt Mittagspause, da dauert's immer eine Weile. Dem jungen Mann mache ich immer eine Voranmeldung. Nach St. Tropez. Da hat er seine Freundin. Eine verheiratete Frau. — Allo, Mademoiselle? — Na, endlich."

Sie gab mir den Hörer, tappte aus dem Zimmer und schloß die Tür hinter sich.

Mechanisch gab ich Anabels Nummer an. Gut, daß ich sie im Schlaf wußte, denn was Madame da gerade gesagt hatte, leerte mir das Gehirn. Jeannine Dujardin in St. Tropez — — sozusagen nebenan! Deshalb hatte er gestern gesagt, er wolle mit dem Michelin-Zug die Küste auf und ab fahren, vielleicht ein paar Tage wegbleiben — auf Motivsuche — —

Ich lehnte mich an die Wand, drückte die Stirn an den kalten Stein, wünschte inbrünstig, ich hätte den Wein nicht getrunken, versuchte einen einzigen klaren Gedanken zu fassen außer: St. Tropez — nebenan — billige Telefongespräche — — und hörte Anabels Stimme.

„Hallo?"

„Anabel!"

Ich wußte, daß ich schrie. Konnte nicht sprechen, nur hemmungslos in den schwarzen Kasten hineinheulen.

Es dauerte eine Weile, bis ich ein anderes Geräusch als mein eigenes Schluchzen hören konnte. Wahrscheinlich hatte sie schon mehrmals versucht, mich zu unterbrechen oder zu beruhigen, denn jetzt forderte sie streng: „Nimm dich zusammen, und sag, was geschehen ist."

Ich sagte es ihr. Angefangen vom Einzelzimmer im Hôtel de la Muette, dann der Nachmittag bei den Siodmaks, die Motivsuche hier in Grasse und jetzt St. Tropez und der Michelin-Zug. Ich wußte nicht, ob sie alles verstanden hatte, ob sie überhaupt noch am Apparat war, so tödlich war das Schweigen, das aus dem Hörer kam, als ich endlich aufhörte zu sprechen.

„Anabel — bist du noch da? Hast du mich gehört?“

„Ich habe dich gehört.“

„Anabel — was soll ich tun? Sag doch was — —“

„Ich komme.“

„Was?“

Ich hatte laut geschrien, hielt mir den Mund zu.

„Hör auf zu weinen — zeig ihm nichts — sag ihm nichts — sag niemandem ein Wort. Ich komme.“

Sie hatte aufgelegt.

Ich rief noch ein paarmal, aber der Kasten blieb tot. Ich hängte den Hörer wieder auf und lehnte den Kopf an die Wand. Sie kam. Sie ließ Ferencsi allein, den Mann, den sie liebte, sie ließ ihn einfach sitzen — und kam. Gab es so etwas noch einmal auf der Welt? Eine solche Freundin? Ich rollte meine Schläfen, meine Stirn, mein glühendes Gesicht auf der feuchtkalten Mauer hin und her, als könnte ich die lindernde Kühle trinken. Anabel kam. Anabel wußte. Alles war wieder gut.

Der Kasten sprach, surrte wie ein Schwarm Bienen und brachte Madame wieder ins Zimmer. Gut, daß es dunkel war und sie mein Gesicht nicht sehen konnte. Sie nahm mir den Hörer aus der Hand. „Merci, Mademoiselle — ich mache das.“ Bei aller nachbarlichen Freundlichkeit wollte sie sich doch lieber selbst überzeugen, wieviel das Gespräch gekostet hatte. London. Teuer!

Nein, dachte ich, als ich die Scheine aus meiner Gürteltasche zog: billig — spottbillig! Gab es überhaupt einen Preis für so etwas?

XXI

Bin dann absichtlich langsam durch den Olivenwald nach Hause gewandert, wollte denken, sortieren, planen. Und auch meinen Augen Zeit lassen abzuschwellen. Unpünktlich zum Mittagessen? Macht nichts. Sollten sie warten, sollten sie ohne mich essen. Trotzdem registrierte ich, daß die Pforte offenstand. Jerome, sonst immer sorgfältig, mußte wohl hastig und ebenso tief wie ich in Pläne und Bedenken versunken durchgestürmt sein. Äskulapius hätte entkommen können — —

Ich schloß die Pforte und stieg langsam die Plantagenterrassen aufwärts. „Sag ihm nichts —" Natürlich nicht. Wer weiß, ob er überhaupt da war, wenn sie ankam. Der Michelin-Zug! In welchem Hotel wohnte „sie" wohl? Vielleicht könnte man das durch Madame Raquin erfahren, die ihm die Voranmeldungen machte. „Sag niemandem ein Wort —" Das war schwieriger. Ich hatte den Grund für ihre plötzliche Absage zu gut untermauert, eine lange und komplizierte Krankheitsgeschichte erfunden. Die ganze Familie war aufrichtig betrübt über ihr Fernbleiben, ihr Zimmer war vorbereitet gewesen, Blumen hatten am Bett gewartet —

Ich kletterte die letzten Stufen hinauf — und stand Ursula gegenüber, die an der obersten Pforte Wache hielt.

„Die Spaghetti sind warm gestellt, Jean-Pierre hat mir berichtet. Übrigens, er roch nach Wein, hat Madame Raquin —"

„Ja, sie hat."

Sie lachte.

„Sie versucht das bereits seit Jahr und Tag, die alte Hexe. Ist besessen von der Idee, das Kind zu ‚immunisieren'. Weiß du, wie spät es ist? Drei vorbei! Was ist denn los heute, alle kommen einzeln angekleckert, erst Jean-Pierre, dann Jerome, und jetzt du. Eva schimpft in der Küche herum —"

„Ursula, ich hab keinen Hunger. Entschuldige."

Sie sah mich einen Moment an, nickte, drehte sich um und ging zum Haus zurück, rief etwas durch das offene Küchenfenster.

Ich wollte weiter „klären", hoffte auf die kühle Stille unseres Schlafzimmers. Allein! Vergewisserte mich, daß Jerome auf der Terrasse unter der Pinie lag und in einem Buch las. Im Eisenbahn-Fahrplan.

Ich schloß die Fensterläden und kroch in mein ungemachtes Bett. Anabel, in London, war jetzt sicher mitten in den Reisevorbereitungen, reservierte Plätze auf dem Schiff Dover—Calais, Schlafwagen Paris—Marseille. Was würde sie wohl Bill und Nina als Grund angeben? Vor allem aber: Was würde sie Ferencsi sagen? Ich bohrte das Gesicht in das Kissen, schämte mich abgrundtief meines wilden Geschreis am Telefon, meines Egoismus — umarmte es gleichzeitig, als sei es Anabel, um ihr zu danken — —

Wann konnte sie hier sein? Wann würde ich sie sagen hören: „Ich bin in Paris“ oder, noch besser: „Ich bin in Marseille am Bahnhof.“ Bestenfalls in drei bis vier Tagen. Die mußten ruhig und gelassen durchlebt werden.

Und wenn sie keine Reservierung bekam, jetzt zur Ferienzeit?

*

Am späten Nachmittag erschien ich frischgebadet auf der Terrasse. Kein Mensch zu sehen. Ich stieg auf die Mauer und hielt Umschau. Hätte gern an jemandem mein neuerworbenes seelisches Gleichgewicht ausprobiert. Aber der Platz war wie ausgestorben. Nur Äskulapius graste tief unten am Abhang. Heute hatte er frei.

Stille. Unnatürliche, öde Stille. Wie merkwürdig das war, hier im Gurnemantz-Ensemble. Voriges Jahr war es noch eine kompakte Truppe gewesen. Jetzt sah es so aus, als hätten sich alle zu Solisten emanzipiert. Sie „spielten“ noch zusammen, aber jeder brodelte irgendwo allein. Vor meiner Siesta, auf dem Weg zum Gästeschenkel, hatte ich einen schnellen Blick um das Haus geworfen: Peter lag unter dem Lieferwagen und bastelte, Ursula begann die Wäsche von der Leine zu nehmen, Eva polterte in der Küche herum. Keiner kümmerte sich um den anderen, keiner gab Hilfestellung, keiner stand dabei, lachend und schwatzend wie früher. Der Clan lebte nicht mehr, obgleich die einzelnen Glieder noch zuckten wie bei einem galvanisierten Frosch.

Ich setzte mich auf die Mauer und sah hinunter. Jeder, der auf die Terrasse trat, setzte sich auf die Mauer und sah hinunter. Unten schlängelten sich Weidenwipfel durch die Oliven und zeigten den Lauf des Baches an. Da unten irgendwo, da lag der Würfel der Madame Raquin mit dem schwarzen Kasten. Und in der Laube Jerome, der ein grünes Glas Wein mit Madame trank —

Wie hatte Jerome eigentlich die Nachricht aufgenommen, daß Anabel nicht mitgekommen war? Wie seltsam, wie außerordentlich merkwürdig, daß ich mich anstrengen mußte, auch nur den Augenblick festzunageln, als ich es ihm sagte. Es hätte ihm doch schon in der Hotelhalle auffallen müssen! Aber da hatten wir ja kaum gesprochen, da hatte das Erscheinen der zweiten Madame Lorrimer jede weitere Eröffnung ausradiert. Es war später gewesen — ja, oben im Zimmer, im Einzelzimmer, da hatte er gefragt, und ich hatte ihm natürlich die Wahrheit gesagt, daß Ferencsi in London sei. Ich erinnerte mich, daß er einen Moment lang gestutzt — und dann richtig erleichtert ausgesehen hatte. Er mochte sie eben immer noch nicht! Er kannte sie ja gar nicht! Aber jetzt, wenn sie plötzlich hier auftauchen würde, jetzt würde er sich endlich überzeugen können, was für ein Mensch Anabel war. Eine Frau, die ihre Liebe aufs Spiel setzte, um ihrer Freundin zu helfen. Denn daß Anabel kam, um mir gegen „Galeriebesitzer" beizustehen, das würde er natürlich sofort begreifen. Und sie hassen! Aber das würde Anabel piepegal sein. Im Grunde mochte sie ihn auch nicht...

*

Während des Abendessens sagte Jerome nebenbei, daß er morgen mittag den Michelin-Zug nehmen würde. Ich brachte es fertig, ganz ruhig meine aufgewärmten Spaghetti um die Gabel zu wickeln. Morgen mittag schon!

„Wann kommst du wieder?" fragte Ursula, die Hausfrau.

„In zwei, drei Tagen. Ich gehe mal in St. Tropez vorbei. Da gibt es eine Galerie —"

„Galerie ‚Nouveaux Artistes'", sagte Peter. „Ich kenne sie. Nicht schlecht. Aber sie verlangen ein Drittel vom Verkaufspreis."

„Von mir aus können sie die Hälfte haben. Ich will die Dinger endlich nebeneinander an einer Wand sehen — und Leute davor, die sie angaffen."

Er stieß seinen Stuhl zurück, stand auf und setzte sich auf die Mauer. Peter drehte seine sachkundigen, schrägen Augen zu ihm hinüber.

„Es ist an der Zeit. Übrigens, wenn die eine Anzahlung verlangen — Spesen, Katalog und solchen Firlefanz —, dann können wir dir was vorschießen."

Ursula, obwohl ungefragt, nickte.

Jerome antwortete nicht, starrte mit zusammengezogenen Brauen in die Tiefe.

„Ich fahre dich zum Bahnhof", piepste Eva. „Um wieviel Uhr geht dein Zug?"

„Ein Uhr dreißig."

„Ich geb' dir Brote mit", sagte Ursula.

„Werde ein paar Zeilen an die ‚Nouveaux Artistes' schreiben", sagte Peter.

‚Jetzt spielen sie wieder zusammen im Kammerorchester', dachte ich.

*

Am nächsten Morgen war Jerome schon früh auf den Beinen. Er hatte unruhig geschlafen; einmal war ich aufgewacht, da hatte er am Fenster gestanden und in die Nacht hinausgesehen. Dann war er wieder lautlos in sein Bett gekrochen. Bald darauf hörte es sich an, als ob er sich aufgesetzt hätte und sich über mich beugte. Ich hielt die Augen fest geschlossen, hatte das Gefühl, daß er mich betrachtete. Dann hatte er sich wieder hingelegt.

Während er seinen Koffer packte, zog ich mich an und war auf dem Weg zur Tür, als er mich am Arm festhielt und mich zwang, ihn anzusehen.

„Laß mich gehen — es ist ja nur für ein paar Tage —"

„Ich lasse dich gehen."

„Du verdirbst es mir. Dein Gesicht verdirbt es mir."

Ich hatte mir fest vorgenommen, nicht zu sondieren, ihn nicht zur Rede zu stellen, zu warten, bis Anabel dasein würde — hörte mich dann trotz aller guten Vorsätze die Frage aussprechen, mit der ich mich seit dem Hôtel de la Muette täglich herumschlug: „Kannst du denn leben — ohne mich?"

Er ließ mich sofort los und drehte sich um. Alles verdorben.

Er ging zum Schrank, nahm ein Hemd heraus, faltete es zusammen, sagte mit trockener Stimme: „Ich kann ohne jeden Menschen leben — wenn ich muß. Das weißt du doch."

Nein, das wußte ich nicht, bildete mir ein, ich hätte eine Sonderstellung. „Aber ich muß ja nicht", fügte er hinzu, und da war wieder das alte, abwehrende Lächeln, „nicht wahr? Ich bin ja in ein paar Tagen wieder da."

Er legte das Hemd sorgfältig in den Koffer.

Ich verließ das Zimmer.

Es war erst acht Uhr früh, aber ein heißer Schirokko schlug mir ins Gesicht. Was jetzt? Essen, trinken, pflücken, schlafen — bis Anabel hier war. Drei Tage mindestens...

Ich stand in der Tür des Gästeschenkels, sammelte Energie, zur Terrasse hinüberzugehen. Dort leuchtete etwas in hellem Rot. Ursula und Eva waren sicher noch nicht wach. Besuch? Am liebsten wäre ich wieder ins Zimmer zurückgegangen, hätte mich auf mein Bett geworfen — aber da war Jerome. Und packte...

Ich setzte mich in Bewegung, Schritt für Schritt — der rote Fleck wurde größer — meine Sandalen knirschten auf dem Sand — der Fleck nahm Gestalt an, drehte sich um — Anabel.

Ich stand still.

Sie rief, und ich rannte. Fiel schluchzend neben ihr auf die Terrassenmauer.

Wie war das möglich? Wie hatte sie das fertiggebracht? Sie war doch noch gestern mittag in London gewesen — hatte sie etwa ein Flugzeug genommen?

„Ich hab' mich einfach in den Wagen gesetzt, in den kleinen Alfa — da drüben steht er —, und bin losgefahren. Auf gut Glück. War um sechs in Dover. Bekam eine Überfahrt um acht. Bin dann durchgefahren."

„Du hast nicht in Paris übernachtet?"

„Dann wäre ich ja nicht hier."

Natürlich. Blöde Frage.

„Bist du die ganze Nacht über gefahren?"

„Ja. Eben angekommen."

Ich forschte in ihrem Gesicht, fand keine Spur von Erschöpfung, im Gegenteil, sie sah hellwach aus, wie elektrisiert.

„Aber ein Frühstück könnte ich gebrauchen, habe seit gestern mittag nichts mehr im Magen."

Ich schüttelte mich wie ein Hund nach dem Bad, um meine fünf Sinne wieder in den Griff zu bekommen.

„Bleib hier, ich mach' es dir."

Sie lachte und stand auf.

„Deine Kochkünste kenne ich. Du darfst das Tablett herrichten."

Wir gingen in die Küche. Kein Wort, keine Andeutung, kein fragender Blick. Sie tat, als ob sie diesen Besuch immer geplant hätte, aus Spaß am Schnellfahren.

Sie setzte Wasser auf, schnitt Brot ab, stopfte sich ein Stück in den Mund, fand Kaffee, Milch, Zucker — ich, mit dem leeren Tablett in der Hand, sah ihr zu. Konnte kein Wort herausbringen.

Sie stand mit verschränkten Armen am Herd und sah aufmerksam in den Topf mit dem Wasser. Sagte über die Schulter:

„Ist er noch hier?"

Ich deutete stumm auf das Fenster. Dort ging Jerome langsam auf die Terrasse zu, sprang auf die Mauer, sah hinunter. Mein Herz begann laut im Hals zu klopfen. Ich setzte mich auf den Küchenstuhl. Anabel trat ans Fenster und betrachtete ihn, wie er dastand, mit dem Rücken zu uns, eine einsame Silhouette auf der langen Mauer. Dann sagte sie ruhig:

„Paß auf das Wasser auf. Laß es nicht überlaufen. Gieß es über den Kaffee, dort, in der Glaskugel. Ich gehe jetzt auf die Terrasse und spreche mit ihm. Mach alles auf dem Tablett fertig. Frühstück für drei, aber bring es erst, wenn ich rufe." Sie ging zur Tür, drehte sich noch einmal um: „Vergiß nicht, den Gashahn abzudrehen."

Ich stand wieder auf, trat ans Fenster, folgte ihr mit den Augen. Jerome hörte ihre Schritte, wandte den Kopf — sah sie und blieb wie versteinert stehen. Sie ging langsam auf ihn zu, ergriff im Vorbeigehen einen der Gartenstühle, die um den Tisch herumstanden, drehte ihn um und setzte sich ihm gegenüber. Ich konnte nur sein Gesicht sehen. Und ihren Rücken. Wieder der rote Fleck.

Ich wagte nicht, das Fenster zu öffnen, spähte wie ein Habicht, um aus seinem Gesicht abzulesen, was sie ihm sagte. Er drehte sich ganz ihr zu, stemmte die Hände in die Hüften, blieb auf der Mauer stehen, herausfordernd, gefährlich. Ich sah ihre Handbewegung, er solle sich doch setzen, aber er blieb, wo er war.

Soweit ich sehen konnte, hatte er noch kein Wort gesprochen. Er hielt den Kopf gesenkt, erinnerte mich an einen jungen schwarzen Stier, den ich in Madrid in der Arena gesehen hatte. Ob Anabel noch sprach? Es sah aus, als ob er auf etwas hörte.

Hinter mir ein zischendes Geräusch: Das Wasser war übergelaufen. Ich suchte nach einem Topflappen, war immer zimperlich, wenn es sich um heiße Töpfe handelte. Nahm schließlich das Küchenhandtuch, packte den Topfgriff mit beiden Händen und trug ihn wie den heiligen Gral zum Filterding. Goß das Wasser auf den Kaffee — es schwappte über, und ich sprang zur Seite. Fluchte, wischte den Boden mit dem Handtuch auf, hing es wieder an den Haken, schämte mich, gab auf — und lief wieder ans Fenster.

Anabel wandte den Kopf. „Wie weit ist das Frühstück?"

Großer Gott. Ich riß eine Schranktür nach der anderen auf, bis ich Tassen und Teller fand, zerrte wild alle Schubladen auf, um Messer und Löffel zu finden, lud alles auf das Tablett — kein Platz mehr für das Filterding — später! — öffnete die Tür mit dem Ellbogen und balancierte wie auf Eiern der Terrasse zu.

Anabels Gesicht, mir zugewandt, gab nichts preis. Eher hatte ich das Gefühl, sie sähe mich nicht.

Jerome sprang von der Mauer herunter und nahm mir das Tablett ab.

„Der Kaffee", stammelte ich, „einen Augenblick —"

Machte kehrt und lief in die Küche zurück. Hob die schwarzen Gabelfüße des Apparates — und setzte sie wieder hin, hielt mich am Tisch fest. Was war da los auf der Terrasse? Niemand hatte auch nur ein Wort zu mir gesprochen, aber ich hatte das Gefühl gehabt, ich sei in einen Taifun geraten, der mich wie einen Kreisel um mich selbst wirbelte. Was war da los auf der Terrasse? Was hatte sie zu ihm gesagt? Und dann nach dem Frühstück, also nach mir, gerufen? Ich konnte keinen klaren Gedanken fassen außer: Nicht auf die Terrasse zurückgehen. Hierbleiben.

Die Tür öffnete sich, und Eva steckte ihr verschlafenes Gesicht herein.

„Was ist denn hier los? Haben hier die Vandalen gehaust? Das stinkt ja nach Gas hier! Na, weißt du —“ Sie lief zum Herd und drehte den Hahn ab, wandte sich um und sah mein Gesicht. „Ist dir nicht gut? Warum weckst du mich nicht, wenn du Hunger hast?“

Ich schüttelte den Kopf und zeigte aufs Fenster.

„Nein!“ schrie sie erstaunt. „Anabel! Ist sie wieder gesund?“

Packte den Kaffeeapparat mit kräftigen, geübten Händen und lief lachend und rufend auf die Terrasse. Ich setzte mich wieder auf den Stuhl, sprach mir gut zu. So — jetzt war der Taifun vorbei. Ich sah durchs Fenster, wie Peter und Jean-Pierre ankamen — dann Ursula — Begrüßung, Umarmung — nichts mehr zu befürchten. Aber ich saß noch eine kleine Weile. Wollte meinem Schrecken nachspüren, ihn verstehen, loswerden.

Dann ging ich auch auf die Terrasse.

XXII

Was hatte sie zu ihm gesagt, auf der Terrasse, als sie den Stuhl nahm und sich hinsetzte, mit dem Rücken zu mir? Ich blätterte im Tagebuch, wußte ja, daß sie es nie nach Grasse mitnahm. Aber vielleicht hatte sie es später erwähnt?

Nichts.

Es gab nicht mehr viele Eintragungen. Vor dem Rest drückte ich mich — vorläufig.

Noch war ich nicht soweit. Meine Rückschau, meine Reise durch die Vergangenheit, war jetzt so angekurbelt, daß ich die verhängnisvollen Tage so intensiv und minutiös durchlebte, als läse ich in einem Tagbuch, das ich selbst geschrieben hatte. Jedes Gesicht, jedes Wort, das Licht, die Tageszeit — morgens, mittags, nachts —, alles war genau registriert und tauchte wieder auf. Nicht so hektisch und wahllos wie am Anfang, sondern planmäßiger. Und gründlicher.

Ich saß jetzt gern im Atelier in meiner Pose, ließ meine Gedanken laufen. Der vertraute Raum mit seinem Malergeruch, der Musik, der Gegenwart des stummen, formlosen Klumpens vor der Staffelei, all das löste eine balsamische Leere in meinem Gehirn aus, so daß das alte Geschehen sich ungestört breitmachen konnte. Es füllte mich so aus, daß ich immer aufs neue überrascht war, wenn die fünfzehn Minuten vergangen waren.

Die Malerin lobte mich: „Sie haben sich recht gut eingesessen. Könnten beinah ein Berufsmodell sein. Ich kann nur anständig schaffen, wenn mein Modell mitarbeitet. Und Sie sind so versunken in Ihre Erinnerungen, daß Sie jetzt ein Gesicht haben, das in meinen Poncho paßt. Indios sitzen auch so, stundenlang, kauen Coca. Oder auch nicht. Denken an etwas, was sie sättigt. So, wie Sie jetzt. Anabel gibt Ihnen viel zu knacken, was?"

Sie lachte, hatte aufgegeben, mich auszufragen.

„Sie sagten doch, sie kannten Dujardin", sagte ich eines Tages unvermittelt. „Was war das für ein Mann? Wie sah der aus — wie war er?"

Sie sah mich verdutzt an, überrascht von der Dringlichkeit meiner Frage. Legte den Kopf in den Nacken, nahm die Brille ab und dachte nach.

„Dujardin — als ich ihn kannte, war er um die Vierzig. Ein kleiner Mann, aber sehr gut proportioniert. Hielt sich gut, kerzengerade, aber nicht steif. Ein Seigneur. Schütteres Haar — dunkel, auch die Augen dunkel. Ein kräftiges Gesicht, sehr gutes Gesicht — groß; Augen, Nase, Mund, alles groß. Sehr dezidiert. Gute Stimme. Die

Hände — ja, gute Hände. Eigentlich interessierte er sich nicht für die Galerie, hatte sie gekauft, um etwas zu tun. Sein Vater hatte viel Geld, ließ ihn machen, was er wollte. Einmal hat er mir Sanskrit-Manuskripte gezeigt. Und illuminierte Bücher aus dem Mittelalter. Das war mehr als ein Hobby, da war er Fachmann. Der Louvre hat ihn manchmal zugezogen. Sie wollen natürlich wissen, wie Jeannine da hineinpaßte. Das konnte sich keiner erklären. Sie war seine zweite Frau, die erste starb. Mit der soll er gut gelebt haben, und Sie wissen ja, die alte Sache: Man versucht es noch einmal — und dann geht es schief. Als ich meine zweite Ausstellung bei ihm hatte, verschwand er plötzlich, von einem Tag zum andern. Kein Mensch wußte, wo er war. Klienten kamen — Leute wie van Dongen —, wollten mit ihm sprechen, ich hatte eine Wut auf ihn, denn ich konnte ja nicht selber über meine Bilder verhandeln, und seine Sekretärin war Käse. Eines Tages packte die aus — er hat sie später sofort rausgeworfen —, Jeannine sei in Barcelona bei einem Stierkämpfer, lebe mit ihm, ganz offen, in seiner Wohnung, säße in der Präsidentenloge, wenn er auftrat. Als er einesNachmittags beide Ohren und den Schwanz zugesprochen bekam, wurde das in der französischen Wochenschau gezeigt. Ich hab's nicht gesehen, aber man hat's mir erzählt. Es sei ganz deutlich zu sehen gewesen, wie Jeannine sich aus der Loge beugte und ihn umarmte, während das Publikum applaudierte. Am nächsten Tag war Dujardin verschwunden. Eine Woche später — in der letzten Woche meiner Ausstellung — war er wieder da. Ohne Jeannine, sagte die Sekretärin. Er sah aus, als hätte er am Kreuz gehangen. Die wildesten Gerüchte schwirrten herum: Er hätte Jeannine geschlagen, sie hätte ihn geschlagen — nachher stellte sich heraus, daß er den Stierkämpfer geschlagen hatte. Der trat einen Monat lang nicht auf. Jeannine pflegte ihn — und da haben sie wohl Zeit gehabt, sich kennenzulernen und zu langweilen, denn hinterher war sie plötzlich wieder da, so erzählte die Sekretärin. In der Galerie ließ sie sich nicht blicken. — Können wir wieder."

Gern. Ich hatte viel Neues zu verarbeiten, eine neue Klappe hatte sich aufgetan: Dujardin. Der war ja der Schlüssel gewesen, laut Anabel.

Langsam, langsam! Erst mal sitze ich noch beim Frühstück auf der Terrasse, am Tag, an dem Anabel vom Himmel fiel, und bewunderte sie, wie sie ganz selbstverständlich Evas Stichwort „wieder gesund" verstand und ihren Text parat hatte, von ihrer „mirakulösen Heilung" berichtete, sich aber nicht auf Einzelheiten einließ — noch wußte sie ja nicht, an welcher „Krankheit" sie angeblich gelitten hatte —, und wie sie schließlich das Thema mit englischer Nonchalance beendete: Über seine Leiden spricht man nicht.

Ob Jerome ihr das abnahm? Sein Gesicht schien mir blaß unter der Sonnenbräune, die schmalen Augen undurchdringlich. Er aß mit Konzentration und Appetit. Hob plötzlich den Kopf und sagte zu Eva — und scheinbar nur zu Eva: „Du brauchst mich nachher nicht zum Bahnhof zu fahren. Ich bleibe hier." Erstaunen, Befremden von seiten des Gurnemantz-Ensembles.

Peter protestierte: „Du solltest gehen. Es ist wichtig für dich. Hier ist der Brief an die ‚Nouveaux Artistes'. Anabel hat bestimmt nichts dagegen, wenn du ein paar Tage lang nicht hier bist. Wir werden uns schon um sie kümmern — nicht wahr, Anabel?"

Aber sie lächelte nur, lächelte entwaffnend, nickte unverbindlich. Die anderen merkten nichts, sprachen auf Jerome ein, forderten mich auf, ihm zuzureden — ich schwieg —, gaben erst auf, als er sagte: „Es muß ja nicht heute sein. Morgen ist auch noch ein Tag."

Bald darauf verabschiedete sich Anabel und ging ins andere Gästezimmer. Sie wolle sich „ein wenig ausruhen". Sie hatte natürlich nicht erwähnt, daß sie die Nacht durchgefahren war, das wäre ja auch unverständlich gewesen. Und verdächtig. Hätte jeden „Krankheitsbericht" über den Haufen geworfen.

Kluge Anabel. War allem gewachsen, hielt die Zügel fest in der Hand. Würde mich lehren, wie man das macht.

Die Terrasse leerte sich. Die Gurnemantz-Familie löste sich auf, ging den täglichen Pflichten nach. Jerome und ich blieben sitzen. Ich, weil ich nicht wußte, wo ich mit mir hinsollte, er, weil er mir etwas zu sagen hatte.

„Nun? Bist du zufrieden?"

Er nahm meine Hand, streichelte sie, beinah wie früher.

„Ja."

Das stimmte doch — ich durfte, mußte doch wohl jetzt „zufrieden" sein. Er ging nicht nach St. Tropez. Jedenfalls vorläufig nicht. Das hatte ich Anabel zu verdanken.

Er hatte scheinbar denselben Gedanken.

„Ein seltsamer Zufall, daß sie gerade heute früh hier ankam — nicht wahr?"

Er wußte also. Hatte sie es ihm gesagt? Egal. Besser — einfacher —, ihm die Wahrheit zu gestehen.

„Sie ist hier, weil ich sie gerufen habe." Er schwieg, meine Hand immer noch in seiner. Ich hielt den Augenblick für gekommen: „Sie hat ihren Freund verlassen, ist einfach auf und davon — nur weil sie mir helfen will. Der sitzt jetzt in London, allein!"

Er ließ meine Hand fallen, als hätte er sich verbrannt. Sprang auf die Mauer, mit dem Rücken zu mir, sah hinunter. Ich betrachtete ihn mit Genugtuung. Es hatte also doch Eindruck gemacht! Eine wahre Sturmflut der Liebe und Dankbarkeit für Anabel überschwemmte mich — aber er drehte sich plötzlich um und unterbrach grob jede weitere Schilderung ihrer Aufopferungsfähigkeit.

„Und du meinst, sie hat dir geholfen?“

„Du gehst nicht zu — du gehst nicht nach St. Tropez. Das hilft.“

Ich trat dicht an die Mauer heran und sah zu ihm hinauf. Er hockte sich hin, streckte die Hände aus und legte sie um mein Gesicht, sah mir dringlich, beinah flehentlich in die Augen.

„Man soll den Dingen ihren Lauf lassen. Unvollendete Sachen schwären — verstehst du, was ich meine?“

Ich schüttelte den Kopf. Das einzig Wichtige war, daß diese „Sache“ im Keim erstickt wurde. Aus den Augen — aus dem Sinn.

Jerome ließ von mir ab. Er ginge jetzt zu Madame Raquin, um nach St. Tropez zu telefonieren, abzusagen.

Damit ging er, und ich stand allein auf der Terrasse. Allein — und plötzlich von nagenden Zweifeln angefallen. „Den Dingen ihren Lauf lassen ...“ Was hatte er damit gemeint?

*

Heute war Markttag. Erntetag. Ich war froh, daß es etwas zu tun gab. Anabel war noch nicht wieder erschienen.

„Die Reise hat sie doch angestrengt“, sagte Ursula, die neben mir arbeitete, um aufzupassen, daß ich keine unreifen Pfirsiche pflückte. Keine Angst, heute war ich bei der Sache. „Sie darf noch nicht mit uns nach Nizza kommen.“

Das war ganz in Anabels Sinn. Sie kam zum erstenmal zum Vorschein, als wir bereits im Kerzenlicht bei Pernod und Mandeln waren, lehnte in etwas Langem, Weißem an der Pinie und sagte, sie hätte keinen Hunger, danke, wolle nur einen Kaffee. Kurz darauf, als ich mich der Pinie zuwandte, war sie wieder verschwunden.

Irgendwie war ich enttäuscht. Ich hatte doch überhaupt noch nicht mit ihr gesprochen, wollte so viel berichten, fragen — besonders das, was Jerome heute gesagt hatte, das mit den „Dingen ihren Lauf lassen ...“ Ärgerte mich über mich. Würde ich nie lernen abzuwarten? Würde ich immer als Wandervogel durch die Gegend brausen, um alles auf der Stelle abzuladen? Würde ich niemals erwachsen sein? Morgen war doch genug Zeit, alles zu besprechen. Wie lange wollte sie überhaupt hierbleiben? Sicher nur wenige Tage — und dann zurück zu Ferencsi.

Peter und Jerome wechselten einen Reifen am Lieferwagen aus. Eva erbot sich, Jean-Pierre ins Bett zu bringen. Ursula und ich lagen allein im Dunkeln.

„Wie gefällt dir Madame Raquin?"
„Gut", sagte ich.
„Könntest du sie dir als meine Schwiegermutter vorstellen?"
Schwiegermutter? Ich fand keine Antwort; sie erwartete auch keine.
„Sie weiß, was hier oben vorgeht. Wahrscheinlich wissen es alle hier in der Umgebung. Du siehst ja selbst, wie Eva sich aufführt. Bald wird sie behaupten, Jean-Pierre sei eigentlich *ihr* Kind. Madame Raquin hat einen Sohn, der Witwer ist — nein, nicht der Kranke, der andere. Sie möchte mich gern mit ihm verheiraten. Ich glaube, es ist ihr dabei weniger um mich zu tun als um Jean-Pierre. Sie hat einen Narren an ihm gefressen. Er soll einmal unsere Pfirsiche pflücken und ihren Wein bauen. Gar keine schlechte Idee."
„Ursula — ich weiß nicht, was hier oben vorgeht. Ich merke, daß etwas nicht stimmt, aber was —"
„Weißt du noch — unser Konzil, voriges Jahr? Ich bin seit Monaten wieder gesund, aber Eva sagt, Peter sei ihr Leben. Basta."
„Was sagt Peter dazu?"
„Warum fragst du nicht lieber, was *ich* dazu sage?"
„Ich glaube, ich weiß es."
„Ja?"
„Du wolltest, das Konzil hätte nie stattgefunden."
Sie stand auf und hockte sich auf die Terrasse. „Hier habe ich gesessen, nicht wahr? Genau vor einem Jahr. Also — wenn ich das Jahr wieder zurückdrehen könnte —" Sie brach ab, schwieg.
„Was würdest du tun?"
„Dasselbe. Es gab ja gar keine andere Lösung. Und jetzt darfst du mich fragen, was Peter dazu sagt. Peter sagt gar nichts. Er hofft, daß alles flexibel bleibt, verwandlungsfähig. Er sieht die Menschen noch vom Standpunkt des Bildhauers aus. Solange wir noch Ton sind, knetbar, ist nichts verloren. Am liebsten würde er uns nachts in nasse Tücher einwickeln, damit wir am Morgen noch weich sind."
„Du meinst, er kann sich nicht zwischen euch beiden entscheiden?"
Sie antwortete nicht.

*

Als wir morgens um fünf nach Hause kamen, fand ich einen Zettel auf meinem Nachttisch: „Habe lange genug geschlafen. Bin nach Cannes gefahren, Carlton Hotel, Freunde besuchen. Abends wieder da. Anabel."
Kein Wort wahr. Das wußte ich, noch während ich las. Aber wo war sie?

Trotz Enttäuschung und Gefühl der Verlassenheit fiel ich wie immer todmüde ins Bett. Wachte gegen Mittag durch ein knirschendes Geräusch an der Tür auf. Jemand — wahrscheinlich Jean-Pierre — versuchte, ein Stück Papier unten durch ins Zimmer zu schieben.

Jerome schlief noch. Ich stand lautlos auf. Ein Telegramm. Für mich. „Anrufe mich Hotel Albi St. Tropez Anabel."

Diesmal hatte ich Glück. Sah Jean-Pierre in der Regentonne angeln und entkam ungesehen in die Plantagen. Durch die untere Pforte, durch den Olivenwald zum gelben Würfel. Ein alter Renault stand vor der Haustür. Ein junger Mann mit hellem, krausem Haar schleppte Kisten voll leerer Flaschen aus dem Haus. Wahrscheinlich der Witwer. Das krause, dünne Haar erinnerte mich an seine Mutter. Er grüßte, betrachtete mich neugierig. Die Schauspielerin. Seine Mutter sei in der Küche, er würde sie holen. Ein Glas Wein? Nein, vielen Dank — große Eile.

Madame Raquin watschelte mit offenen Armen und gelbgefletschtem Gebiß heraus und küßte mich auf beide Wangen. Telefonieren? Wieder nach England? Nein, diesmal bitte nach St. Tropez, Hotel Albi.

„Albi? Die Nummer hab' ich", sagte Madame, „da ruft ja der junge Herr immer an. Voranmeldung?"

Anabel war in Jeannine Dujardins Hotel! Was wollte sie bei ihr ausrichten? Während Madame kurbelte, schrie und „Maclean" buchstabierte, sah ich wieder den Zitronenfalter auf Babs' Sofa sitzen, leicht mit dem Fuß wippen, wie es sich bei Schmetterlingen gehört.

„Voilà, Mademoiselle —" Sie drückte mir den Hörer in die Hand und schnaufte aus dem Zimmer.

„Anabel? Was um Gottes willen —"

„Hör mir zu. Ich warte schon seit Stunden auf deinen Anruf. Möchte abends wieder bei euch sein, weiß aber nicht, ob ich es schaffe. Deswegen wollte ich, daß du mich anrufst. Wenn ich bis acht Uhr nicht da bin, dann sorge dich nicht. Das heißt, ich übernachte hier und fahre morgen früh zurück. Sag den anderen, ich sei bei Freunden im Carlton Hotel in Cannes. Jerome darf nicht wissen, daß ich hier bin, verstehst du?"

„Was tust du denn dort? Sprichst du mit Jeannine?"

„Nein. Mit ihrem Mann. Er ist der Schlüssel."

Sie legte auf. Abrupt wie immer. Sie sagte niemals: „Auf Wiedersehen", legte einfach auf, wenn sie fertig war. Ließ einen immer mit dem Hörer in der Hand stehen. Auf meiner mit Dankbarkeit überzogenen Haut sproß ein winziger Protest-Pickel: Sie *machte* mich zum Kind. Mit Absicht.

Draußen wartete Madame. Bestand auf einem Glas Wein in der Laube. Während sie auf die Gebührenansage wartete, grübelte ich über die rätselhaften Worte: „*Er* ist der Schlüssel." Monsieur Dujardin. Was tat er in St. Tropez? War er plötzlich nach Paris zurückgekommen, hatte seine Frau nicht gefunden und war ihr auf der Spur?

*

Madame keuchte durch die Blätteröffnung. Der Schweiß stand ihr auf Stirn und Oberlippe. Sie riß ein Rebenblatt ab und trocknete das Gesicht. Es zerkrümelte, kleine dünne Blätterfetzen blieben am Kinn kleben.

„Sauber", sagte sie und fiel in ihren Stuhl, „nichts ist so sauber wie der Wein. Auch seine Blätter. Prost."

Aber bevor ich mein Glas heben konnte, teilte sich die Blätterpforte ein zweites Mal, und Ursula steckte den Kopf hindurch. Einen halben Meter unter ihr erschienen Jean-Pierres gelbe Stoppeln.

„Herein, herein!" rief Madame hocherfreut. „Jean-Pierre, hol Gläser — sag meinem Sohn Bescheid —"

Sie machte vergebliche Anstrengungen, sich zu erheben, um die lange Ursula zu umarmen, keuchte, schlug sich vielsagend auf die Brust und lief leicht bläulich an.

„Der Schirokko", sagte Ursula, „soll ich die Tropfen holen?"

Madame schnappte nach Luft wie ein Kabeljau auf dem Trockenen, schüttelte den Kopf, griff nach Ursulas Hand anstelle eines kühlen Wickels und drückte sie auf die Brust, direkt unter dem Kinn. Ursula, unglücklich in der gebückten Stellung, entzog ihre Hand und richtete sich zu voller Höhe auf.

„Hier", sagte sie und ergriff Madames Glas, „das Allheilmittel."

Die Alte wehrte ab. Die Augen quollen ihr noch immer aus dem Kopf, aber der Atem beruhigte sich.

„Es ist nicht der Schirokko", sagte sie zu mir, als riefe sie mich zum Zeugen an, „es ist die ewige Sorge. Ich mach's nicht mehr lange — und was wird dann hier?"

Ursula runzelte die Stirn. Sie wußte, es war für sie gemeint.

Jean-Pierre erschien, hinter ihm Marcel Raquin, von Madame formell vorgestellt. Vier Gläser wurden zeremoniell gefüllt — Jean-Pierre sah seine Mutter an —, das fünfte blieb leer.

„Auf die Gesundheit des Kindes", schnaufte Madame, die den Blick aufgefangen hatte. Wir tranken und sahen alle auf den errötenden blonden Stachelkopf, der sich verlegen an Madame hochrankte. „Du hast was am Kinn", sagte er und kratzte ihr behutsam die restlichen grünen Krümel ab. Madame schloß einen Augenblick lang selig die Augen, öffnete sie mit einem Ruck, sprach gebieterisch:

„Marcel, zeig doch Madame Gürman die neue Bewässerungsanlage. Das wäre auch was für Ihre Plantagen —"

Marcel, um einiges kürzer als Ursula, sah sehnsüchtig zu ihr hinauf. Ursulas Lippen zuckten. Sie wandte sich zu mir, als ob die anderen nicht existierten.

„Als wir den Berg kauften, damals, vor fünf Jahren, da hatten wir kein Geld für — so was. Peter zerbrach sich den Kopf — dann hatte er's. Er fuhr nach Toulon, wo die Flotte vor Anker lag, kaufte die alten Kabel, die nicht mehr gebraucht wurden, herumlagen — für Pfennige. Sie schenkten sie ihm, waren froh, sie los zu sein. Er schaffte sie zu uns herauf — Äskulapius schwitzte, kann ich dir sagen. Es sah aus, als schlängelten sich Riesenwürmer um unser Haus. Er flickte sie, einen nach dem anderen — und das ist noch heute unsere Bewässerungsanlage. Sie arbeitet gut, nicht wahr? Wir sind stolz auf sie. Aber vielleicht sollte man jetzt einiges verändern. Also, Monsieur Marcel — zeigen Sie sie mir. Es interessiert mich."

„Mich auch", rief das Kind und lief den Erwachsenen nach, sehr zum Kummer von Madame.

„Ein schönes junges Paar", sagte sie, bog die Rebenmauer auseinander und sah den beiden nach, Marcels Kopf in Ursulas Schulterhöhe. „Ich bin gegen Scheidung, ich bin katholisch", sagte sie streng und extra laut, als sei ihr Beichtvater in Hörweite, „aber in diesem Fall —"

Sie setzte die geballte Faust hart auf den Tisch, sah mich herausfordernd an, beugte sich vor und zischte: „Es ist nicht wahr, daß ich meinen Seligen verprügelt habe. Die Leute sagen das nur, weil er mickrig war und ich fett. Ich hätt's gern getan, aber ich konnte nicht. Wenn er betrunken war, hatte er Riesenkräfte. Nein, darum ging's nicht, Mademoiselle. Ich hab' ihn gehaßt, weil ich lauter Fehlgeburten hatte, alle ausgetragen — und dann lagen sie da auf der Bettdecke, ohne zu atmen, alle voll mit Alkohol — so kam's mir wenigstens vor. Und so sahen sie auch aus. *Deshalb* haßte ich ihn. *Deshalb* war ich froh, als er sich endlich die Radieschen von unten ansah. Habe nicht eine Träne vergossen bei seinem Begräbnis. Das haben sie mir nie verziehen. Man weint auf dem Friedhof, das gehört sich so bei uns. Aber als der Pfarrer sagte: ‚... und nun ist unser geliebter Bruder für immer von uns gegangen', da hab ich laut ‚Amen' gesagt. Sehen Sie sich die zwei an, die am Leben geblieben sind, Mademoiselle, oben sitzt einer, der nicht sprechen kann, und der da draußen, Marcel, der ist — Dieu merci — soweit ordentlich und ein guter Sohn, aber Kinder kann er nicht haben, sagt der Doktor. Na ja —" Ihre Stimme wurde leiser, als wiederholte sie zum hundertsten Mal den Satz, den sie täglich in der grünen Laube zu sich sagte: „Das wäre ja nun kein Problem, wenn wir Jean-Pierre hätten. Verstehen Sie, Mademoiselle?"

Ich verstand, hatte aber keine Lust, Verständnis zu zeigen, stand auf.

„Nur das Kind ist auf meiner Seite!" rief Madame verzweifelt.

„Jean-Pierre? Sie wollen sagen, daß er seinen Vater auswechseln möchte?"

Madame schlug mit der Hand in die Luft, vertrieb meine Frage wie eine Stechmücke.

„Mais non, mais non! Nicht wechseln — sein Vater ist ja nebenan. Er kann ihn ja jeden Tag besuchen. Aber", sie holte tief Atem, und ihre Stimme schwoll drohend an, „er wird dann nur *eine* Mutter haben, seine eigene: Madame Gürman!" Sie sah vielsagend zu mir auf, fletschte blitzschnell die Zähne und fügte hinzu: *„Und* eine Großmutter!"

*

„Schluß!" rief die Malerin und lachte. „Wissen Sie, daß Sie dreißig Minuten gesessen haben? Sie haben so in sich hineingestiert, daß ich nicht unterbrochen habe. Haben Sie's gemerkt?"

Ich hatte nichts gemerkt, stand noch in der grünen Laube...

Als ich die Ateliertüre öffnete, um nach Hause zu gehen, rief sie mir nach: „Da fällt mir noch was über Dujardin ein: Er soll lange Zeit in Indien verbracht haben, schon vor dem Krieg. Yogi oder Yoga — wie immer das heißt..."

XXIII

Anabel — als sie am folgenden Mittag endlich von St. Tropez zurückkam — erzählte mir erst einmal nur, was meine dringlichen Fragen aus ihr herauskratzten. Ich mußte mich bis nach dem Mittagessen gedulden. Dann winkte sie mir, und, statt Siesta zu halten, gingen wir spazieren, um den anderen zu entgehen.

Es war zu heiß, um zu laufen, auch im Schatten des Olivenwaldes. Unten am Bach fanden wir ein paar große flache Steine, auf denen man sitzen und die Beine ins Wasser hängen lassen konnte.

„Also?“ Bis jetzt wußte ich nur, daß sie in der ersten Nacht am Strand gesessen hatte — während wir in Nizza auf dem Marktplatz waren, nur ein paar Kilometer entfernt. Am Morgen war sie aufgebrochen, hatte Hotel für Hotel abgeklappert, bis sie im „Albi“ endlich Madame Dujardin auf der Gästeliste fand.

„Also?“ Das Wasser kühlte meine Beine, nicht aber meine Ungeduld.

Sie saß steif aufrecht, in Bluse und kurzer Hose, ließ die langen weißen Beine im Wasser treiben. Sie lag nie in der Sonne, blieb immer weiß.

„Der Portier rief in ihrem Zimmer an. Keine Antwort.“ Sie brach einen herabhängenden Weidenzweig ab und scheuchte die Mücken fort.

„Was wolltest du eigentlich von ihr?“

„Ich wollte sie mir ansehen. Vielleicht — mir ihr sprechen, vielleicht auch nicht. Ich hatte keinen vorgefaßten Plan — ging meiner Nase nach. Du verstehst so was nicht. Du hast, glaube ich, gar keine Nase.“

Ein neuer Protest-Pickel entwickelte sich — aber ich beschloß, meine Nase nicht zu verteidigen.

„Und dann?“

Sie ließ den Weidenzweig sinken und lächelte mich an.

„Der Portier sagte, Madame Dujardin sei mit einer Freundin hier, vielleicht wüßte die Bescheid —“

„Welche Freundin?“

„Eine Frau Siodmak.“

Damit hob sie die Weidenrute wieder und schlug methodisch und gezielt im Halbkreis um sich. Schmale, lange Weidenblätter flogen aufgeregt durch die Luft, senkten sich und landeten zögernd auf der Wasseroberfläche, als wüßten sie, was ihnen bevorstand: der tosende Strudel bachabwärts — bis zum Ertrinken.

Schlug sie nach Jerome, nach Jeannine — oder nach mir?

Also Babs. Babs hatte Jeannine nach St. Tropez begleitet. Oder umgekehrt. Wußte Anabel von Babs' früherer Beziehung zu Jerome? Hatte ich es ihr erzählt? Ich konnte mich nicht mehr erinnern.

Anabel warf die leere Rute den Blättern nach, sah zu, wie sie hier und da hängen blieb, endlich um die Biegung verschwand. Als wollte sie mir Zeit geben, die Nachricht von Babs' Anwesenheit zu verdauen.

„Wußtest du, daß ich Babs kenne?"

„Sie hat es mir erzählt. Sie hat mir auch von Jerome erzählt. Amüsante Person. Hat einen Mordsspaß am Leben. Tut nur, was ihr gefällt — oder vielleicht gefällt ihr, was sie tut. Tun muß. Kann mir nicht vorstellen, daß sie lange klagen würde, was auch immer geschähe. Spielkarten gibt's überall, und solange sie Patiencen legen darf, kann ihr nichts passieren."

„Ihr habt euch schnell angefreundet."

„Auf den ersten Blick. Sie ließ mir sagen, ich solle doch einen Moment heraufkommen — vielleicht dachte sie, du bist es, unter falschem Namen! Ich machte die Tür auf — da saß sie im Bett, sah aus wie ein schwarz-weißes Osterei, legte Patiencen auf dem Frühstückstablett. Die Hände! Habe noch nie so nutzlose Hände gesehen. Die Karten klebten wie Briefmarken an den Fingern. Kann sie überhaupt etwas anfassen? Sie war erstaunt, daß ich wußte, Jeannine sei hier, wollte wissen, was ich von ihr wollte. Ich sagte, ich sei auf Besuch bei den Gurnemantz' mit euch beiden — da hat sie beinah das Tablett umgeworfen."

Anabel schwieg einen Moment, hob die Füße aus dem Wasser, ließ sie wieder fallen, tauchte sie auf und unter, lächelte in sich hinein. Das Plätschern ging mir auf die Nerven.

„Und?"

„Wir sprachen von dir, von Jerome — da klingelte das Telefon. Der Portier. Ob Jeannine zurück sei. Wann sie wiederkomme. Es sei ein Herr unten, der sie sprechen wolle. Sie hielt die Hand über die Sprechmuschel und flüsterte aufgeregt: ‚Jerome ist da!' Fragte aber doch zur Sicherheit: ‚Wer ist der Herr?' Und dann —"

Anabel hörte auf zu lächeln, zog die Beine aus dem Wasser, verschränkte die Arme über den Knien, starrte vor sich hin, sprach so leise, daß ich sie kaum verstehen konnte über dem Gurgeln des Baches.

„Dann ging das Gesicht dieser Frau aus den Fugen, das Kinn sackte einfach ab, fiel in die Spitzen ihrer Bettjacke. Ich dachte mir, zu wem spricht sie? Ist was passiert? Was hat sie so aus der Fassung gebracht? Jerome konnte es nicht sein. Also wer? Dann sammelte sie sich, hob das Kinn wieder hoch, sagte so gelassen wie möglich zum Portier: ‚*Monsieur* Dujardin? Ja, natürlich spreche ich mit ihm.‘ Mich hatte sie vergessen, starrte angestrengt auf die Karten auf dem Tablett, wartete, bis dieser Monsieur unten in die Telefonkabine ging. Ich sah, wie sie sich vorbereitete, herumsuchte, allerlei Möglichkeiten erwog, wieder verwarf — und dann sagte sie heiser: ‚Jean? Ja, wie geht's denn? Was tun Sie hier? Woher wissen Sie, daß wir hier sind?‘ — Das alles in einem Atemzug. Dann hörte sie einen Augenblick zu und lachte etwas gequält. ‚Ach, der Oppele hat's Ihnen gesagt! Das ist aber schön. Natürlich. Warum auch nicht — es ist ja kein Geheimnis — Jeannine ist schon am Strand — ich werd's ihr sagen, sowie sie kommt — in welchem Zimmer sind Sie? Nummer 52. Ich schreib's auf.‘ Dann rief sie noch schnell, sie hoffe ihn zum Drink zu sehen — aber ich hörte am Summen des Telefons, daß er schon aufgelegt hatte. Sie rief dennoch: ‚Also dann auf Wiedersehen, Jean —‘ in die leere Luft, bevor sie auflegte.“

*

Sechs Jahre später, nach dem Krieg, hat Babs mir *ihre* Version dieser Szene erzählt. Wir saßen ebenfalls am Wasser, aber nicht auf Steinen an einem Bach unter Weiden, sondern in gepolsterten Liegestühlen am knallblauen Swimmingpool in Hollywood. Oppele hatte es auch in Hollywood „geschafft“, machte erstklassige Filme, die alle — außer Babs — bewunderten. „Ich kann deine Filme nicht ausstehen“, sagte sie zu ihm, und er lachte. Aber sie führte ihm das dazu passende Prachthaus, elegant und gemütlich, Dauerrefugium der Emigranten, der erfolgreichen sowohl wie der lahmen Enten.

Aber trotz des neuen Nerzmantels und der Orangen im Garten fehlte Babs der Anker ihres Lebens: das Café. So etwas gab es nicht in Hollywood. Vielleicht, weil es keine Fußgänger gab — alles fuhr im Auto —, und zu einem Café gehören Passanten, die von den Café-Sitzern kommentiert werden. Und so seufzte sie: „Wo ist mein Paradies? Mein Kaffeehaus! Da ist man nicht zu Hause — und doch nicht an der frischen Luft!“

Statt dessen saß sie mißmutig an ihrem Pool, stieg auch manchmal widerwillig hinein und „schwamm“. Nicht etwa liegend, sondern aufrecht stehend, das Wasser mit langsamen Bewegungen teilend, den Kopf hoch in der Luft, à la Frau Kommerzienrat.

Ich weiß nicht mehr, wie wir auf das Thema St. Tropez kamen, wahrscheinlich sprachen wir von Jerome.

„Ei — das war ein Tag, als deine Freundin plötzlich zu mir ins

Zimmer platzte! Ich hatte gemeint, *du* bist unten, als der Portier sagte, eine Dame wollte Jeannine sprechen — und dann erschien diese Person mit den Augen! Ich hab' vor Schreck ganz falsche Patiencen gelegt, sie sind nicht aufgegangen, der ganze Tag war schiefgewickelt. Sie hat geglaubt, sie könnte mich aushorchen — und dann hat Jean Dujardin angerufen — Jean war ein alter Freund von mir —, er war gerade aus Indien angekommen und wollte uns ein paar Tage Gesellschaft leisten, Jeannine und mir. Rührend. Er war immer sehr anhänglich. Und während ich mit ihm sprach, da merkte ich, wie diese Person — wie hieß sie noch gleich?"

„Anabel Maclean."

„Wie die mich auffraß mit ihren schwarzen Augen. Was will die bloß, hab' ich mich gefragt, was tut die hier? Die hat doch was im Schilde! Dann hab' ich zu ihr gesagt: ‚Vielleicht kommen wir euch mal besuchen, Jeannine und ich.' Ich kannte ja die Gurnemantz' aus Paris — und da hat sie doch die Frechheit gehabt zu sagen: ‚Lassen Sie das bleiben. Sie haben schon genug Unheil gestiftet —' Und damit war sie aus dem Zimmer. Ich wollte ihr nach, wollte wissen, was sie meinte mit ‚Unheil stiften' — ich hab' doch nur Jeannine begleitet, damit sie nicht so allein ist, wir sind öfters mal ein paar Tage nach St. Tropez gefahren — aber die Karten fielen durcheinander, die mußte ich erst in Ordnung bringen. Den ganzen Tag hab' ich im Hotel herumgeschaut — aber sie war weg. War das wirklich eine Freundin von dir?"

*

Aber Anabel war nicht weg. Sie blieb im Hotel. Den ganzen Tag und auch die folgende Nacht. Sie hatte was im Schilde, wie Babs ahnte: Zimmer Nummer 52.

„Ich klopfte. Niemand rief ‚Herein', aber die Tür war unverschlossen. Als ich eintrat, überfiel mich ein ganz seltsames Gefühl. Ein Salon, riesig, leer. Die Balkontür stand offen. Ich ging quer durch das Zimmer, auf Zehenspitzen — weiß nicht, warum. Wollte ich den Mann überfallen? Er saß auf einem Stuhl im Schatten, mit dem Gesicht zu mir, zeigte nicht das geringste Erstaunen, als ich plötzlich in der Balkontür stand. Er wartete doch auf Jeannine, aber ich dachte: Er wartet auf *mich.*"

Sie überlegte eine Weile, bevor sie weitersprach.

„Ich kann es dir nicht beschreiben — dieses Gefühl. Ich habe eine ganze Reihe von Männern gekannt, bevor ich Bill traf, bildete mir ein, ich könnte sie auf Anhieb einteilen. Wußte immer sofort, ob jemand in Frage kam oder nicht oder gar gefährlich werden könnte.

Aber dieser Mensch war etwas ganz anderes, war viel gefährlicher als gefährlich, war Magnet und gleichzeitig unnahbar — und ich trat in sein magnetisches Feld, als ich da in der Balkontür stand. Ich kann dir nicht einmal beschreiben, wie er aussah, obgleich ich ihm viele Stunden gegenübersaß. Seine Arme lagen auf der Stuhllehne, die Hände hingen schlaff herab, er machte den Eindruck, als sei kein Leben in ihm — und zu gleicher Zeit knisterten Wellen um ihn herum oder kamen von ihm zu mir, als sei ich an einen elektrischen Apparat angeschlossen. ‚Willkommen', sagte er, ohne sich zu rühren. Ich trat in die Sonne hinaus und setzte mich auf den anderen Stuhl. Alles, was ich tat, war eine Anstrengung und zu gleicher Zeit unter Zwang. Es mußte so geschehen. ‚Ich heiße Anabel Maclean', sagte ich. Er nickte. Als wüßte er, daß ich seinen Namen kannte. ‚Ich bin hergekommen, um mit Ihrer Frau zu sprechen —' Er nickte wieder. Mehr hatte ich nicht zu sagen. Mein Kopf war leer. Ich dachte nur: ‚Gut, daß ich meinen Namen gesagt habe, denn jetzt weiß ich ihn nicht mehr. Wie heiße ich? Wer bin ich?' Ich konnte mich nicht mehr erinnern, saß aufrecht, sah ihn, sah ihn nicht, sah das Meer, sah es nicht — hast du einmal eine Narkose gehabt? Es war genauso wie die letzten paar Sekunden, bevor man verlischt. Man weiß noch alles, fühlt noch alles — kann's aber nicht anwenden. Doch — etwas wußte ich, fühlte ich: Ich wollte seine Stimme hören, er hatte ja nur das eine Wort ‚Willkommen' gesagt. Ich weiß nicht, wie lange ich dasaß und wie lange wir schwiegen."

Sie drehte sich zu mir um und sah mich an, als hätte ich gerade etwas Unheimliches gesagt: „Hypnose? Bist du jemals hypnotisiert worden?"

„Nein. Ich hab' Angst vor so was. Einmal, in Paris, bei Freunden, da war ein Hypnotiseur. Aber ich hab' nicht mitgemacht, hatte Angst, ich könnte für immer einschlafen."

Sie wandte sich wieder von mir ab und starrte in den Bach. Ich auch. Das veränderlich gleichbleibende, gekräuselte Spiegelbild von Weiden und Himmel hatte seine eigene, sanft hypnotisierende Wirkung. Man konnte nicht dasitzen und einfach woanders hinschauen. Unweigerlich senkte sich der Blick zum Bach und blieb hängen.

„Dann hat er gesprochen, aber ich kann dir nicht genau sagen, was es war. Keine Geheimniskrämerei — ich weiß es einfach nicht. Versuche schon die ganze Zeit, es festzunageln. Es hatte etwas damit zu tun, daß er mit mir sprechen wollte — aber nicht gleich. Später. Ich sagte, er müsse unbedingt wissen, daß Jeannine — daß Jerome — daß du — aber ich stotterte und verlor den Faden, wußte nicht mehr, warum ich gekommen war. Etwas zwang mich aufzustehen und durch die Balkontür und durch den großen Salon hinauszugehen. Ich hatte vorher ein Zimmer reserviert. Hab mich aufs Bett gelegt. Hatte einen einzigen festen Gedanken: Nachmittags um fünf will er mich wiedersehen, oben auf dem Balkon. Das heißt, er befiehlt es mir. Bis dahin — schlafen."

*

Babs, auf den weichen Polstern am Pool in Hollywood, berichtete von Jeannines Rückkehr vom Strand an diesem Morgen — während Anabel schlief. Die Verbindungstür zu ihrem Schlafzimmer sei aufgestoßen worden — und da stand der Zitronenfalter, lachend, verschwitzt, Sandspuren an den Beinen, die gelben Haare wie feuchtes Stroh.

„Jean ist hier", sagte Babs. Jeannine lachte nicht mehr, lehnte verdrossen in der Tür.

„Ausgerechnet jetzt", murrte sie, „konnte er nicht ein paar Tage länger bleiben, wo immer er zum Teufel war? Drei Monate verschwunden — ich dachte schon wer weiß was — wer hat ihm das verpetzt, das mit Jerome? Bestimmt sein Sekretär Roger, das hinterhältige Schwein." Dann lachte sie plötzlich wieder. „Vielleicht gibt's noch mal eine Keilerei wie damals in Madrid. Du solltest Jerome warnen. Jean ist Linkshänder, mit einem Totengräber-Uppercut. Rodriguez hat ein Blumenkohl-Ohr zum Andenken. Also los. Dann hab' ich's hinter mir." Babs hörte sie im Badezimmer „Auf in den Kampf, Torero..." pfeifen.

Eine halbe Stunde später stand sie wieder in der Tür, gebadet, frisiert. — „Nummer 52? Okay. Ich werd' ihm einfach sagen, er soll sich zum Teufel scheren. Das könnt' ihm so passen — kommt plötzlich hereingeschneit und haut meine Freunde zusammen —"

„Sei vorsichtig", sagte Babs, „meine Patience ist nicht aufgegangen."

„Merde auf deine Patience", sagte Jeannine, und Babs hörte, wie sie pfeifend den Gang entlangging. Erst dann sei ihr eingefallen, daß sie Jeannine von dem seltsamen Besuch dieser Person hätte berichten sollen...

Seufzend hatte sie die Karten endgültig für diesen Tag aufgegeben, hatte sich angezogen und war zum Hotelfriseur gegangen. Als sie zurückkam, fand sie Jeannine in ihrem Zimmer.

„Was ist passiert?" rief Babs.

Jeannine hatte ihr ein weißes, zerbrechliches Gesicht zugewandt, der Mund stand offen, die Augen irr vor Angst. Kein Zitronenfalter mehr, ein Kohlweißling, abgekämpft, am Abend seiner kurzen Lebensdauer.

„Was ist passiert?“ wiederholte Babs. „Hat er dich geschlagen?“
Jeannine schüttelte den Kopf.

„Das wäre besser gewesen“, flüsterte sie, „selbst ein Blumenkohl-Ohr wäre besser gewesen — man kann's unter dem Haar verstecken.“

„Nun sag schon — was hat er getan?“

„Getan? Nichts.“ Sie ging zum Bett, fiel der Länge nach auf die Decke, als sei sie viele Kilometer gelaufen. „Du kennst Jean — aber du würdest ihn nicht wiedererkennen. Er ist völlig verändert, er —“ Die Stimme versagte.

Babs setzte sich zu ihr auf das Bett.

„Das hab' ich bereits heute früh am Telefon gemerkt. Er sprach ganz merkwürdig —“

Jeannine erholte sich langsam, die Farbe kehrte ihr wieder ins Gesicht zurück. Sie hielt Babs' Hand, die Botticelli-Hand, als sei sie eine stählerne Stütze. Berichtete.

Pfeifend sei sie in Nummer 52 einmarschiert, ein leerer Salon — aber etwas habe sich um ihre Gurgel gelegt und sie gewürgt, so daß ihr Pfiff erstickte. Erst habe sie gedacht, sie sei zu weit hinausgeschwommen am Morgen, denn auch die Beine seien plötzlich wie aus Blei gewesen. Sie habe alle Kraft anwenden müssen, um zur Balkontür vorzudringen. Jean habe im Schatten auf dem Balkon gesessen. Der Schatten sei so dunkel gewesen, daß sie ihn kaum erkennen konnte — dabei war es doch hellichter Mittag! Er hatte sie nicht begrüßt — obwohl er sie seit drei Monaten nicht mehr gesehen hatte —, sie nicht aufgefordert, sich hinzusetzen. Sie habe es trotzdem bis zum Stuhl geschafft, der leer in der Sonne stand. Wahrscheinlich war es die Hitze, aber sie sei außer Atem gewesen, ausgetrocknet, habe nur mit größter Anstrengung sagen können: ‚Hallo, Jean —‘ ‚Was tust du hier?‘ sei ihr in der Kehle steckengeblieben.

An diesem Punkt ihrer Erzählung stand Babs auf und spazierte am Bassin hin und her. Sie könne nicht mehr stillsitzen, es sei noch in der Erinnerung zu aufregend. Schließlich blieb sie vor mir stehen.

„Glaubst du an solche Dinge?“

„Was für Dinge?“

„Na — solche jenseitigen Sinneswahrnehmungen.“

„Ich bin zu prosaisch. Alt-etablierte Geister fliehen, wenn ich ein ‚spukendes‘ Gemach betrete.“

„Ei nicht doch! Keine Geister, sondern außerordentliche Kräfte, die der Mensch sich aneignen kann —“

„Voodoo in Haiti?“

„Oder Fakire in Indien.“

„An die muß man ja glauben, man sieht doch mit eigenen Augen, wie sie dasitzen und die Arme monatelang zum Himmel heben wie abgestorbene Äste —“

„So was“, sagte Babs. „Er — Jean — hat dann gesprochen, aber Jeannine konnte sich nicht an seine Worte erinnern, nur an den Sinn — ungefähr. Der war unmißverständlich: Er wolle sie nur noch ein einziges Mal wiedersehen, und zwar am Abend. Aber nur kurz. Sie dürfe nur ja oder nein sagen. Müsse auf jeden Fall mit dem Frühzug nach Paris verschwinden, ihre Sachen in der Wohnung packen, die Wohnung verlassen. Roger werde dabeisein. Scheidung. Wenn sie auf seine Bedingungen eingehe, dürfe sie ihren Schmuck aus dem Safe holen. Würde außerdem monatlich dreitausend Francs erhalten, genug, um zu leben. Mehr nicht. Wenn sie auf die Bedingungen *nicht* einginge, müßte sie auf alles verzichten —“

„Die Bedingung? Was für eine Bedingung?“

Jeannine hatte sich aufgesetzt und voller Haß vor sich hingestarrt.

„Ich versteh's nicht“, hatte sie immer wieder gesagt. „Wenn er mich nicht wiedersehen will, dann kann's ihm doch egal sein.“

„Was? Was?“ hatte Babs gerufen und endlich ihre Hand aus der eisernen Umklammerung befreit. Jeannine brauchte keine Stütze mehr, sah wieder aus wie sonst, lachte vor sich hin, haßerfüllt, etwas irre, aber sie lachte.

„Er ist eben doch nur ein kleiner Mann — was er auch in Indien gelernt hat, gewachsen ist er nicht! Er war immer ein Spielverderber.“ Sie vergrub die Hände in den Haaren, schüttelte sich vor Lachen. „Seine Bedingung — die Rache des kleinen Mannes — seine Bedingung — —“

Sie schrie, konnte nicht mehr aufhören. Babs lief ins Badezimmer, holte ein Glas Wasser, schüttete es ihr ins Gesicht. Sie protestierte nicht, hörte auf zu schreien, wischte sich das Gesicht, kicherte vor sich hin.

„Seine Bedinung: *Ich darf Jerome nicht wiedersehen!*“ Babs blieb stumm, hatte Schlimmeres erwartet. „Bitte sehr!“ rief Jeannine laut, als sei Dujardin noch im Zimmer, „von mir aus! *So* wichtig ist mir der Junge nicht. Schade — er hatte was, aber darüber werde ich schon wegkommen. Nur — Jean hat die Rechnung ohne den Wirt gemacht! Schließlich hat Jerome auch noch was zu sagen, *ihn* kann er nicht herumkommandieren. Vielleicht will *er* mich nicht aufgeben! Dafür kann ich ja nichts, nicht wahr? Jerome ist es egal, ob ich Geld hab' oder nicht. Mir nicht, mir ist es nicht egal — ich war zu lange arm —“

*

Es wurde immer schattiger unten am Bach, das Wasser beinah zu kalt. Nur die Steinblöcke, auf denen wir saßen, strömten noch Hitze aus. Anabel hatte die Augen geschlossen, als läge sie im Hotel Albi auf dem Bett und schliefe, wie es Monsieur Dujardin befohlen hatte.

„Kurz vor fünf wachte ich auf, begab mich ins Zimmer 52. Der Salon und der ganze Balkon lagen jetzt im Schatten. Er saß an derselben Stelle. Ich hatte das Gefühl, daß er sich nicht gerührt hatte, seit ich ihn am Morgen verließ. Auch diesmal wieder das seltsame Zerren, das ich bereits im Zimmer spürte, dann, auf dem Balkon, noch stärker. Als ob mich etwas an den Haaren vorwärtszöge — aber es tat nicht weh, war sogar angenehm, ähnlich, wie wenn man sich am Meer von starkem Wind treiben läßt. Der Stuhl, auf dem ich am Morgen gesessen hatte, stand jetzt nahe bei seinem. Es steuerte mich unaufhaltsam zu diesem Stuhl. Ich setzte mich, und er lächelte. Wie soll ich dir dieses Lächeln beschreiben? Ich fühlte mich so wohl, so friedlich wie schon lange nicht mehr." Sie schwieg, horchte in sich hinein. „Es ist immer noch da, dieses Gefühl. Nicht mehr ganz so weich und ausgebügelt, aber ich weiß noch genau, wie es war. Ich war zwölf, als meine Mutter starb. So weit muß ich zurückdenken, um etwas Ähnliches zu empfinden. Dann ließ er mich sprechen, weil es so war wie in der Bibel. Der Herr sagte: ‚Sprich!' Und man sprach — wer immer die Ehre hatte.

Ich erzählte von Jerome, da hob er die Hand — ich mußte wieder an die Bibel denken —, er wußte! Ich brauchte ihm nichts mehr zu sagen. Ich glaubte ihm, obgleich ich's mir nicht erklären konnte. Vielleicht hatte er Jeannine inzwischen gesehen — er erriet meine Gedanken und nickte. Ja, er hätte sie gesehen. Aha. Daher also. Er sah mich an und lächelte wieder. Diesmal meinte ich, jemand massierte sanft meinen Rücken, strich leise über mein Rückgrat — bis jeder Nerv antwortete. Deshalb konnte ich von dir erzählen. Er hörte zu. Ich habe noch nie jemanden so zuhören sehen. Alles, was ich sagte, fiel in einen tiefen Brunnen, sandte ein Echo an die Oberfläche. Dinge kamen mir in den Sinn, von denen ich eigentlich nichts wußte, aber ich hörte mich sie aussprechen. Vieles wurde klar. Manches war schlimm — und blieb schlimm. Er antwortete nicht, er nickte nicht, er verstand alles."

„Hast du ihm von Ferencsi erzählt?"

Hatte sie mich gehört?

„Ferencsi", wiederholte ich, „hast du ihm erzählt?"

Das Gesicht, eben noch ganz offen, verschloß sich. „Ja, ich habe es ihm erzählt."

„Was hat er gesagt?"

Sie ließ die geraden Wimpern über die Augen herab wie ein Juwelier die eisernen Rolladen, um sein Hab und Gut vor Einbrechern zu schützen. Jetzt würde sie lügen. Ich hörte kaum, was sie sagte.

„Er hat keinen Kommentar gegeben — oder Ratschläge erteilt. Er sprach dann von Jerome —“ Ich hörte wieder zu. „Er hat sich die drei Leinwände, die Jerome in Paris in der Galerie gelassen hat, angesehen. Sie seien gut. Er würde ihm eine Ausstellung geben —“

Ich sprang auf, packte sie an den Schultern, vergaß alles, was sie gesagt hatte, hörte nur: „Ausstellung für Jerome in der Dujardin-Galerie“, schüttelte sie, wütend, ekstatisch. „Das sagst du jetzt erst? Das ist doch — das ist —“

„Warte. Die Sache hat einen Haken.“

Sie befreite sich von meinem Griff, strich sich mit der Hand über die Stirn.

„Jerome kann in der Dujardin-Galerie ausstellen — und zwar schon bald, im Oktober —, wenn er sich verpflichtet, Jeannine nie wiederzusehen und nicht in Verbindung mit ihr zu bleiben. Sie ist heute abgefahren.“

Das sollte ein „Haken“ sein? Die Ausstellung — *und* Jeannine aus dem Weg? Ich stürmte auf sie ein, schrie, weinte vor Seligkeit, schämte mich. Vielleicht war mir etwas entgangen? Lauerte da irgendwas? Hielt sie noch mit etwas zurück?

„Anabel — was ist der ‚Haken‘?“

„Was, meinst du wohl, wird Jerome sagen?“

Ich setzte mich wieder hin, dachte nach, fragte ihn in Gedanken.

„Er — wird annehmen.“

„Du wirst es ihm sagen.“

Ich schwieg. Ach so. Das war der Haken.

„Kann Dujardin es ihm nicht sagen?“

Sie schüttelte den Kopf.

Ich stand wieder auf, ging ein paar Schritte, starrte ins Wasser, sah nichts als den Haken.

Dann kam ihre Stimme, die dürre Stimme.

„*Ich* werd’s ihm sagen.“

XXIV

Ich wollte nur eins wissen: Wann würde sie es ihm sagen? Wie lange würde sie mich zappeln lassen?

Ich traute mich nicht, anzutippen. Die alte, federleichte Vertraulichkeit war verschüttet. Wie war das gewesen, noch vor ein paar Wochen, als ich in London dem gelben Ohrensessel gegenübersaß, alles, was mich bedrückte, über sie ausgießen konnte, ohne nachzudenken, ohne den geringsten Zweifel, daß sie verstehen, mitfühlen, sofort beistehen würde? Jetzt bewegte sie sich in einer Atmosphäre des Schweigens — oder, besser, der Entrückung. Sie war weit weg von mir, von uns allen.

*

Als wir gegen Abend aus dem Olivenwald den Hügel hinaufstiegen, fanden wir die drei Gurnemantz' und Jerome auf der Terrasse, formell auf Stühlen. Ihnen gegenüber ein junger Mann mit Brille und fliehendem Kinn, daneben eine Frau, trotz Hitze in Rock und Strümpfen, ebenfalls mit Brille und ohne Kinn: Monsieur Vallé und seine Schwester, Partner in einer Gemäldegalerie in Nizza. Peter hatte sie eingeladen, hatte ihnen Jeromes Leinwände gezeigt. Sie sprachen vom politischen Engagement der Kunst. Olivenbäume, Zigeuner, Fremdenlegionäre paßten da nicht hinein.

Eva redete eifrig, Peter strengte sich an, Ursula nicht, Jerome sagte kein Wort, starrt auf seine drei „Kinder“, die vergessen an der Pinie lehnten. Warte nur, dachte ich, diese drei werden gerahmt und beleuchtet in einer der größten Galerien von Paris hängen! Leute werden davorstehen, staunen — warte nur …

Die Bebrillten waren beim soziologischen Impetus der Malerei angelangt — wir saßen sprachlos und schwachköpfig, fragten uns, wie das gemeinsame Abendessen überlebt werden könnte.

Als Eva in der Küche verschwand, wurden Äskulapius und Jean-Pierre herbeigezerrt, um Gesprächsstoff zu liefern. Unter dem Vorwand, Eva helfen zu müssen, lief ich ihr nach, häufte Teller und Gläser aufs Tablett, ließ die Terrasse nicht aus den Augen. Anabel saß neben Jerome — aber sie sprachen nicht.

Auch nach der tödlichen Mahlzeit nicht. Das Gurnemantz-Trio begleitete die Gäste zur Straße, um ganz sicher zu sein, daß sie abfuhren. Ich ging mit. Jerome und Anabel blieben allein. Umsonst. Ich sah vom Gartentor aus eine weiße Silhouette ins Haus gehen. Als wir zurückkehrten, saß Jerome allein auf der Terrasse.

Ein letztes Glas Pernod für die Männer. Matt lagen wir auf den Matratzen.

„Vielleicht sollte ich aufgeben", sagte Jerome, „etwas anderes tun — wie du. Äskulapius wird alt. Ich könnte die Körbe rauf und runter tragen —"

„Äskulapius ist im besten Mannesalter. Du verstehst nichts von Eseln, obwohl du einer bist. Du darfst nie aufgeben. Deine Bilder sind gut. Ich hab' den Brief an die ‚Nouveaux Artistes' abgeschickt. Geh nach St. Tropez. Die erwarten dich."

St. Tropez! Nicht nur die Galerie wartete auf Jerome, das Hotel Albi wartete — Jeannine in ihrem Zimmer — Dujardin auf seinem Balkon —

„Anabel!" schrie ich lautlos. „Beeil dich!"

*

Am nächsten Morgen verließ Jerome ganz früh unser Schlafzimmer. Ohne Erklärung. Ich sah durchs Fenster, wie er zur Terrasse ging, sich auf die Mauer setzte und wartete. Weibliche Wesen würden irgendwann auftauchen und sich ums Frühstück kümmern.

Ich machte Betten, hing Kleider auf, wischte im Badezimmer herum. Als ich wieder durchs Fenster sah, war ein weibliches Wesen auf dem Weg zur Terrasse: Anabel. Sie blieb vor ihm stehen, sagte etwas, er nickte und stand auf. Endlich. Jetzt war es soweit. Erleichtert und feige klebte ich am Fenster. Anabel wußte, Anabel konnte. Jetzt würde sie es ihm sagen — aber doch nicht auf der Terrasse! Irgendwo, wo sie ungestört sein würden — richtig, sie gingen. Ich sprang schnell vom Fenster weg, denn sie kamen in dieser Richtung zurück. Wollte sie mit ihm in ihrem Zimmer sprechen? Nein. Sie gingen am Fenster vorbei, sahen vor sich hin, sprachen nicht. Am Haus entlang, dem Plantagentor zu, auf dem geraden, schattigen Pfad, von Olivenbäumen gesäumt, ein paar hundert Meter lang.

Jetzt sprachen sie. Jerome blieb stehen, sagte etwas — Anabel ging weiter. Er holte sie ein — jetzt blieb sie stehen, drehte sich ihm zu und sprach. Ich konnte das nur an den Handbewegungen erkennen, denn sie waren schon auf halbem Weg zum Tor, nur noch kleine Figuren ohne Gesichtszüge. Es sah so aus, als ob sie ihn aufforderte weiterzugehen — aber Jerome lehnte sich an einen Olivenbaum — kaum zu erkennen, im tiefen Schatten —, während Anabel, in heller Bluse, noch unter dem gefilterten Licht der Zweige in der Mitte des Pfades stand. Sie sprach. Handbewegungen. Jetzt machte sie einen Schritt rückwärts, als wehrte sie etwas ab, was er sagte.

Plötzlich trat er aus dem Schatten heraus, ging auf sie zu, holte aus — und schlug sie ins Gesicht. Sie fiel zur Seite, auf ein Knie, sackte ab, lag am Boden.

Ich rannte aus dem Zimmer. Auf halbem Weg kam mir Jerome entgegen, packte mich am Arm.

„Laß mich los", schrie ich und stieß ihn zurück, aber er hielt mich fest, an beiden Handgelenken. Ich versuchte, mich loszureißen — aber er hielt mich. Sein Gesicht, seine Augen, brennend, verstört, ganz dicht vor meinen.

„Du darfst nicht hören, was sie sagt", flüsterte er, „hör nicht hin — sie will uns auseinanderbringen — hör nicht hin! Glaub ihr nicht —"

Länger konnte er mich nicht halten. Ich riß mich los — oder er ließ mich gehen. Ich lief zu Anabel, die immer noch am Boden lag. Aber so war sie nicht gefallen, so, wie sie jetzt dalag, auf dem Rücken, die Arme seitlich weggestreckt, wie gekreuzigt. So hatte sie sich selbst hingelegt. So blieb sie auch liegen, als ich mich über sie beugte. Sie lag mit offenen Augen und sah in die Zweige und den Himmel hinauf. Äußere Spuren des Schlages waren nicht zu sehen.

Ich kniete neben ihr, flehte sie an, aufzustehen, zu sagen, warum Jerome sie geschlagen hatte —

„Du weißt ja, warum", sagte sie leise.

Ich sprang wieder auf und lief zum Haus zurück, öffnete die Tür zu unserem Zimmer — er lag auf dem Bett, die Hände hinter dem Kopf verschränkt.

Ich schloß die Tür und lehnte mich dagegen, wollte nicht näher zu ihm heran.

„Du hast sie geschlagen — wie kannst du sie schlagen? Das gibt es doch nicht —"

„Was gibt es nicht?"

„Daß man eine Frau schlägt, eine fremde Frau —"

„Ist sie eine fremde Frau?"

„Natürlich ist sie das. Man kann seine eigene Frau schlagen, wenn es sein muß —"

„Man kann auch eine fremde Frau schlagen — wenn es sein muß." Er sprach ganz ruhig. Ein anderer Mensch.

„Warum mußte es sein? Sie hat dir doch nichts getan — sie hat dir doch nur gesagt, was Dujardin dir anbietet — sie ist nach St. Tropez gefahren, um mir zu helfen —"

Er sah mich an, lange, prüfend und traurig.

„Es tut mir leid. Ich hätte es nicht tun sollen."

„Das solltest du *ihr* sagen, nicht mir." Er nickte. „Wirst du es ihr sagen?" Er nickte, lächelte. „Dann komm."

Er setzte sich auf, stellte die Füße auf den Boden, stützte die Ellenbogen auf die Knie, ließ den Kopf in die Hände fallen. Ich wartete an der Tür. Hätte doch erleichtert sein müssen. Der „Haken" lag hinter uns, jetzt „wußte" er. Hatte um sich geschlagen. Verständlich. Also? Was bedrückte mich so?

Was mich bedrückte, war das Gefühl, daß es *nicht* verständlich war, daß er sie geschlagen hatte. Er saß noch immer auf dem Bett, den Kopf in die Hände vergraben. Er freute sich nicht über die Ausstellung bei Dujardin. Wahrscheinlich fühlte er sich gedemütigt — oder hatte er sich doch mehr in Jeannine verstrickt, als ich mir zugeben wollte. War es *das*, was mich bedrückte? Nein. Es war — ein unheimliches Gefühl. Als ob ich ihn nicht kannte. Und Anabel auch nicht.

Er hob den Kopf, stand auf. Wir gingen aus dem Haus, den Pfad entlang. Sie saß im Gras unter einem Olivenbaum, sah uns zu, wie wir näherkamen, vor ihr standen. Sie sah mich nicht an, sie sah Jerome an. Wie auswendig wiederholte er die Worte, die er im Zimmer gesagt hatte:

„Es tut mir leid. Ich hätte es nicht tun sollen."

Sie antwortete nicht, sah ihn unverwandt an. Er nickte ihr zu — eine Sekunde lang dachte ich: ‚Das ist ja ein Spiel! Seine Entschuldigung ist überflüssig — sie ist keine ‚fremde Frau', sie ist eine Verbündete. Von Jerome! Nicht von mir!' Er sah mich fragend an, als wollte er sagen: Alright? Und ging.

Ich setzte mich neben Anabel auf die Erde. Zupfte Gras aus.

Sie sah Jerome nach, bis er auf der Terrasse verschwunden war, lehnte den Kopf an den Baumstamm.

„Ich hab' dir nicht erzählt, warum ich gestern nacht in St. Tropez geblieben bin —"

Darüber hatte ich noch gar nicht nachgedacht. Sie war ja nachmittags um fünf bei Dujardin gewesen.

„Das war wieder so eine merkwürdige Sache." Sie sprach gelassen, nachdenklich, als ob nichts an diesem schönen Morgen ihre beschauliche Ruhe gestört hätte. Jerome hatte sie nicht geschlagen. Jerome existierte nicht. Ich auch nicht. Sie hatte uns ausradiert. Sie sprach vor sich hin. Hätte ich nicht neben ihr gesessen, so wären die Worte genauso gesprochen worden. „Nachmittags, als ich mit ihm auf dem Balkon saß, da sah ich, wie er die Augen schloß, als ob die Lider ganz plötzlich zu schwer geworden waren. Bevor ich noch aufstehen konnte, sagte er, mit geschlossenen Augen, ohne den geringsten Versuch einer Entschuldigung: ‚Gehen Sie jetzt. Ich erwarte Sie um zehn Uhr.' Ich ging. Empfand es nicht als unhöflich, daß er nicht aufstand, mich nicht begleitete. Hatte das Gefühl, daß er nicht anders konnte, denn er war nicht mehr auf dem Balkon, war woanders, weit weg. Ich schlief bis kurz vor zehn. Sehr tief.

Diesmal stand er am Balkongitter, sah aufs dunkle Meer hinaus. Der Tisch war gedeckt, eine Flasche Wein stand im Kühler, aber nur ein Weinglas. Für mich. Er trank nur Wasser.

Wir aßen, sprachen kaum. Ein Windlicht stand auf dem Tisch, sonst keine Beleuchtung, man konnte nur den eigenen Teller sehen. Der Kellner kam und ging geräuschlos, wie ein Schatten, als ginge er barfuß. Später merkte ich, er *ging* barfuß. Konnte dann auch sein Gesicht sehen, dunkel über dem weißen Jackett. Ein Inder. Der Portier berichtete später, daß Monsieur Dujardin den Mann mitgebracht und im Nebenzimmer einquartiert habe. Nur er, der Inder bediene ihn.

Eine windstille Nacht. Das Essen verschwand irgendwie, dann der Tisch, das Windlicht stand kerzengerade auf dem Boden zwischen unseren Stühlen. Später löschte er es, und wir saßen im Dunkeln, aber ich konnte ihn gut sehen, vielleicht, weil ich seine Stimme so deutlich hörte."

Sie nagte nachdenklich an ihrer Oberlippe.

„Jetzt, am hellen Tag — es ist schwer zu beschreiben, wie diese Stunden waren. Es waren viele Stunden dort auf dem Balkon. Manchmal sprach er eine lange Zeit, dann schwieg er eine lange Zeit — ich sagte wenig. Es schien mir, als wüßte er alles über mich. Er erzählte, was ihn zuerst nach Indien geführt hatte, Sanskrit-Abschriften im Museum von Delhi. Dort hatte er zum erstenmal den Guru getroffen, der ihm die Türen zu einer neuen Existenz öffnete, der ihm bewies, daß man sich Körper wie Geist untertan machen kann. Eine Vorschrift hatte ihn gleich zu Anfang erstaunt und fasziniert: ‚Es ist ein Mißverständnis zu glauben, daß alles gewonnen ist, wenn wir unseren Freund, unseren Mitmenschen lieben. Das Wesentliche ist, daß wir unseren *Feind* verstehen. Unsere Freunde können uns nichts lehren. Wir *lernen* nur von unseren Feinden.' Jeannine, seine Frau, war sein Feind, sein Zerstörer. Er begann, sie zu verstehen und von ihr zu lernen. Blieb zwei Monate in Indien, glaubte sich bereits auf dem Weg zur Erlösung, zur Verständigung. Als er nach Paris zurückkehrte, hat ihn der Frieden langsam wieder verlassen. Er war anfälliger, verwundbarer als vorher. Dann ist etwas Schlimmes geschehen, ich hab' es nicht ganz begriffen, wollte nicht fragen. Irgend etwas Physisches, ein Kampf oder ein Duell — etwas, was mit seiner Frau zu tun hatte. Danach beschloß er, wieder nach Indien zurückzugehen, zu lernen, ernstlich, so lange, wie es nötig war, um sich endgültig zu retten. Bald würde er noch einmal hinfahren, sagte er, man brauche immer wieder die Landschaft, die

‚Brüder', das karge Leben in dem kühlen, langgestreckten Haus. ‚Wie lernt man?' fragte ich. ‚Wie fängt man an?' — ‚Es gibt viele Wege', sagte er, ‚alle führen zum gleichen Ziel. Jeder Lehrer hat seine Methode. Meiner war ein junger Mann, der einzige unter den vielen Alten. Ich suchte ihn mir aus, weil ich dachte, sein Geist sei vielleicht noch flexibel, toleranter im Umgang mit meiner europäischen Unvernunft. Da irrte ich mich. Er war der Unbeugsamste.'

Ich unterbrach ihn. ‚Wie haben Sie angefangen?' Das mußte ich wissen. Mußte unbedingt den Ausgangspunkt wissen.

‚Er hat mich in ein weißes Zimmer geführt. Darin war nur ein Tisch und ein Stuhl. Der Tisch war mit einem grünen Tuch überzogen, ganz glatt, keine Falte, kein Saum, nichts, was das Auge aufnehmen, das Gehirn verarbeiten konnte. Denn darum handelt es sich: Das Gehirn muß besiegt werden, indem man es aushungert. Dann lernt es gehorchen und ist dem Willen unterlegen. Ich setzte mich auf den Stuhl, und er legte ein Streichholz auf das grüne Tuch. ‚Sieh das Streichholz an und nimm es in dich auf. Ein Streichholz auf einem grünen Tisch. *Denke* das Streichholz. *Denke* das Tuch. Weiter nichts. In dem Augenblick, in dem deine Gedanken abschweifen — etwa: ‚Ich sitze unbequem' oder: ‚Ich langweile mich' oder: ‚Was tue ich eigentlich' —, ist die Übung zu Ende. Dann fängst du wieder von vorne an.'

‚Wie lange haben Sie es geschafft?'

‚Zuerst sieben Sekunden. Später zehn Minuten. Jetzt — solange ich will.'

Streichholz, Tuch, weißes Zimmer, Brüder, Landschaft — alles dasselbe. Sieben Sekunden. Ob ich das auch könnte?

‚Ja, Sie können es', sagte er, und ich wunderte mich nicht mehr, daß er immer wußte, was ich dachte. Dann sprach er wieder. Das einzige Mal, daß seine Stimme dringlich wurde — und sofort verdunkelte sich sein Bild, ich sah ihn nur noch schemenhaft, dann gar nicht mehr, hörte auch die Stimme nur von fern, konnte nicht alles verstehen, sosehr ich mich auch anstrengte. Ich dürfe nicht nach London zurückgehen, dort warte Gefahr auf mich. Ich müsse hierbleiben oder nach Paris fahren — oder nach Indien. Dort sei ich sicher. Ich sagte — oder ich dachte: ‚Aber ich *muß* doch zurück nach London — Bill, Nina —'

Er sagte: ‚Ihr Mann, Ihre Tochter können ohne Sie besser leben als mit Ihnen.' Das hörte ich wieder ganz deutlich, denn ich wußte, er hatte recht. Es war, als wiederholte er denselben Satz wieder und wieder: ‚Ihr Mann, Ihre Tochter können ohne Sie besser leben als mit Ihnen —'

Ich widersprach nicht. Ich sah alles ganz klar. Ich hatte es immer gewußt — aber immer voller Haß. Und das gilt nicht. Jetzt sah ich es ohne Haß. Das war das Schlimme.

Er sagte wieder etwas von Gefahr in London — ich dürfe auf keinen Fall nach London zurückkehren. Aber ich fand kein Echo in mir. Ich war leer, der Faden war abgeschnitten. Streichholz auf dem grünen Tuch —" Sie drehte den Kopf zu mir und lachte. „Seltsam — wo immer ich hinsehe, jetzt, in diesem Augenblick: Da ist dein Gesicht — und da ist das Streichholz auf dem Tuch. Dort drüben ist die Terrasse — und ich sehe davor das Streichholz und das Tuch —"

Ich folgte ihrem Blick, sah Gestalten, die sich bewegten, bückten, hörte einen lauten Ruf: „Wo seid ihr? Alles fertig!"

Wir standen auf.

*

Frühstück. Die Riesenkanne Kaffee ging von Hand zu Hand, Milch, Zucker, das französische Weißbrot, ein langer brauner Zopf, jeder brach sich ein Stück ab, Honig darauf, Joghurt für Jean-Pierre, ein Kübel Mohrrüben für Äskulapius, ein Ei für mich, „weil du ein luxuriöses Luder bist".

„Ich gehe heute nach St. Tropez", sagte Jerome zu Eva, „kannst du mich zum Bahnhof fahren?"

„Ich fahr dich", sagte Peter.

Anabel brach sich ein Stück Weißbrot ab, lächelte mir zu. Hatte sie gehört, was Jerome eben gesagt hatte?

„Wenn du schnell packst, kannst du den 11-Uhr-20-Zug erreichen", sagte Peter.

„Ich brauche keinen Koffer", sagte Jerome ruhig, „ich bleibe nicht über Nacht. Ihr habt doch heute Markttag, nicht wahr? Ich nehme einen späten Zug zurück und warte auf euch am Marktplatz."

Sie standen auf. Jerome beugte sich zu mir herunter, küßte mich schnell auf die Wange, winkte den anderen zu, folgte Peter in die Garage. Ich aß mein Ei, trank meinen Kaffee, saß noch eine Weile auf dem Stuhl, auch nachdem der Tisch abgeräumt war, konnte mich nicht rühren.

„Es ist gut, daß er geht", sagte Anabel, „es ist sogar nötig."

War sie noch meine Freundin? Jerome war abgefahren — und sie sagte: Gut. Nötig. Ich sah sie feindselig an. Sie lächelte.

„Du hast vergessen — Jeannine ist schon fort."

Ich schloß die Augen. Was war nur mit mir los? Natürlich. Sie hatte es mir ja erzählt. Letzter Zweifel: „Bist du sicher, sie ist abgefahren?"

„Ich stand morgens an der Kasse im Hotel, hörte, wie der Portier sagte: ‚Ein Taxi für Madame Dujardin.' Dann kamen viele Koffer, dann kam sie. Allein. Der Portier sagte: ‚Auf bald, Madame —' Sie ging an ihm vorbei. Pagen sprangen, Träger verstauten das Gepäck — der Chauffeur mußte helfen —, sie stieg ein, gab weder Trinkgeld noch Dank, fuhr ab. Pagen, Träger, Portier — alle standen auf der Straße und sahen dem Taxi nach."

Exit der Zitronenfalter. Schön ist er, hellgelb, spielt in der Sonne — aber er lebt nicht lange.

„Was wird Jerome tun, wenn man ihm im Albi sagt, sie sei schon fort? Wird er dann zu den ‚Nouveaux Artists' gehen?"

„Vielleicht. Aber es gibt noch andere Möglichkeiten — im Albi."

*

„Erst hab' ich mich richtig gefreut, als Jerome anrief", sagte Babs, während sie langsam und würdig ihre vorgeschriebenen zwanzig Mal hin- und zurückschwamm. Jede ihrer Bewegungen erteilte dem Wasser Befehle: „Du nach rechts — und du nach links!" Jeder schwamm in Hollywood, manche energisch-körperbildend, das Wasser verprügelnd, andere, wie Babs, ihre kalifornische Pflicht erfüllend. „Er (sie) schwimmt täglich" klang vertrauenerweckend. „Ich hätte ja mit Jeannine nach Paris zurückfahren können, aber Oppele sagte am Telefon, in Paris bleibe man mit den Schuhen im Asphalt stecken, so heiß ist es. Also blieb ich noch ein paar Tage. Und da, aus heiterem Himmel — Jerome."

Babs hielt an der Leiter an, lehnte meine Hand ab, kletterte mühsam aus dem Bassin, sah verdrossen auf die leuchtendblaue Wasserpfanne und seufzte.

„Wie wohl war mir, als ich noch ungesund lebte!"

Sie streckte sich auf dem gepolsterten Liegestuhl aus, kleckste Nivea-Creme aufs Gesicht und schloß die Augen.

„Sonst haben wir immer gelacht, Jerome und ich. Diesmal nicht. Ich habe ihm die ganze Sache erzählen müssen, haargenau. Er wollte sofort in Paris anrufen, mit Jeannine sprechen — ich sagte: ‚Willst du sie ruinieren? Kannst du sie ernähren?' Er setzte sich hin, wollte an sie schreiben — ich sagte: ‚Jerome! *Niemand* schreibt an Jeannine, verstehst du das nicht? Man geht mit ihr aus, man geht mit ihr ins Bett — aber man *schreibt* ihr nicht.' Er saß da, den Kopf in die Hände gestützt — so kannte ich ihn nicht. Dabei hatte ich nicht mal das Gefühl, daß es Liebeskummer war. Das ist bei Jerome einfach nicht drin. Allerdings — unvollendete Affären sind gefährlich! Aber das war's nicht. Er saß in einer Zwickmühle.

War Dujardin ausgeliefert, doppelt ausgeliefert. Das war's! Endlich sagte er — und ich glaubte es ihm: ‚Ich hasse den Mann.'"

*

Trotzdem hat er ihn besucht. Noch am selben Tag. Als er von Babs zurück in die Hotelhalle kam, wartete der Inder auf ihn. Er hat's mir erzählt — später. Der Mann war plötzlich vor ihm aufgetaucht, verstellte ihm den Weg. „Was wollen Sie?" Keine Antwort. Der Mann zeigte auf den Fahrstuhl. Der Portier griff ein.

„Das ist der Diener von Monsieur Dujardin."

Jerome entlud seinen Haß in das dunkle Gesicht.

„Sagen Sie ihrem Patron, er soll sich zum Teufel scheren."

Aber der Mann rührte sich nicht.

„Er versteht kein Französisch, auch kein Englisch, Monsieur", sagte der Portier.

Jerome hatte das Gefühl, der Mann verstand alles. Die schwarzen Pupillen schwammen auf den dunklen Augen wie auf Ganges-Schlamm. Sie waren starr auf Jerome gerichtet, ohne jeden Ausdruck. Dann wandte er sich um und ging zum Aufzug. Jerome folgte.

Der Aufzug war gestopft voll, Jerome und der braune Mann standen Brust an Brust. Jeromes enge Nomadenaugen bohrten sich streitbar in die schwarzen, glänzenden des Inders, prallten an der Ruhe ab wie an einer Mauer. Jerome gab nicht auf, flackerte angriffslustig — der Asiate stand mit hängenden Schultern, gleichmütig und sanft. Schlich lautlos vor Jerome den Gang entlang, blieb vor einer Tür stehen, öffnete sie, ohne zu klopfen.

Dujardin saß im Salon hinter dem Schreibtisch, als sei er in seinem Büro, Broschüren, Folianten, Kataloge ordentlich gestapelt. Dunkler Anzug, weißes Hemd. Französischer Businessman. Er erhob sich höflich, reichte Jerome die Hand über den Tisch.

„Dujardin."

Jerome hielt es nicht für nötig, sich vorzustellen. Der Mann hatte seinen Diener geschickt, ihn zu holen. Also. Er ignorierte auch die Geste, Platz zu nehmen, blieb dicht vor dem Schreibtisch stehen.

Dujardin setzte sich wieder, sprach knapp, etwas abgehackt, einen Füllfederhalter in der Hand, mit dem er auf einem Stück Papier verschiedene Posten ankreuzte. Nicht, daß er es vermied, Jerome anzusehen, aber das Stück Papier beanspruchte seine ganze Aufmerksamkeit. „Mr. Lorrimer — ich habe Ihre drei Leinwände in Paris gesehen. Leider nur drei."

„Ich habe noch drei andere hier —", sagte Jerome unwillkürlich — und biß sich auf die Lippen.

„Gut. Schicken Sie sie mir nach Paris. Ich konnte schon an den ersten drei erkennen, daß sie Qualität haben. Auch Ihre Themen gefallen mir. Ich brauche wieder eine gegenständliche Ausstellung nach den letzten Abstrakten. Im Augenblick zeige ich primitive Kunst Asiens, persische und indische Miniaturen. Ich kann Ihnen den 1. Oktober als Datum anbieten, das heißt die ersten drei Oktoberwochen. Eine gute Zeit für den Verkauf."

Jerome hörte ruhig zu.

„Mein Angebot: fünfundzwanzig Prozent der Einnahmen für die Galerie. Dafür übernehmen wir alle Spesen. Auch das Rahmen. Wieviel haben Sie zur Verfügung?"

Jerome öffnete den Mund — schwieg. Dujardin fuhr fort, als hätte er eine Antwort bekommen.

„Fünfundzwanzig ist eine gute Zahl. Es hat keinen Zweck, zu viele dicht nebeneinanderzuhängen. Bei uns hat jedes Bild Luft und wird separat von einem Spotlight an der Wand beleuchtet."

Jerome strich sich mit der Zunge über die trockenen Lippen.

„Ich glaube, Sie werden mit den Rahmen zufrieden sein. Unser Mann arbeitet auch für den Louvre. Es wäre natürlich vorteilhaft, wenn Sie noch weitere fünf Leinwände schicken könnten, die wir in Reserve halten. Es ist durchaus möglich, daß es ein Ausverkauf wird. Was den Katalog anbetrifft, so ist das Titelbild farbig, vier Schwarzweißfotos auf den Innenseiten. Allerdings muß ich Sie bitten, mir die Auswahl zu überlassen. Ich kenne meine Klienten und ihren Geschmack. Wir verschicken über zweitausend Kataloge. Ich hoffe, Sie werden zur Vernissage anwesend sein. Das ist immer wichtig."

Jerome starrte ihn an, stützte sich mit beiden Händen auf den Schreibtisch, beugte sich vor, um den Mann zu zwingen, ihn anzusehen. Dujardin sah hoch, fragend, neutral, höflich interessiert.

„Was ist mit Jeannine?" fauchte Jerome.

Dujardin nahm seine Brille ab, putzte sie sorgfältig mit dem Taschentuch.

‚Sieh mal', dachte Jerome, ‚jetzt hab ich dich.'

Dujardin setzte die Brille wieder auf. „Ich brauche einen kurzen Lebenslauf von Ihnen und ein Foto. Für die Katalogrückseite."

Jerome lehnte über den Schreibtisch, packte zu, am Kragen, am Hals, zerrte, würgte — der Mann bot keinen Widerstand. Die Brille fiel herunter, entblößte kurzsichtig-blinde Augen, die nichts sehend zu ihm aufsahen. Jerome ließ von ihm ab, stand einen Augenblick da, zitterte am ganzen Körper. Dann bückte er sich und hob die Brille auf. Der Bügel war gebrochen. Jemand nahm sie ihm aus der Hand. Der Inder stand hinter ihm.

Jerome ging langsam zur Tür. Dort erreichte ihn Dujardins Stimme.

„Mr. Lorrimer, ich erwarte Ihre drei Leinwände Ende der Woche in Paris. Die übrigen lasse ich in London von unserer Speditionsfirma abholen. Lassen Sie bitte Ihre Adresse beim Portier."

*

Jerome zog die Schuhe aus, krempelte die Hose hoch und ging langsam am Strand entlang, ließ das Wasser über die Füße spülen. Um diese Zeit war St. Tropez wie ausgestorben. Siesta-Zeit.

Er hatte keinen Hunger. Nach einer verlorenen Schlacht hat man keinen Magen. Er peitschte das Wasser mit den Füßen. Seine Truppen waren dezimiert, seine Munition sinnlos verschossen. Er stand, an Händen und Füßen gebunden, akzeptierte die Bedingungen, des Siegers — die Erfüllung seiner Träume. *Vae victis.*

Er setzte sich unter einen der verlassenen Strandschirme, sah ein paar Fischerboote vor Anker schaukeln, grün mit roten Streifen, sich zitternd im Wasser spiegelnd. ‚Van Gogh', dachte er, ‚das wäre was für ihn gewesen.' Er griff automatisch in die Tasche nach dem Bleistift. Verdammt! Kein Skizzenbuch.

Jeannine. Er zwang sich, an sie zu denken. Sie saß seinetwegen in der Patsche. ‚Meine Schuld. Immer meine Schuld', dachte er ohne Bitterkeit, ohne Reue. Grübelte. In diesem Fall war es *nicht* seine Schuld, wenn sie jetzt unbemittelt dastand. Lange würde sie nicht schutzlos sein. Sie war zum Überleben geboren. Ihre Stunde mit dem Mann dort oben im Albi hatte sowieso geschlagen. Er hatte nicht geantwortet, als Jerome ihn gefragt hatte: „Und was ist mit Jeannine?" Nicht, weil er aus einer Wunde blutete, sondern weil er gar nicht mehr wußte, von wem Jerome sprach. Das war es auch gewesen, was ihn, Jerome, so außer sich gebracht hatte, daß er ihm die Brille vom Gesicht geschüttelt hatte. Nackt hatte er dagesessen, dieser Mann, ihm ausgeliefert — wenn auch nur für einen Augenblick. Aber das war's wert gewesen.

Er stand auf, sah auf die Uhr. Bald würden die Läden hochgeklappt, die Türen aufgeschlossen werden. Er watete durch den Sand zur Promenade zurück.

Als er die Galerie „Nouveaux Artistes" betrat, hatte er immer noch die Hose hochgekrempelt, die Schuhe unterm Arm.

Die Galerie war leer.

„Meine Bilder, bitte."

Der Mann im Büro, Italiener dem Aussehen nach, wohlbeleibt, stramm, Mittelscheitel, sah ihn erstaunt an. War das nicht der junge Mann, der am Morgen so bescheiden angeklopft hatte?

„Ich habe noch keine Zeit gehabt, mich damit zu beschäftigen, kommen Sie doch in ein paar Tagen wieder."

„Danke. Ich nehme sie gleich mit."

„Moment mal —"

Der Dicke war überraschend schnell auf den Beinen, ging auf die Leinwände zu, die mit dem Gesicht zur Wand dort standen, wo der junge Mann sie heute früh respektvoll abgesetzt hatte. Was war inzwischen geschehen? Hatte die „Artistes St. Tropez"-Galerie sich interessiert? „Warten Sie doch! Ich hab' gerade Zeit — sehen wir sie uns doch gleich mal an —"

Aber der junge Mann hatte den Kopf geschüttelt und war, die Bilder unter dem Arm, zur Tür marschiert. „Wiedersehen", hatte er gemurmelt und die Tür sachte hinter sich geschlossen.

‚Man hat seine kleinen Triumphe', dachte Jerome, als er auf der Straße seine drei „Kinder" sorgfältig mit Bindfaden verschnürte.

*

Nizza. Nachts um vier. Es war immer noch zu heiß, um im Lieferwagen zu warten. Ursula, Eva, Anabel und ich stiegen aus und setzten uns aufs Trittbrett.

„Da ist Marcel", rief Ursula plötzlich und stand auf.

„Marcel?" Anabel folgte ihr mit den Augen, wie sie sich an den Buden und den hämmernden, schreienden Marktleuten vorbei zu dem Renault durchdrängte, aus dem ein junger Mann leere Kisten und Demijohns holte.

„Der Sohn unserer Nachbarin", brüllte Eva ihr ins Ohr, „Marcel Raquin. Er baut Wein."

Wir sahen zu, wie Ursula den jungen Mann begrüßte, der erstaunt und selig zu ihr aufsah. Er ließ alles stehen, kümmerte sich nicht um die offenen Türen seines Wagens, sondern begleitete Ursula ein paar Schritte weiter zu einem Café, dessen leere Tische und Stühle auf Marktschluß warteten. Dort setzten sie sich hin. Wir sagten nichts, beobachteten stumm. Eva lächelte.

Eine dunkle Gestalt pflanzte sich vor uns auf, ein großes Paket unterm Arm, winkte uns zu, verstaute die Leinwände im Wagen. „Wo ist Peter?"

Wir zeigten vage in die Mitte des Gewühls, und er tauchte hinein.

Die „Nouveaux Artistes" hatten seine Bilder nicht einmal zum Begutachten dabehalten! Ich hatte trotz der Dunkelheit an seinem Gesicht etwas ablesen wollen, aber es hatte nichts verraten. Ich sah Anabel an. Sie nickte mir zu. Schien zufrieden.

Später, im Meer, sah ich, wie Anabel etwas weiter als gewöhnlich hinausschwamm, sich auf den Rücken legte und treiben ließ. Die Strömung drängte sie seitlich ab, und ich schwamm zu ihr hinüber. Das weiße Gesicht lag auf das Wasser gebettet wie eine Lotusblume.

„Morgen fahre ich ab, vielleicht schon gleich — wenn wir ankommen —"

Ich hatte kein Recht, zu betteln. Ferencsis Arme warteten in London.

„Willst du nicht erst ein paar Stunden schlafen?"

„Ich bin nicht müde. Im Gegenteil. Aber sag's den anderen nicht. Niemandem. Ich lasse einen Brief an Ursula zurück, danke, und all das ... Du wirst sehen, jetzt wird alles in Ordnung kommen."

*

Als ich mittags aufwachte und den Zettel unter der Tür sah, fühlte ich mich verwaist und weinte.

XXV

Die Malerin rief an.

„Keine Sitzung morgen. Ich fahre nach Paris." Erstaunen meinerseits. „Man hat mir eine Ausstellung angeboten —" Glückwünsche meinerseits. „Muß mir erst mal die Kiste ansehen. Alles neue Leute seit dem Krieg. Freitag bin ich wieder da. Jetzt sitz' ich im Druck — möchte Ihr Portrait dort ausstellen. Samstag um zwölf, wie immer."

Drei Tage ohne Arbeit, ohne Kompaß.

Ich griff nach dem Tagebuch. Hatte es eine ganze Woche lang nicht geöffnet. Brauchte es nicht, hatte die Tage in Grasse noch einmal durchlebt, im Zeitlupentempo, Stunde für Stunde — bis zu dem Morgen, an dem Anabel nach London zurückfuhr.

Tagebuch. Juli '39.

„Auf dem Rückweg nahm ich mir Zeit, übernachtete zweimal – aber nicht in Paris. Fuhr auf Umwegen drum herum. Hatte das Gefühl, Jean würde mich finden, wo ich auch sei. Jean – ich nenne ihn Jean, wenn ich an ihn denke. Vielleicht war er noch in St. Tropez! Sogar wahrscheinlich. Erstens, weil er mit Jerome über seine Ausstellung sprechen wollte – allerdings, das hatte er schon getan, das sah ich an Jeromes Gesicht, nachts, auf dem Marktplatz in Nizza. Zweitens und noch wichtiger: Er wollte Jeannines Auszug aus der Pariser Wohnung abwarten. ‚Ich werde die Räume lüften müssen', hat er gesagt, ‚gründlich, mit Gewürzen. Nur dann ist sie endgültig ausgeräuchert. Chatterjii (der Diener) schmilzt Kerzen zu dickem Brei, steckt die nackten Füße hinein und wandert durch die Räume, über Sessel, Sofas, Betten hinweg. Überall hinterläßt er den Abdruck seiner Füße. Wenn der Talg hart ist, kann man ihn abkratzen, und die Luft ist rein.' Er stand vorn an der Balkonbrüstung, als er das sagte, und lachte. Da kam mir der Gedanke, ich könnte ihm von den Fußabdrücken erzählen, die Edmonde in mir *hinterlassen hat. – Zum Beispiel, daß ich bis heute, bald zwanzig Jahre später, immer noch nicht den Geruch von Terpentin ertragen kann, ohne zu kotzen –"*

Ich legte das Buch auf den Tisch: Edmonde! Das war der Name der Malerin — der Vorname. Kein Mensch weiß, wie sie heißt. Sie signiert ihre Bilder mit ET, war unter dem Namen „Madame Été" berühmt geworden ...

„Ich konnte zum erstenmal davon sprechen. Niemand hört so zu wie Jean. Ich brauchte die liebe Stiefmutter kaum zu erwähnen – schon wußte er, was Edmonde für mich war. Als ich ihm sagte, daß meine Kleider auch heute noch nie zur Reinigung geschickt werden dürfen, daß sie entweder waschbar sein müssen oder verschenkt werden, wenn sie einen Fleck haben, weil mir der bloße Gedanke an Terpentin unerträglich ist, da unterbrach er mich: ‚Jetzt werden Sie nie wieder Übelkeit empfinden. Terpentin oder Benzin wird eher angenehm auf Sie wirken. Wie junger Nadelwald.'
Tatsächlich. Auf dem Rückweg tankte ich dreimal, mußte nicht, wie sonst, aussteigen und mich weit entfernen – hatte ganz vergessen, blieb sitzen, fuhr ab, erinnerte mich und glaubte allen Erntes, einen harzigen Baumgeruch im Wagen zu riechen. Wie leicht man sich etwas einredet, wenn man jemandem vertraut! Gefährlich.
Dann erzählte er mir, beiläufig, daß er Edmonde kannte. Zwei Ausstellungen in seiner Galerie! Weiter kein Kommentar.
Wir standen lange nebeneinander auf dem Balkon. Beinah alle Lichter waren verloschen. Nur ein Leuchtfeuer drehte sich langsam im Kreise – dann konnte man sekundenlang Meer und Himmel unterscheiden und wußte wieder, wo man war. Am liebsten hätte ich es angehalten. Nur in der Finsternis, nur in der Geisternacht, ohne Horizont, ohne Kontur, konnte ich ihm alles erzählen. Alles. Auch von der Wohnung in der St. James' Street – das war das einzige Mal, daß er unruhig wurde, nach meiner Hand griff. Er drückte sie so stark, daß es weh tat, unterbrach mich, was er sonst nie tat. Ich müsse die Wohnung sofort aufgeben, nie wieder betreten, am Telefon kündigen und regeln – oder brieflich. Er wurde so dringlich – ich glaube, ich hab's versprochen. Kann's natürlich nicht halten. Habe ja noch Sachen dort. J. auch. Muß Frau Cook bezahlen."

*

Samstag um zwölf saß ich im Atelier, hielt die Pose. Das Portrait war fertig, aber sie brummte nur, als ich das sagte, und mischte ihre Farben.

Während der Kaffeepause kicherte sie in die Tasse.

„Habe einige Neuigkeiten."

„Die Ausstellung? Haben Sie zugesagt?"

„Alles abgemacht. Ordentliche Leute. Bißchen jung, aber manierlich. Nein, ich meine Neuigkeiten für *Sie*: Ich war in der Dujardin-Galerie! Die gibt's natürlich nicht mehr, das heißt, Dujardin gibt's nicht mehr. Endgültig in Indien oder Tibet verschwunden. Niemand weiß. Jetzt sind andere Leute drin, Mittelmaß, uninteressant. Aber ich hab' mich erkundigt: Jeannine gibt's noch! Wissen Sie, was sie im Krieg gemacht hat? Widerstandskämpferin." — „Die alten Juden sagten: Bevor ich mich wundere, glaub' ich's nicht."

Sie lachte. „Sie hat tatsächlich gekämpft. Auf ihre Weise. Jeder, wie er kann: Geliebte von einem Wehrmachtsoffizier, oder von mehreren. Aus Patriotismus. Hatte während der Besetzung immer Nylonstrümpfe und Sekt für sich und Informationen für einen braven Jungen in einer Guerillatruppe. Nach dem Krieg hat sie ihn geheiratet. Die in der Galerie wußten ihre Adresse — das wollte ich mir nicht entgehen lassen. Ihretwegen." Sie grinste. „Na? Jetzt sitzen Sie da mit gespitzten Ohren — wie der Hund im Ruderboot. Also: Der Mann ist Fahrlehrer. Jünger als sie. Wohnen in Neuilly. Häuschen mit Garten, scheußlich. Rosensträuche, Kinderschaukel. Zwei Gören. Eine fette Frau machte mir auf — erst war ich nicht sicher, ob sie's auch war. Wohnstube mit Häkeldeckchen. Schwiegermutter wohnt mit, ließ uns keinen Augenblick allein. Aber Jeannine schien ganz zufrieden. Zeigte mir einen Druck im Schlafzimmer — abstrakt, einzige Erinnerung an die Dujardin-Ära. Schwiegermutter stand in der Tür, beobachtete uns argwöhnisch, alter Drachen, hatte einen Zug um den Mund und einen Husarenschnurrbart. Jeannine wußte, wer ich war. Ich hatte so getan, als wollte ich Dujardins Adresse haben, sie kannte sie natürlich nicht. Dann bin ich wieder gegangen. Im Garten spielten die Kinder im Sandkasten. Lustig, was? — Sie haben da gerade einen Ausdruck im Gesicht — wenn ich den auf der Leinwand hätte! Denken Sie dasselbe nochmal. Können wir."

Es war leicht, dasselbe nochmal zu denken, zurückzuspulen, von der dicken Gattin des Fahrschullehrers rückwärts über den Wahrmachtsoffizier — bis zum Hotel Albi in St. Tropez...

*

Damals heiße, schleppende Tage bei Gurnemantz', nach Anabels Abfahrt. Äußerlich war alles wie früher. Nur Jerome war von der Ernte dispensiert, zog morgens mit seiner Staffelei los und erschien erst wieder, wenn das Licht nachließ. Er malte verbissen, ohne Freude. Auch wenn wir abends die nassen Leinwände am Pinienstamm aufstellten und bewunderten. Er zog die Mundwinkel hoch, in dem alten defensiven Lächeln, machte sich nichts vor. Er vergaß nicht einen Augenblick, warum am 1. Oktober überall in Paris Plakate erscheinen würden: LORRIMER. ERSTE AUSSTELLUNG. GALERIE DUJARDIN.

Ursula verbrachte täglich einige Zeit bei Madame Raquin — des Asthmas wegen. Nahm jedesmal Jean-Pierre mit. Peter sagte nichts. Eva arbeitete für drei und sang in der Küche. Äskulapius — als ob er etwas ahnte — erschien öfters auf der Terrasse, trabte von einem zum anderen, nickte heftig mit dem Kopf und kassierte Mohrrüben. Eines Tages zwängte er seinen dicken Eselschädel durch das Küchenfenster, als ich beim Abtrocknen war. Ich hatte das Gefühl, ich könnte den Kopf abnehmen — und draußen stände Bottom, wie im „Sommernachtstraum".

Einmal, als ich in der Plantage seine Körbe füllte, erschien Peter mit einer Medizinflasche, um ihn von den Zecken zu befreien, die es sich gern in den langen Eselsohren bequem machten. Ich hielt die wild zuckenden grauen Filztüten, während Peter pinselte.

„Peter", sagte ich in das lange Schweigen hinein, „sprich doch mal mit mir. Keiner spricht mit keinem. Ist das eine Lösung? Jeder brutzelt in seiner Ecke. Können wir nicht nochmal ein Konzil haben?"

Er schüttelte den Kopf, pinselte.

„Die Wetterlage ist eine andere. Wir sind alle eingefroren. Jetzt kommt die große Eiszeit."

„Ist es dir egal, daß Ursula so viel Zeit bei den Raquins verbringt?"

„Ich hab' nicht das Recht, es ihr zu verbieten. Wenn sie Raquin heiratet, muß sich der Junge mit ihm anfreunden."

„Und wenn sie zu dir zurückkommt?"

„Dann bringt sich Eva um. Sagt sie."

Ich ließ das Eselsohr los, und Äskulapius entkam, schimpfend.

„Laß es drauf ankommen. Ich glaub' nicht, daß sie's tun würde. Sie singt so fröhlich in der Küche —"

Peter verpackte seine Apotheke, holte die Pfeife heraus, stopfte sie, ging mit sich zu Rate.

„Ich glaube, die, die in der Küche singen, die sind pflaumenweich, wenn's zum Klappen kommt —"

*

Als ich zum Haus hinaufstieg, wartete ein Telegramm auf mich. Von meinem Agenten: „Sofortige Rückkehr erforderlich stop Hauptrolle ausgezeichnetes Manuskript „Lampe des Kapitäns" mit Oskar Homolka stop Probenbeginn 20. Juli."

Ich lief zu Eva, zu Ursula, erklärte Jean-Pierre, küßte Äskulapius, drehte mich wie ein Kreisel in Ekstase. Ausgetilgt — wenigstens minutenlang — der Druck der letzten Wochen.

Wo war Jerome? Irgendwo unter den Pinien auf dem Nachbarhügel. Telegramm in der Hand, rannte ich, Schatten suchend, unseren Hügel hinunter und den anderen hinauf, sah ihn von weitem, auf dem Klappstuhl, gebückt, vertieft, ohne mein Ankunftsgeschrei zu beachten.

„Jerome!“ Ich wedelte das Telegramm vor seiner Nase. Er kam aus weiter Ferne zurück, zwang sich zur Aufmerksamkeit und las.

„Nun? Was wirst du tun?“

„Das fragst du?“ schrie ich. „Der Zug acht Uhr dreißig nach Paris. Und wenn wir keinen Schlafwagen bekommen, dann sitzen wir eben.“

Er steckte die Pinsel in das Einweckglas, das neben ihm im Sand stand, sprach bedächtig, zeigte auf die halbfertige Leinwand auf der Staffelei.

„Ich kann nicht mitkommen, das siehst du doch.“

Ich setzte mich in den Sand. Wie vernagelt ich immer dahingaloppierte, immer nur *mich* vor Augen. Klar, daß Jerome nicht mitkommen konnte, an *seine* Angelegenheiten denken mußte. Aufregung und Ekstase verdunsteten. Vor mir lag die einsame, lange Eisenbahnfahrt, Ankunft in London, Proben — allein.

Nicht ganz allein. Anabel! Aber sie durfte ich jetzt nicht belemmern, mußte sie nun endlich Ferencsi überlassen.

Jerome würde heute abend auf dem Perron stehen und winken. Trennung. Auf Wochen. Mindestens. Gerade jetzt, wo es so wichtig war, alles wieder langsam aufzubauen. Jeannine war mit Stumpf und Stil ausgerottet worden. Aber damit waren wir beide noch nicht wieder zusammengewachsen. Das mußte langsam und behutsam geschehen, wie zufällig. Nichts verlangen, keine forschenden Augen, keine „Liebe beweisen“ — einfach nur zusammensein.

Alles im Eimer. Ob ich die Rolle ablehnen sollte? Konnte ich mir das leisten?

Jerome hatte ebenfalls nachdenklich in die Pinien gestarrt. Vielleicht — hoffentlich — dachte er dasselbe. Er drückte Farbe aus den Tuben, griff wieder nach den Pinseln.

„Du kannst mir einen Gefallen tun. Nimm meine fertigen Leinwände mit und gib sie in der Dujardin-Galerie ab.“

*

Ich saß die Nacht über auf, schlief ein paar Stunden, erwachte erst im Gare de Lyon in Paris. Fuhr ins Hôtel de la Muette — „Nein, Herr Portier, Monsieur ist nicht mitgekommen.“ —, um mich zu waschen, dann mit fünf Bildern in die Galerie.

Der Sekretär wußte Bescheid, nahm das Paket in Empfang.

Monsieur Dujardin war nicht anwesend. Enttäuschung. Hätte ihn brennend gern kennengelernt. Der Sekretär führte mich ins Büro, packte die Leinwände aus, baute sie an der Wand auf — wie damals Jerome, dort auf dem Ledersofa hatte Jeannine gelegen! —, nickte beifällig. Monsieur Dujardin würde zufrieden sein.

Mit dem Bus zurück ins Hotel. Sparen. Wer weiß, ob das neue Stück ein Erfolg wird. Die Hitzewelle war zu Ende, es goß in Strömen. Paris im Sommerregen. Das Pflaster glitzerte, der Arc de Triomphe spiegelte sich auf den Champs-Elysées. Mein Bus fuhr am Café Colisée vorbei. Babs — sollte ich sie anrufen? Auf keinen Fall.

Nach zwei Stunden Schlaf im Hotel rief ich sie an. Wir trafen uns im Colisée. Die Getreuen würden uns nicht stören, hatte sie gesagt, die meisten waren schon abgereist, wenn möglich nach Amerika.

Sie selbst, berichtete sie, würde sich ebenfalls baldigst in Richtung Hollywood einschiffen. Oppele hatte dort Aussichten. In Paris roch es mehr nach Krieg als unten im Süden. Die Menschen hasteten durch die Straßen, die Cafés waren halb leer. So hatte ich die Champs-Elysées noch nie gesehen. Nur Babs strahlte wie früher schwarz-weiße Eleganz und gute Laune aus, hatte die Panne im Hotel Albi überwunden.

„Warum ist Jerome nicht hier?"

Ich erklärte. Sie starrte mich mit offenem Mund an.

„Eine Ausstellung bei Dujardin? Wie hat er das fertiggebracht?"

Ich sah unschuldig drein. Sie witterte etwas, konnte es nicht enträtseln.

„Und wo ist deine Freundin — wie hieß sie noch gleich?"

„Maclean. In London."

„Und Jerome bleibt in Grasse?"

Ich nickte. Harmlos. Sie sah mich nachdenklich an.

„Du bist nicht mehr ganz so keimfrei und säuberlich wie früher. Du holst auf!"

„Ich lerne. Bald werde ich abends aufbleiben und bei den Erwachsenen mitreden dürfen", sagte ich und zahlte für meinen und ihren Kaffee.

Fuhr in Hotel zurück, packte meine Sachen zusammen. Hatte noch Zeit, bevor mein Zug ging, stand am Fenster, sah auf die Bäume hinaus, die der Regen peitschte. Die Überfahrt Calais—Dover würde fürchterlich werden. Telefon. Eine fremde Stimme.

„Jean Dujardin."

„Ja?"

„Ich möchte mit Ihnen über Anabel sprechen."

„Ja?"

„Sagen Sie ihr, ich erwarte sie hier in Paris. Aber nicht mehr lange. Ich gehe zurück nach Indien."

„Sie kann doch nicht alles stehen und liegen lassen —"

„Millionen Menschen werden in kurzer Zeit alles stehen und liegen lassen."

Der Mann sprach wie von einer vollendeten Tatsache. Krieg. Eine heiße Welle Angst schoß durch meinen Kopf. Und was wird aus der „Lampe des Kapitäns"?

„Einzelschicksale zählen dann nicht", sagte die Stimme, „Ihre Freundin hat nur noch ein paar Wochen Zeit. Sie muß sich beeilen. Ich warte."

Er legte auf. Ich blieb auf dem Bett sitzen, versuchte mich in diesem Labyrinth zurechtzufinden. Was wollte der Mann von Anabel? Er wußte doch von Bill und Nina — und von Ferencsi. Warum drängte er sich dazwischen? So autoritär, als hätte er ein Recht, als sei er ihr Vormund oder Schutzengel. Er hatte nichts von der „Gefahr" erwähnt, die angeblich in London auf sie lauerte. Trotzdem — die Stimme hatte mich zutiefst beunruhigt.

*

Tagebuch. Juli '39.

„L. erschien völlig unerwartet aus Grasse. Allein! Probt ein Stück. Jean hat sie in Paris angerufen –

Kein Echo in mir. Jeder Tag schiebt ihn weiter fort. Auf der Terrasse im Albi hatte ich ganz ernstlich erwogen – nur sekundenlang, aber ernstlich –, nach Indien zu gehen: fliehen, mich retten, meine Existenz wie ein altes Kleid ausziehen und verbrennen. Eine andere anziehen, von vorn anfangen. Absurd. Ich bin Bills sogenannte Frau, Ninas schlechte Mutter, kümmere mich um den Haushalt, übersetze ein neues Buch für meine Blinden. Denke von morgens bis abends nur eins: Wann kommt J. zurück?"

*

Ich probte. Gute Rolle. Eine freche junge Person, die durch „Fürchterliches" erwachsen und „geläutert" wird, wie so was in Manuskripten dargestellt wird.

Ein Telegramm von Jerome: „Morgen Simon sechzigster Geburtstag stop überbringe Flasche Rotwein stop vier Leinwände fertig love Jerome."

Dilemma. Morgen hatte ich nicht nur tagsüber Proben, sondern anschließend Text-Sitzung im Haus des Regisseurs. Ich rief Anabel an. Mit schlechtem Gewissen. Hatte sie seit meiner Rückkehr nur einmal kurz gesehen, hatte sogar vergessen, mich zu erkundigen, ob Ferencsi noch in London sei, oder ob sie sich mit ihrem Abstecher nach Grasse alles ruiniert hatte. Ich war eine schlechte Freundin. Man konnte nicht alles mit „Probendruck" entschuldigen.

Aber Anabel war wie sonst am Telefon, fühlte sich scheinbar nicht vernachlässigt. Selbstverständlich würde sie den Wein besorgen und bei Simon abgeben. Falls er nicht zu Hause sein sollte — Monat ohne r —, würde sie das Paket vor der Tür stehenlassen.

Abends rief sie an: Simon war nicht zu Hause gewesen.

*

Tagebuch. August '39.

„Simon besucht. Er hatte Geburtstag. Ich brachte ihm Wein von J. und L., Cognac von mir. Der Empfang war dementsprechend. Hatte mir fest vorgenommen, nicht mitzutrinken. Schlug das erste Glas aus, trank aber die nächsten vier mit ihm. Fühlte mich großartig. Erzählte ihm – fürchte ich – alles von meinem Ausflug nach Grasse. Nur Jean ließ ich aus. Nicht einmal mit Absicht – nach dem vierten hatte ich keine Kontrolle über meine Absichten –, sondern weil er sich nicht einstellte. Er blieb unsichtbar, nicht greifbar.

Simon hat sich königlich amüsiert. Er brauchte Aufheiterung genauso wie ich: Sein Axolotl ist tot. Ermordet. Er hatte ihn auf ein paar Tage seiner Aufwartefrau anvertraut, während er Ferien an der See machte. Die Frau wurde krank und schickte ihre Schwester zum Reinemachen. Die hatte noch nie ein Axolotl gesehen, dachte, das Vieh sei tot, weil es so bewegungslos hing – und schüttete es in die Toilette.

Wir trauerten beide. Er um seine Liebe, ich um meine. Simon, den ich hasse, ist der einzige Mensch, mit dem ich trinken kann. Nur dann kann ich ihn ertragen. Beinah mehr als das. Ich kenne das ja an mir. Habe es seit Edmondes Zeiten gewaltsam unterdrückt – aber eben doch nicht ausgerottet. Edmonde konnte Alkohol nicht vertragen, sie fiel in eine Art Stupor, saß oder lag am Boden, Augen und Mund weit offen, erstaunt-verblödet – ich hab' mich immer totgelacht. Einmal – sieh mal an, jetzt schäme ich mich! Früher fühlte ich eine Art Genugtuung in der Erinnerung – tranken wir im Atelier, als der Pianist anklopfte, wie hieß er noch? Weiß nicht mal seinen Namen, nur daß er wild nach mir war. Edmonde war bereits auf halbem Weg in den Tiefsinn. Ich goß ihr schnell noch einen Whisky in die Kehle – dann war sie steif. Und dann hab' ich den Pianisten – wie

hieß der Kerl? Richard irgendwas – aufgefordert, statt mit mir mit ihr zu schlafen. Ich weiß noch, wir fanden das beide furchtbar komisch, haben sie zusammen ins Schlafzimmer getragen – dann bin ich ins Atelier zurückgegangen und trank weiter, bis Richard wieder erschien. Plötzlich war's mir ekelhaft, und ich hab' ihn rausgeworfen. Nie wiedergesehen. Edmonde wachte erst am nächsten Morgen auf. Wußte nichts, glaubte, sie hätte schlecht geträumt. Hat sich von da an geweigert, Alkohol anzurühren – obwohl ich ihr's nie erzählt habe. Hatte Angst, sie würde mich umbringen.
Und heute, zwanzig Jahre später, hab' ich wieder richtig gesoffen. Mit Simon, der an dem ganzen Unglück schuld ist. Jerome ist ja sein Werk. Wird sich nie von ihm befreien können, auch wenn er ihn eines Tages durchschaut. Simon ist der Stärkere, hat keine verwundbare Stelle. Je mehr ich ihn beschimpfte, desto begeisterter gab er mir recht.
Als ich müde wurde, ging er zum Angriff über. Er hoffte doch, daß ich mir nicht einrede, ich hätte J. für L. retten wollen! Meine Eitelkeit, meine *Eifersucht hätten mich als Racheengel nachts durch Frankreich rasen lassen. Zum Teufel mit L.!* Mir *hatte man J. entrissen, mich mit meinen eigenen Waffen geschlagen –*
Was ist schon Wahrheit? Jeder hat eine andere. Ich leugnete, schwor einen heiligen Eid ‚beim Leben meiner Tochter' – er erstickte beinah vor Lachen in seinem schwabbeligen Doppelkinn, gratulierte mir zu meinem Humor. Am Ende saß ich entwaffnet in einer Sackgasse. Schwankte die fünf Treppen hinunter, hielt mich am Geländer fest, habe noch nie in meinem Leben einen solchen Haß gespürt, einen solchen ohnmächtigen Haß. Saß lange am Steuer, ohne abzufahren. Traute mir nicht zu, den Weg nach Hause zu finden."

*

Eine Woche später die nächste Eintragung. Die letzte. August '39.

„Jean versucht, mit mir zu sprechen. Voranmeldungen aus Paris. Ich nehme immer den Hörer ab – es könnte ja Jerome sein –, sage dann dem Fräulein, daß Mrs. Maclean nicht zu erreichen sei. Sehr wahr. Sie ist nicht zu erreichen.
Er schrieb dann einen Brief – woher hatte er die Adresse? –, sein Schiff ginge noch diese Woche, ich müsse mich beeilen, er hätte zwei Kabinen bestellt –
All das geht mich nichts an. Bin nicht zu erreichen. Bin auf einem Schiff, das in andere Richtung fährt.
J. ist schon seit Tagen in London. L. hat es mir gesagt. Kein Wort

von ihm. Ich hab es ja nicht anders erwartet – bin trotzdem unfähig, irgend etwas zu unternehmen. Sitze am Schreibtisch, sehe das Telefon an. Vor mir das Blindenbuch und der Apparat für die Schrift – falls Nina ins Zimmer kommt. Sie kommt jetzt öfter, leider. Erzählt mir von ihrem Examen. Als wollte sie mich an ihrem Leben beteiligen. Zu spät. Kein Interesse. Mein Versäumnis. Aber – kann ein Kind den Geliebten ersetzen?
L. spürt etwas, obwohl ich mich anstrenge, daß sie nichts merkt. Sie ruft von den Proben an, macht mich wahnsinnig, denn ich glaube jedesmal: Das ist J.! Will wissen, wie es mir geht, entschuldigt sich zum hundertstenmal, daß sie mich nicht besuchen kann. Ich bin froh, daß sie's nicht kann. Wie sollte ich ihr mein Aussehen erklären? Die Kleider hängen an mir herum. Müßte Ferencsi wieder aufwärmen, und das kotzt mich an.
Jean schrieb, der Krieg würde innerhalb der nächsten drei Wochen ausbrechen. Mir völlig gleichgültig. Andern Leuten nicht. Es gibt gar kein anderes Gesprächsthema. Wildfremde Leute reden auf der Straße aufeinander ein, versuchen, sich zu überzeugen. Bill organisiert bereits eine Filiale in Schottland. Hat sich schon zum Militär gemeldet, ist ja ausgebildeter Reserveoffizier. Er ist richtig aufgekratzt, als freue er sich darauf.
Auf L.'s Proben kriselt es. Gestern, am Telefon, sagte sie mit gebrochener Stimme: ‚Vielleicht werden wir gar nicht eröffnen –'
J. wäre ja noch in Grasse, wenn uns der Krieg nicht vor der Nase stünde. Ob die Ausstellung überhaupt noch zustande kommen wird?
L. sagt, J. mache sich wenig Hoffnungen, sei nicht im geringsten enttäuscht oder bedrückt – Kann mir denken, warum. Wahrscheinlich sogar erleichtert. Als ob er Falschgeld losgeworden sei. Er ist nicht wie sein Vater. Deshalb hat er es schwer. Deshalb liebe ich ihn."

Die letzten Worte. Außer dem Brief — noch immer ungeöffnet.

XXVI

„Wo waren Sie im Herbst '39?" fragte ich die Malerin.

„In Paris. Wo denn sonst."

Sie bestrich die Leinwand mit dem provisorischen Firnis, lehnte sich zurück, kniff die Augen zusammen.

„Der rote Umber an der Schulter ist eingeschlagen. Englischer Umber. Der französische schlägt nie ein. Muß nochmal drübergehen. Pose bitte."

Ich zog den Poncho über, setzte mich in meinen Sessel, versank. Versank in den Alptraum meiner letzten Wochen des Friedens im Jahre '39.

Mitte August hatten sie uns zusammengerufen auf der Probenbühne. Der Regisseur stand blaß in den Kulissen, sah auf den Boden. Wir wußten, was uns erwartete. „Die Lampe des Kapitäns" hatte die ganze Wochen über nur noch geflackert — zwei Schauspieler waren bereits eingezogen worden —, heute würde sie erlöschen.

Der Produzent besorgte das. Die Proben seien ab heute suspendiert, das heißt „unterbrochen" — noch gäbe er die Hoffnung nicht auf — aber es hätte keinen Sinn in der jetzigen politischen Lage — hoffentlich baldige Beruhigung — man könne nie wissen. Jetzt hieß es einfach: Radio hören, Zeitung lesen, abwarten.

Wir verdrückten uns. Jeder holte schweigend seine Tüte mit halbwöchentlichem Probengeld am Bühneneingang ab. Der Portier winkte uns zu, klopfte auf sein Holzbein. „Das ist noch vom ersten Mal. Hab nur noch eins zu vergeben —"

Ich parkte meinen kleinen Wagen, streichelte das Steuerrad. Der mußte sofort verkauft werden. Seufzer. Wie wär's mit Ambulanzfahren? Gute Idee. Heute noch anmelden.

Aber vor der Haustür wartete meine Mutter mit verheißungsvollen Augen: Ein Anruf meiner Filmgesellschaft. Sofort ins Studio. Eine amerikanische Schauspielerin war Hals über Kopf abgereist, der Film mußte zu Ende, ihre Szenen nachgedreht werden. Halleluja. Ich stand noch am selben Nachmittag vor der Kamera, drehte täglich — bis zum Morgen des 3. September...

*

„Genug", sagte die Malerin, „muß erst mal abwarten, wie das aussieht, wenn's trocken ist."

Während sie Kaffee machte — zum letzten Mal? —, wanderte ich im Atelier umher, nahm Abschied. Natürlich würde ich wieder mal herkommen, aber als Gast, nicht mehr dazugehörend. Ich blieb am Bücherregal stehen. Dort, in Augenhöhe, stand der kleine Bronzekopf.

Ich nahm ihn mit, stellte ihn auf den Tisch.

Die langen Wochen über hatte ich mein Leben mit Anabel noch einmal gelebt. Mußte mich — eigentlich jedesmal, wenn ich das Atelier betrat — mit Gewalt daran erinnern, daß sie einmal ein anderes Leben gehabt hatte, ein Gerümpel-Leben, mit Edmonde, der Malerin. Unvorstellbar, widersinnig. Widersinnig? Wider den Sinn, wider *meinen* Sinn! Aber sinngemäß für Anabel. Peile deinen Nächsten nicht über den eigenen Daumen.

Die Malerin kam aus der Küche, setzte sich, goß die Tasse voll. Zwischen uns, genau in der Mitte, stand Anabels Kopf. Wir tranken schweigend, unsere Blicke trafen sich auf Anabels Profil.

Der 3. September. Leicht zu merken. Ich hob die Augen zum stumpfen Gesicht der Malerin auf.

„Was taten Sie am 3. September, als die Kriegserklärungen durchgegeben wurde? Bei uns war es 11 Uhr."

„Ich saß in der Badewanne. Und Sie?"

„Ich saß auf ein paar Metern künstlichem Gras in einem Filmstudio."

Sie streckte die Hand aus, zog die kleine Bronze näher zu sich heran, nahm die Brille ab. „Und Anabel? Was tat sie?"

„Ich weiß es nicht."

Ein strenger Blick. Ich wurde wieder verhört.

„Waren Sie nicht mehr befreundet?"

„Doch."

Sie sah mich lange an, seufzte, gab auf. Schob die Büste weg.

„Können wir. Möchte noch einmal alles überprüfen. Ich glaube, heute werden wir fertig."

Ich hob die kleine Bronze auf, trug sie zum Kaminsims, stellte sie an den Ort, an dem ich sie zum erstenmal gesehen hatte, neben der Vase, im Schatten. Nahm die Pose ein. Sah Anabels Kopf an.

*

Ich wußte, was Anabel an diesem 3. September getan hatte. Es war mir genau berichtet worden. In allen Einzelheiten. Von zwei Augenzeugen: Nina — und Frau Cook.

Nina hatte mit ihrer Mutter zu Mittag gegessen und gehört, wie sie sagte, sie gehe jetzt in die Blindenbibliothek. Was solle denn im Krieg mit der Bücherei geschehen? Es würde doch wahrscheinlich bald sehr viel mehr Blinde geben —

Dann hatte sie den roten Mantel angezogen und war gegangen. Aber nicht in die Blindenbibliothek. Sie ging in die St. James' Street.

Frau Cook war gerade beim Reinemachen, als sie ein Geräusch an der Wohnungstür hörte. Sie stellte den Hoover ab und rief:

„Ist da wer?"

„Ich bin's, Frau Cook."

„Oh, Madam!"

Anabel wurde umschlungen, geküßt. Gott sei Dank, daß sie wieder da war. Gerade noch zur rechten Zeit! Frau Cook hatte sich solche Sorgen gemacht — wo ist der junge Herr? Schon eingezogen? Noch nicht? Na ja, es war ja früh, schließlich wußte man ja immer noch nicht genau — vielleicht war es gar nicht ernst gemeint, was Mr. Chamberlain heute gesagt hatte, vielleicht wollte man dem Hitler nur mal zeigen — was meinte Madam?

Anabel hatte keine Zeit sich zu äußern, wurde aus ihrem Mantel geschält, mußte an Frau Cooks Seite die Wohnung inspizieren. Sommer-Großreinemachen, alles blitzsauber.

Die Alte fand, daß Anabel dünn sei. Und blaß. Wie wär's mit einer guten Tasse Tee mit Zitrone? Keine Widerrede. Frau Cook humpelte in die Küche, ließ die Tür offen und schnatterte weiter, während der Kessel sich erwärmte.

Als keine Antwort aus dem Wohnzimmer kam, steckte sie den Kopf durch die Tür und sah Anabel auf dem Sofa sitzen, steif aufrecht, wie ein Besuch, aufmerksam im Zimmer umherschauend, als sähe sie es zum erstenmal.

Frau Cook schwitzte mit dem Tablett herein, ließ sich in den Sessel fallen, goß zwei Tassen ein, murmelte „Darf ich?" nach vollendeter Tatsache.

Anabel rührte ihren Tee.

„Frau Cook, ich — wir müssen die Wohnung aufgeben."

Ach Gott, ach Gott, genau das hatte Frau Cook befürchtet. Alle Leute gaben jetzt alles auf. Ein letzter Versuch:

„Aber Madam, die Wohnung ist doch praktisch, wenn der junge Herr auf Urlaub kommt —"

Anabel schwieg, rührte in ihrem Tee.

Bei Frau Cook dämmerte etwas. Vielleicht war's nicht nur der Krieg — sie zögerte, wagte es dann doch: Der junge Herr sei eben — pardon, Madam — zu jung. Das mache sich nie bezahlt. Sie könne ein Lied davon singen. Ihr Seliger war auch zu jung gewesen, sechs Monate jünger als sie, das macht was aus, ein Mann muß älter sein, muß einen beschützen können —

Anabel nickte abwesend. Ermutigt legte die Alte eine harte, zerfurchte Hand auf Anabels Arm. Madam war ja noch jung — es gäbe ja noch andere Männer auf der Welt. Sie, Frau Cook, hätte das auch nicht geglaubt zuerst, aber dann —

Anabel befreite sich vorsichtig aus der Umklammerung, griff nach ihrer Handtasche, holte das Portemonnaie heraus, zählte ein paar Scheine auf den Tisch. Lohn für drei Monate.

Die alte Frau protestierte schwach, krabbelte mühselig auf die geschwollenen Beine. Sie müsse jetzt zu Ende hoovern, sonst könne sie nachts nicht schlafen. Nur noch fünf Minuten, wenn Anabel nichts dagegen hätte —

Sie hatte nichts dagegen. Blieb sitzen, auch als der dröhnende Apparat um das Sofa herumfuhrwerkte, hob die Füße, damit alles ordentlich geglättet wurde. Das Getöse schien sie nicht zu stören.

Sie stand auf, setzte sich an den Schreibtisch, holte einen Block Schreibpapier und einen Umschlag aus der Schublade, kramte in ihrer Handtasche, fand nicht, was sie suchte, drehte sich zu Frau Cook um und machte eine schreibende Bewegung mit der Hand. Frau Cook verstand und holte einen Bleistift aus ihrer Schürzentasche, hielt ihn fragend in die Höhe. Anabel nickte, und Frau Cook hooverte zum Schreibtisch und gab ihn ihr.

Sie schrieb nur kurz, nur ein paar Sätze, wie es Frau Cook schien, riß das Blatt unordentlich vom Block, schob es in den Umschlag, klebte zu.

„Soll ich's zur Post bringen, Madam?"

Nicht nötig. Sie legte den Brief in ihre Handtasche. Riß noch eine halbe Seite ab und schrieb etwas darauf. Steckte es ohne Umschlag ebenfalls in die Tasche.

„Gleich fertig, Madam —"

Sie lächelte Frau Cook zu. Keine Eile.

Der Hoover hörte endlich auf zu toben, wurde in die Küche zurückgerollt. Anabel, den Kopf in die Hand gestützt, blieb am Schreibtisch sitzen, wartete geduldig. Wahrscheinlich auf den jungen Herrn. Na ja. Frau Cook hatte sie schon oft warten sehen, aber immer ruhelos, immer darauf bedacht, sie schnell loszuwerden. Diesmal nicht. Frau Cook band sich die Schürze ab und hängt sie in der Küche an der Tür auf. Kam nochmal ins Wohnzimmer zurück.

„Der Schlüssel, Madam —"

Keine Antwort.

„Madam?"

„Ja — danke, Frau Cook."

Die Alte betrachtete die unbewegliche Gestalt am Schreibtisch. Fühlte, daß ihre Gegenwart nicht mehr wahrgenommen wurde. Kränkte sich.

„Also dann — auf Wiedersehen, Madam. Besten Dank auch —"
„Auf Wiedersehen, Frau Cook."

*

Etwas später zog sie ihren roten Mantel an, hängte die Tasche mit dem langen Schulterband um und trat auf den Balkon hinaus.

XXVII

Am selben Tag hielt ein Polizeiauto spät am Nachmittag vor der Nummer 104 A, Cheyne Walk. Zwei Beamte stiegen aus, sahen einen Moment zum Himmel — die ersten Tropfen fielen auf das Pflaster — und verschwanden in der Haustür.

Kurz darauf klopften sie an Simons Tür.

Er war sehr ungehalten über die Störung, hatte gerade ein frisches Millimeterblatt aufgespannt, wartete auf Jerome, der Eisschrank war leer. Heute früh die Kriegserklärung — und schon klopft die Obrigkeit. Was wollten sie, Gasmasken? Rationierungskarten? Nein? Also was?

Mitkommen? Ausgeschlossen. Worum handelte es sich — Registrierung von Ausländern? Die Uniformierten zögerten.

„Es handelt sich um die Identifizierung einer Leiche, Sir."

Simon starrte sie fassungslos an. „Das muß ein Irrtum sein —"

Der eine holte einen Zettel aus der Tasche, buchstabierte: „Benachrichtigt Mr. Simon Lorrimer, 104 A, Cheyne Walk, S.W. 3. Sind Sie das?" Und als der dicke Mann sich nicht rührte, ihn nur mit weit aufgerissenen Augen anstarrte, hielt er ihm das Stück Papier vor die Augen. „Kennen Sie die Handschrift, Sir?"

Simon setzte sich die Brille auf. Seine Hände zitterten. „Nein."

Die Männer sahen so aus, als glaubten sie ihm nicht. Es handle sich um eine Frau. Vom Balkon heruntergestürzt. In der St. James' Street. Keiner kannte sie. Das heißt, niemand wußte ihren Namen.

Für den Bruchteil einer Sekunde, so gestand Simon später Jerome, hätte er geglaubt, es handle sich um mich. Aber dann hatte der Polizist von einem roten Mantel und schwarzen Haaren gesprochen.

„Anabel —", sagte Simon heiser.

„Ja, Sir? Sie kennen sie also doch. Wie heißt sie?"

Die Männer warteten, einer zückte einen Bleistift.

Simon verfluchte sein schlechtes Gedächtnis, seinen Mangel an Interesse. Jerome hatte doch den Namen erwähnt — irgendwas Schottisches —

„MacMillan oder MacLaren oder so ähnlich —"

„Am besten kommen Sie mit uns, Sir."

Simon verzog sich hinter seinen Schreibtisch. Unter keinen Umständen. Das Ganze ging ihn nichts an!

Die Polizisten sahen verständnisvoll drein.

„Es handelt sich nur um ein paar Minuten, Sir, die städtische Leichenhalle ist ganz in der Nähe, wir bringen Sie mit dem Wagen hin —"

„Ich kann nicht", schrie Simon mit gellender Stimme, „ich kann die Wohnung nicht verlassen —"

„Warum denn nicht? Sie sind doch bald wieder zurück —"

Sie kamen einen Schritt näher. Simon verbarrikadierte sich, hob seinen Stuhl abwehrend in die Höhe.

„Es geht nicht — ich kann nicht — das ist ein Monat mit r —"

„Wie bitte?"

„Mit r! Der September hat ein r — da kann ich nicht auf die Straße —"

Die Beamten sahen sich an.

Sie gingen daran, Simon einzukreisen, der eine von links, der andere von rechts.

„Es regnet", schrie Simon, „ich hab' keinen Mantel —"

Ein paar Minuten später schleiften sie ihn unten über die Straße zum Polizeiwagen. Eine Wolldecke über dem Kopf.

*

Man fuhr ihn zur City-of-London-Leichenhalle. Es goß noch immer, aber ein paar Leute blieben doch stehen und beobachteten unter ihrem Regenschirm voller Interesse, wie ein dicker älterer Mann mit Gewalt aus einem Polizeiauto heraus schleunigst durch das Tor gezerrt wurde.

Im Vorraum kam er zu sich, befreite sich mit erstaunlicher Leichtigkeit von den Polizistenarmen, die ihn umklammerten, strich sich über die nasse Stirn, fragte gebieterisch: „Wo ist meine Wolldecke?"

Man holte sie aus dem Wagen. Simon stand hoch aufgerichtet, blickte drohend um sich, riß den Polizisten die Decke aus der Hand und begann, sie mit äußerster Sorgfalt zusammenzulegen, Ecke auf Ecke. Er nahm sich Zeit. Seine Begleiter ließen ihn gewähren.

„Was jetzt?" fragte Simon schroff.

Die zwei Polizisten antworteten nicht, winkten ihm nur, ihnen zu folgen. Es roch stark nach Lysol — und nach etwas anderem, Simon wußte nicht, was, aber er mußte einen Augenblick stehen bleiben und rang nach Luft. Die Uniformierten machten vor einer Tür halt, warteten geduldig, bis Simon sie eingeholt hatte, öffneten.

Der Raum war nicht viel größer als ein großes Wartezimmer, Kachelboden, Kachelwände. Etwa ein Dutzend Steinbahren, einige leer, andere in Gebrauch, mit Laken bedeckt.

Einer der Polizisten blieb an der Tür stehen, der andere ging und hob eines der Tücher auf, ließ es wieder fallen, ging zum nächsten, hob das Laken, winkte Simon heran.

Der machte einen Schritt vorwärts — drehte sich um und flüchtete zurück zu dem Mann an der Tür, flüsterte mit heiserer Stimme: „Ich kann das nicht — verstehen Sie doch!“

Der Polizist nahm den Helm ab, fuhr sich mit der Hand durch das schüttere Haar, betrachtete den Menschen, der mit hängenden Schultern und weit offenem Mund vor ihm stand.

„Mann“, sagte er bedächtig, „sind Sie ein Jammerlappen.“

„Los jetzt“, rief der andere.

Simon holte tief Atem. Nur drei Schritte —

Der Kopf war zur Seite gedreht, er sah nur die schwarzen Haare, blutverklebt, die Stirn — er floh zur Tür zurück, schweißbedeckt. „Anabel“, stöhnte er und hielt sich am Türrahmen fest.

Draußen auf dem Flur stand eine Bank. Wahrscheinlich mit Vorbedacht. Simon erreichte sie gerade noch, ließ den Kopf tief zwischen die Knie hängen. Als er sich wieder aufsetzen konnte, sah er ein Glas Cognac in der Hand des Polizisten.

Er goß es hinunter — griff sich plötzlich an die Stirn.

„Mein Sohn! Mein Sohn weiß den Namen.“

„Wo ist Ihr Sohn? Wie heißt er?“

„Jerome. Jerome Lorrimer. Vielleicht ist er in seiner Wohnung —“

Man half ihm den langen Korridor zurück ins Büro. Er wußte die Telefonnummer. Zahlen hatte er sich immer merken können. Der Polizist wählte, hielt ihm den Hörer hin. Es klingelte — klingelte — keine Antwort. Niemand zu Hause.

„Weiß jemand, wo Ihr Sohn sein könnte?“

Ja. Ich. Aber Simon wußte nicht, wo ich wohnte, wußte vielleicht auch von mir nur den Vornamen.

„Warten Sie draußen“, sagte der Polizist, „wir rufen die Nummer alle zehn Minuten an und sagen Ihnen Bescheid.“

Es gab noch mehr Bänke auf dem Korridor. Simon suchte eine unter dem Fenster aus, öffnete es mühsam, aber es regnete zu stark herein. Er fröstelte, wickelte sich in die Wolldecke.

Es wurde langsam dunkel. Einmal kam einer der Polizisten aus dem Büro und betrachtete die reglose Gestalt unter der Wolldecke, ging wieder zurück. Tür zu. Einige Zeit darauf rief man ihn. Die Nummer hatte geantwortet.

„Jerome?“ flüsterte Simon. „Ich bin’s, Simon — nein, ich bin nicht krank — Jerome, wie hieß Anabel mit Nachnamen? — Jerome, wie hieß sie, sag’s mir schnell — Maclean —“ Er drehte sich zu den wartenden Gesichtern am, „Maclean! Anabel Maclean. Ich sagte doch, ein schottischer Name —“

Ein Polizist nahm ihm den Hörer aus der Hand.

„Entschuldigen Sie, Sir — aber wissen Sie vielleicht auch die Adresse? — Ja, Sir — es ist etwas geschehen. Tut mir leid, Sir — sie hat sich vom Balkon heruntergestürzt — Nein, sofort tot. Wissen Sie, ob sie Angehörige hat? Hallo! — Sind Sie noch da?“ Er griff nach einem Bleistift. „William Maclean, 32, Queen’s Gate, S.W. 2. — Ist das ihr Mann oder ihr Bruder? — Aha. Danke, Sir — Augenblick —“ Er wandte sich zu Simon. „Ihr Sohn will Sie hier abholen, ist Ihnen das recht? — Okay, Sir, City-of-London-Leichenhalle . . .“

*

Simon kehrte zu seiner Bank zurück. Die Polizisten waren zu Anabels Haus gefahren, um es ihrem Mann beizubringen. Gut, daß man ihm das nicht auch noch aufgebürdet hatte. Was ging ihn das alles eigentlich an? Warum hatte Anabel gewollt, daß man ihn benachrichtige, ihn, und nicht ihren Mann? Und wenn sie sich an jemandem rächen wollte, warum dann nicht an Jerome?

Das letzte Mal, als sie ihn besuchen kam — wie lange her? Höchstens eine Woche —, da hatte sie an der Tür gestanden, sich an der Klinke festgehalten, zu viel getrunken, Gedichte aufgesagt, eins von John Donne, das sogar er, Simon, kannte. „Niemand ist eine Insel, jedermanns Tod verarmt mich. Deshalb frage nie, für wen die Glocke tönt —“ An dem Punkt hatte er eingestimmt und im Takt zusammen mit ihr deklamiert: „Sie tönt für dich!“ Und gelacht. Sie hatte auch gelacht, das konnte er beschwören, sie hatte genauso laut gelacht wie er und wiederholt: „Sie tönt für *dich!*“ Und auf ihn gezeigt —

Hatte sie hinterher noch etwas gesagt? Simon zerbrach sich den Kopf. Nein. Sie war gegangen. Er hatte sie noch auf der Treppe lachen hören.

Er zog den Kopf ein wie eine Schnecke, wickelte die Decke um sich, als könne sie ihn unsichtbar machen.

Sah erst wieder auf, als Jerome vor ihm stand. Hinter ihm ein Beamter.

„Der Herr möchte die Leiche von Mrs. Maclean sehen —“

„Nein!“ Simon schüttelte die Decke ab, sprang auf, umklammerte seinen Sohn. „Du darfst nicht — auf keinen Fall!“

Jerome, blaß unter der Sonnenbräune, hager, der sanfte Mund fest zusammengepreßt, die dunklen Augen gefährlich flackernd.

„Ich muß sie sehen.“

Aber Simon hielt ihn fest, drückte ihn an seine mächtige Brust, fühlte den Körper seines Sohnes an dem seinen — zum erstenmal.

Der Beamte beobachtete mit Behördengesicht.

„Ist der Herr ein Verwandter?“

„Nein“, rief Simon.

„Nur die Familie darf die Erlaubnis erteilen, die Leiche zu besichtigen.“

Jerome schlug seinen Vater mit beiden Fäusten gegen die Schultern, befreite sich. „Ich bin ein Freund — ein intimer Freund —“

„Tut mir leid“, sagte der Mann, „aber warten Sie doch hier. Die werden sicher bald da sein, mein Kollege hat sie ja benachrichtigt.“

Jerome schlang die Finger ineinander; die Knöchel standen weiß aus der dunklen Haut heraus.

„Komm“, sagte Simon ruhig, „komm. Oder willst du ihnen begegnen?“

Jerome, wie ein gestelltes Wild, sah zum Eingang, dann den Korridor entlang, den dunklen Gang mit den vielen Türen, schwach beleuchtet.

Simon wandte sich ab und legte seine Decke wieder zusammen.

„Komm“, sagte er noch einmal. Jerome senkte den Kopf, ging langsam hinter seinem Vater dem Ausgang zu.

Draußen war es jetzt dunkel. Der Regen hatte nachgelassen, es tröpfelte nur, warmes Spätsommertröpfeln.

„Gehen wir zu mir“, sagte Simon.

Jerome schüttelte den Kopf.

„Ich kann nicht. Ich muß zurück in unsere Wohnung. Sie wartet dort sicher schon. Sie hat den ganzen Tag im Atelier gestanden — ich mache ihr immer Abendbrot —“

Sie standen noch unter dem schützenden Dach des Eingangs. Simon sah sich unruhig um — noch war kein Auto zu sehen, das „die Familie“ bringen könnte.

„Gehen wir ein paar Schritte — bis du ein Taxi findest.“

Sie wanderten schweigend die dunkle Straße entlang. Heute, am ersten Abend nach der Kriegserklärung, blieben die meisten Leute zu Hause, hörten Radio, diskutierten, spekulierten.

Jerome blieb stehen. „Wieso warst du dort? Woher wußtest du?“
„Sie hatte einen Zettel in ihrer Handtasche — man solle mich benachrichtigen —“
„Dich? Warum dich?“
Simon schwieg. Senkte den Kopf. „Sie wollte mich bestrafen.“
„Sie kannte dich doch gar nicht —“
„Doch. Sie hat mich zweimal besucht. Ich hab' dir nichts gesagt — ich mochte sie. Ganz besonders — mochte ich sie. Deshalb war es so furchtbar, wie sie da lag —“
Jerome trat ganz nah an seinen Vater heran, spähte durch die Dunkelheit in das Gesicht, das unwillkürlich zurückwich.
„Was hast du ihr getan?“
„Nichts!“
„Was hast du ihr gesagt?“
„Nichts anderes, als was du und ich immer sagen — nichts anderes, glaub mir doch! Ich hab' Spaß gemacht —“
Jerome hob die geballte, zitternde Faust, hielt sie ihm vor die Augen. „Ich kenne deine Späße —“
Simon sah entsetzt, wie seinem Sohn die Tränen über das Gesicht liefen, wie er sich schüttelte, als wollte er sich zur Besinnung bringen. Dann drehte er sich weg und lief quer über den Damm.
„Jerome!“ schrie Simon. Aber er wandte sich nicht um.

*

Als ich abends unsere Wohnungstür aufschloß, saß er im Schlafzimmer auf dem Bett. „Du bist ja ganz naß!“ rief ich.
Er tastete über sein tropfendes Haar, die feuchte Jacke.
Dann erst sah ich sein Gesicht.
„Um Gottes willen — was ist passiert?“
Er machte eine sichtliche Anstrengung aufzustehen, aber ich setzte mich schnell neben ihn, griff nach seiner eiskalten Hand.
„Was ist? Jerome?
Er sah mich aus verstörten Augen an, entzog seinen Blick, entzog seine Hand, saß einen Moment unbeweglich. Sah mich wieder an, anders als vorher, starr, entschlossen.
„Anabel ist tot.“
Ich konnte nichts sagen, ihn nur ansehen.
„Sie hat sich vom Balkon heruntergestürzt.“
Er ließ mir Zeit, bis ich sprechen konnte.
„Wo?“ Es gab keinen Balkon im Maclean-Haus.
Jerome ließ die Augen nicht von mir, sprach mit leiser, fester Stimme.

„In der St. James' Street. Sie hat dort eine Wohnung. *Wir* haben dort eine Wohnung, sie und ich."

Er lügt, dachte ich. Ich weiß nicht, warum, aber er lügt.

„Ferencsi — hat sie die Wohnung mit Ferencsi?"

„Ich bin Ferencsi."

Er hielt meinen Augen stand, bis ich aufstehen konnte, zum Fenster ging. Magenschmerzen — daran erinnere ich mich und daß ich das Fenster aufmachte und merkte, daß es aufgehört hatte zu regnen. Es roch gut nach feuchten Blättern. Heute früh war der Krieg erklärt worden. Anabel ist tot. Was Jerome da gerade gesagt hatte, entfernte sich aus meinem Gehirn mit rasender Geschwindigkeit, wurde nicht akzeptiert. *Noch* nicht. Erst die anderen Hürden —. Hetz mich nicht, Jerome! Sonst fall' ich um.

„Wann — warum hat sie es getan?"

„Heute nachmittag."

„Weiß Bill?" Keine Antwort. Ich drehte mich zu ihm. Er nickte. Automatisch gingen meine Füße zum Telefon auf der anderen Seite des Bettes. Ich setzte mich daneben, griff nach dem Hörer — legte ihn wieder hin. „Weißt du, warum —?"

„Weil ich sie nicht mehr sehen wollte."

„Wegen Jeannine?"

„Nein. Ich wollte nicht mehr. Schon vorher nicht."

Wir saßen auf dem Bett, auf unserem Bett, jeder auf seiner Seite, mit dem Rücken zueinander. Er stand auf, ging um das Bett herum, blieb vor mir stehen.

„Ich habe ihr gesagt, daß ich in deinen Armen sterben möchte."

„Das ist leicht", sagte ich, „— bis dahin zusammen *leben,* darum geht es."

„Willst du's nicht mehr?"

Ich nahm seine Hand — eiskalt. „Ich glaube — nein. Wenn ich morgen früh noch so fühle wie jetzt — dann nein."

*

Das war das letzte Mal, daß ich ihn sah.

Jemand erzählte mir später, er sei gleich eingezogen worden.

*

Ich drehte am nächsten Tag. Irgendwie ging das. Abends fuhr ich direkt vom Studio aus zum Maclean-Haus. Sah Bill. Sah Nina.

Bill sehr blaß, mit fest geschlossenen Lippen. Bereits in Uniform. Mit schwarzer Armbinde. Er saß steif in einem Stuhl in seiner

Bibliothek und sah in den leeren Kamin. Ich nahm mir einen anderen Stuhl, setzte mich neben ihn. Er sah mich feindselig an.

„Wußtest du?“ sagte er mit trockener Stimme.

„Nein.“

Ein langes Schweigen. Ich glaube, er glaubte mir.

„Wie ist es möglich, daß man mit einem Menschen lebt und nichts von ihm weiß?“

„Du hast gewußt, daß sie nicht glücklich war.“

„Aber all das — andere, das habe ich nicht gewußt. Warum hast *du* nichts gewußt? Frauen haben doch einen besseren Instinkt — sagt man.“

„Ich hatte zu viel zu tun.“

Er wandte mir den Kopf zu, sah mich düster an.

„Ich habe im Ernst gefragt.“

„Ich habe im Ernst geantwortet.“

*

Nina wartete auf mich in ihrem Zimmer. Sie war nicht in Schwarz. Ich legte die Arme um sie, und wir standen und hielten uns. Das erste Mal, daß ich weinen konnte. Sie nicht. Sie weinte nicht. Flüsterte an meinem Hals. „Weißt du jetzt — von St. James' Street?“

„Ja.“

„Ich weiß es schon lange. Seit über einem Jahr. Ich hab' sie dort herauskommen sehen — und ihn. Wollte es dir manchmal sagen. Dachte dann, besser nicht. Ich hatte schon lange vorher was geahnt. Du nie?“ — „Nein.“

„Ich versteh das nicht. Warum eigentlich nicht?“

„Ich hatte zu viel zu tun.“

Sie lehnte sich zurück, um mein Gesicht zu sehen, wischte mir die Tränen mit ihrer harten kleinen Hand ab.

„Was wirst du jetzt machen?“ — „Weiterleben.“

Sie befreite sich aus meinen Armen, stand vor mir, gerade, die Schultern nicht mehr schützend hochgezogen, das Gesicht ernst. Nicht traurig. Erwachsen.

„Ich werde mich zur Landarmee melden. Die sagen im Radio, man braucht jetzt kräftige Mädchen. Ich bin kräftig —“

Nach dem Begräbnis rief mich Bill an. Er hätte mir etwas zu übergeben. Ich fuhr hin, hielt meinen Wagen vor dem Gartentor an. War mir mit jedem Schritt bewußt, daß es das letzte Mal war.

Bill wartete in der Bibliothek auf mich. Ich ging langsam durch das Wohnzimmer, blieb auch vor dem gelben Ohrensessel nicht stehen.

Er saß hinter seinem Schreibtisch, vor sich ein Paket.

„Das ist für dich“, sagte er, „dein Name steht drauf. Es lag in ihrem Safe. Außerdem —“, er stockte, fuhr sich mit der Hand ein paarmal durch das helle, wellige Haar, „außerdem hat mir die Polizei diesen Brief gegeben. ‚Für L.‘ Er lag in ihrer Tasche. Sie haben ihn geöffnet — aber es stand nichts drin, was sie gebrauchen konnten. Ich hab' ihn wieder zugeklebt, aber — ich hab' ihn auch gelesen. Ich wußte ja nicht — er ist für dich.“

Er schob Paket und Brief zu mir herüber. Stand auf.

„Ich freue mich über den Krieg“, sagte er, „hoffentlich schicken sie mich nach Frankreich.“

Ein paar Monate später war er dort. In Calais mit seinem Regiment eingeschlossen. Kämpfte sich heraus, überlebte Dünkirchen, D-Tag plus 3, die Vogesenkämpfe als Major eines Kommando-Bataillons. Überlebte.

Simon nicht. Im Dezember 1941 erwischte ihn eine Bombe in seiner Wohnung. Er ging nicht in den Luftschutzkeller während der Monate mit r.

Auch Peter Gurnemantz starb im Krieg. Er hatte sich zum Infanterie-Regiment der ausländischen Freiwilligen gemeldet und war als einer der ersten gefallen. Nach der Befreiung Frankreichs, im Sommer '44, erhielt ich endlich einen Brief aus Grasse. Ursula schrieb, daß Eva im Sanatorium gelebt habe. Jetzt ginge es ihr besser. Die Schwestern lebten zusammen auf der Gurnemantz-Farm. Jean-Pierre sei 16 Jahre alt — die Pfirsichplantage neu gepflanzt —

*

Jetzt blieb nur noch der Brief. Das Tagebuch, wieder mit dem goldenen Schlüssel verschlossen, wartete bereits in seinem alten Karton. Eigentlich brauchte ich es nicht mehr mit mir herumzuschleppen. Vielleicht könnte ich es jetzt loswerden. In die Themse werfen.

Ich öffnete den Umschlag.

Eine Seite, unordentlich herausgerissen. Keine Anrede.

„In mir ist eine große Erleichterung. Ich bin ganz frei. Niemand hat mehr Macht über mich. Ich liebe niemand. Oder aber – ich liebe euch alle gleich. Es kommt auf dasselbe raus.

Weißt du noch, wie wir in Nizza zum letztenmal im Meer geschwommen sind? Die Strömung trieb mich ab – ich war sehr glücklich, ließ mich treiben. Aber da kamst du angeschwommen und hast mich so ängstlich angesehen –

Jetzt brauchst du keine Angst mehr um mich zu haben.

A.“

XXVIII

Die Malerin am Telefon.

„Ich packe gerade die Leinwände für Paris. Dachte mir, vielleicht wollen Sie sich Ihr Portrait ansehen, bevor die Kiste zugenagelt wird."

Im Atelier stand eine riesige Transportkiste, zwei Meter hoch und beinah so breit. Die Leinwände lagen übereinandergeschichtet, hielten durch Korken angemessene Distanz voneinander. Obenauf, als letztes, mein Portrait.

Sie hob es noch einmal heraus, setzte es in einem primitiven Proberahmen und lehnte es gegen die Wand. Sah mich prüfend an.

„Ich sehe da noch einiges, was ich ändern möchte — aber ich glaube, ich muß es so lassen, wie es ist. Ein Portrait ist nie fertig. Wissen Sie, daß Sie jetzt ganz anders aussehen als bei der ersten Sitzung?"

Möglich. Ich fühlte mich auch anders. Das mit dem Langsam-aber-sicher-erwachsen-Werden stimmt nicht. Man bleibt jahrelang stehen, springt dann plötzlich vorwärts...

„Was sehen Sie, wenn Sie sich ansehen auf diesem Bild?"

„Eine halbfertige Frau."

Sie nickte zufrieden. „Das wollte ich. Da sind noch einige Möglichkeiten in ihrem Gesicht."

Sie strich mit der Hand über meine Stirn, Wangen, das Kinn — als sei sie blind und wolle mich „sehen", sagte warnend:

„Verpatzen Sie es nicht!"

Verpatzen Sie es nicht — was? Mein Gesicht? Nein, sie meinte die Klaviatur. Damit man am Ende nicht aussieht wie ein betrogener Clown.

Das war der Abschied. Plötzlich war's ihr eilig gewesen, mich loszuwerden. Als könnte sie es kaum erwarten, ihr Sack und Pack zu bündeln und zu verschwinden. Nach Peru. Wie lange? Auf ein paar Jahre. Vielleicht für immer. Sie flog ab wie ein Vogel. Vogelfrei.

Eines Tages würde man sie irgendwo finden, zusammengerollt wie Simons Fliegen. Oder ausgetrocknet wie ihre Mumie, die Dogenkappe auf dem Kopf.